岩波現代文庫

文芸 32

前田 愛

近代読者の成立

岩波書店

目 次

天保改革における作者と書肆 …… 1
明治初期戯作出版の動向――近世出版機構の解体 …… 41
鷗外の中国小説趣味 …… 93
明治立身出世主義の系譜――『西国立志編』から『帰省』まで …… 114
明治初年の読者像 …… 145
音読から黙読へ――近代読者の成立 …… 166

＊

大正後期通俗小説の展開――婦人雑誌の読者層 …… 211

昭和初頭の読者意識――芸術大衆化論の周辺……285
読者論小史――国民文学論まで……313
あとがき……377
初出一覧……383
解説……飛鳥井雅道……385

創造は読者のなかでしか完成しない。芸術家は自分のはじめた仕事を完成する配慮を他人に任かせなければならないし、読者の意識を通じてしか、自分を作品に本質的なものと考えることができない。従って、あらゆる文学作品は呼びかけ(appel)である。書くとは、言語を手段として私が企てた発見を客観的な存在にしてくれるように、読者によびかけることである。

サルトル『文学とは何か』加藤周一訳

天保改革における作者と書肆

1

これまでの近世文学史では、天保の改革は、春水・種彦の筆禍事件を焦点にしてとりあげられてきた傾きがあるけれども、そのような扱いは水野越前守の個人的役割を重視して、改革の社会的・経済的意義を二の次にするような歴史観に通ずるものを持っている。たとえば、水野の政治的生命が終った天保十四年閏九月を改革の終りと考えると、筆禍事件と出版検閲令とのアウトラインをほぼ辿り得ることにはなる。しかし、改革の要《かなめ》ともいうべき株仲間解散令は水野の罷免後、株仲間再興令が嘉永四年三月発せられるまで、その効力を持続しているのである。いうまでもなく江戸後期戯作の性格は商業主義化した出版機構によって、強く制約されていたのであって、その変質を促進させる外圧として働いた天保の改革の文学史的意義を明らかにするためには、書物問屋・地本問屋の解散・再興の経過にまで考察の範囲を拡げる必要があると思う。そのような操作を経ることによって、筆禍事件の持つ意味も一層深まるのではないだろうか。この試論では、二つの方向――はじめ書肆の側から、つぎに作者の側から――を軸として、改革前後の戯作の動向を跡づけて見ようと思う。

2

天保の改革を特色づける重要な政策、株仲間解散令が発せられたのは天保十二年十二月十三日、市中取締りの強化を意味する南町奉行の更迭――矢部左近将監から水野の腹心鳥居甲斐守へ――を見たのは同二十三日である。人情本の代表作者為永春水と、その版元、丁字屋平兵衛・大島屋伝右衛門・菊屋幸三郎等七名が北町奉行所へ召し出されたのも、改革が本格的段階に入ったことを示すこれらの事件とほぼ時を同じくしているが、これはたんなる偶然の一致といい切れるだろうか。

人情本はまもなく峻厳な匡正令・倹約令の対象となるはずの市中風俗の諸相に、その素材を仰いでいたばかりでなく、流行の尖端をいちはやく紙上に紹介することで婦女子の歓心を迎え、全国的な人気を博していた。貸本屋の背に運ばれて、二倍三倍にも回転した人情本の読者の数が、寛政度の洒落本のそれをはるかに上回っていたことも勿論である。民衆教化をもくろむ改革当事者が神経を尖らせたのは、直接には人情本の好色性であったけれども処断が寛政の改革の場合よりも厳しさを加えたのは、その通俗性・大衆性を無視し得なかったためでもあった。たしかに出版統制令の施行に先立って、春水と版元を召喚したのは異例の処置であったといえる。寛政改革の際には、京伝と蔦屋は前年の洒落本禁制を犯した非合法出版のゆえに処罰された。春水及び版元は市中風俗壊乱の震源のひとつと目されたのであって、そこには個人的罰科をこえた意図がこめられていたわけである。(1)

二十九日にいたって、かねてから進められていた内偵(2)にもとづいて、中本及び好色画本の板木、車五台分が北町奉行所に没収される。馬琴は版元の周章狼狽ぶりをつぎのように伝えている。

就中丁平は中本の板多く有且当春売出候新板既に製本致候も有レ之彫は大抵出来絵ヲ未タ彫ざる板も有レ之是は皆損失にて丁平はさらなり外六七人の板元色を失ひ呟候是等のまがつみにて八犬伝の売出しも自ら返り候（十三年一月十二日、篠斎宛書簡）

中本版元呼び出しの一件は他の版元にもショックを与え、翌十三年正月の新板売出しは一時見送りの形勢となった。『田舎源氏』も例外ではなく、種彦が奉行所から著述差留をいい渡されたとの風評さえ弘まったのである。この風評は『田舎源氏』の人気と種彦の名声とから、まことしやかに伝えられたのであろうが、間もなく三十七編・三十八編が市中に現われて自然立ち消えになった。そして、二月五日、さきに呼び出しを受けた春水は手鎖、版元が家主預けと、一応処分が決定し、奉行所の取締方針がもっぱら中本を対象としていることが明らかになったので、他の版元の動揺も一旦は鎮まったのである。丁字屋平兵衛も奉行所へ伺いを立てた上で、二月九日、『八犬伝』九輯結局編五冊を発売することができた。

三月二日には第二段の株仲間解散令が下る。その対象となったのは問屋と称するもの全部であり、「問屋と相唱候義堅令㆓停止㆒」という徹底ぶりであって、もちろん書物問屋、地本問屋も例外ではなかった。

> 存のごとく十組を初両替屋迄問屋株御つぶしに成候間書林地本暦問屋まで行事幷に仲間と云ふ事不㆓相成㆒候間新板ものは何方へ差出改受候や知れかね候に付町年寄へ伺ひ候ても町年寄にても知れずこの節奉行所差込に候間致㆓延引㆒やうと申候是迄のごとく町年寄江差出し改受候や分兼候間当年の新板物は諸板元見合合巻物なども外題花美に致間敷旨被㆓仰渡㆒候是は名主の了簡にて御下知は無㆑之候（十三年四月一日、篠斎宛書簡）

書物・地本問屋仲間行事に特有の機能に書物の検閲（改め）と版権の処理とがある。すなわち、仲間行事は開版人と書物掛名主・絵草紙掛名主の間に立って、開版出願、検閲認可の手続きを取りつぎ、仲間行事内で提出された稿本を回覧し(回り本)、重版、偽版、類版を防止する。開版人は検閲の下見には上げ本料を、回り本には白板歩銀(未刻の板木一枚を単位として計算する)を、それぞれ手数料として仲間行事に納入し、版権が成立するという仕組である。(3) 検閲の権限は事実上仲間行事に帰しているわけで、いいかえれば奉行所から司法権の一部を許与されていることになる。三月二日の解散令によって仲間行事のかかる機能は麻痺したにもかかわらず、馬琴の書簡に見る通り、奉行所ではその事務を代行する機関について何ら考慮を払っていない。そのため版元の側では検閲の所管がどう落ち着くのか、その基準がどう定まるのか、まったく予測がつかず、困惑の色をかくせなかった。ところが三月中旬に入って、どうしたことか中本の版元はことごとく家主預けを解かれ、春水だけが相変らず手鎖の刑に服していたものの、外の中本作者や画工は咎を免れたので、見通しは明るくなる。検閲の心配を除けば、仲間行事の解散は個々の版元に直接の損失を与えたわけではなく、かえって相互の競争意識を刺激したから、混乱のうちにも出版界は活気を取戻しはじめる。改革をあてこんだ無免許の際物出版が続々計画されるのもこの頃のことである。帰宅を許された丁字屋は「落着と定り候はばかろく相済候半」(4) という予想のもとに新版の準備に着手している。気の進まない馬琴をせき立てて『美少年録』

第四輯の稿を書き継がせてもいる。しかし、『美少年録』第四輯の草稿は第九冊まででき上ったところで、にわかに出版を見合せねばならなくなった。というのは、六月三日の出版統制令が決定的な打撃を版元・作者に与えたからである。その趣意はつぎの二点に要約される。

1、好色画本の禁圧

新板書物の義……異教妄説を取交へ作り出し、時の風俗、人の批判等を認候類好色画本等堅く可レ為二無用一事。

2、検閲の強化

都て書物板行致し候節は、本屋どもより町年寄館市右衛門方へ可二申出一候。同人より奉行所へ相違指図の上及二沙汰一候筈に付、紛敷義決て無レ之様可レ致候。若内証にて板行致すにおいては何書物に不レ限板木焼捨、掛合之者一同御吟味之上厳重之咎可二申附一候。

1は先年十二月の中本版元召出一件から当然予想されるところであり、2は一応三月二日の仲間行事解散令に対応する性質の法令である。従来の慣例では開版人から開版願書と稿本の提出――→仲間行事の下見――→書物・絵草紙掛名主の認可という三段階を経て、開版が許可されたのであったが、この新令で、開版人から開版願書と稿本の提出――→書物・絵草紙掛名主の下見──→町年寄館市右衛門の認可という手続きを踏むこととなったのである。[5]

寛政改革の際には、

……何によらず行事改め候ひて絵本草双紙の類迄も風俗の為に相成らざる猥がはしき事等勿論無用に候（中略）又改め方行届かず或は改に洩れ候義候はば行事共越度たるべく候。

という工合に仲間行事の連帯責任が強調されており、洒落本禁制を犯した京伝・蔦屋に対する監督不行届の責めを負って仲間行事も罰科をこうむっているのであるが、天保改革では、仲間行事が消滅したために、個々の書肆は、奉行所──→町年寄──→町名主の支配体制に組込まれ、直接奉行所のきびしい統制下におかれるにいたったわけである。さらに奉行所の圧力におびえた町年寄や町名主は、進んで検閲の枠を拡げ、続き物の制禁を版元に命じたから、[6] 馬琴の読本のような無害な出版さえ不可能になるのである。

六月三日の新令は書物全般にわたるものであったが、翌四日にはこれにもとづき、一枚絵・合巻を対象とした一層委細を尽した御触が絵草紙掛名主に云い渡されている。

……向後似顔又は狂言の趣向は相止、忠孝貞節を元立にいたし、児女勧善のために相成候様書綴り、絵柄も際立候程省略いたし、無用の手数不ニ相掛一様急度相改、尤表紙上包等之彩色相用候義は堅可レ致ニ無用一候。

文章そのものよりも絵柄の趣向に重きが置かれ、華美な装本や口絵によって購買欲をそそった合巻にとってはまさに死命を制する御触であった。「児女勧善」のために「書き綴る」ようにとの要請は、もちろん武芸奨励・教学復興等の封建イデオロギー強化の政策につながるものである。天保から弘化にかけての教訓読物の氾濫は、版元がこの法令の意を体した結果であった。ここで注意を促しておきたいのは、偽版、重版を防止するという、仲間行事のもう一つの機能が停止したにもかかわらず、それに代わる規定が遂に発表されなかった[7]ことである。版権が自動的に消滅したために生じた事態は、検閲の強化や教訓の要請によって生じた事態よりも、出版機構にとってはより本質的、永続的であって、後でもう一度触れることにする。

　六月三日の出版条令に呼応して、六月九日、再度奉行所へ召喚された春水と中本版元とは、三日間にわたって取調べを受け、六月十一日に判決が確定する。版元と版木師はそれぞれ過料五貫文、春水はあらためて手鎖五十日の実刑を課されたのである。外に、国芳が過料を云い渡されているが、国芳に中本の挿絵の執筆は稀なので、これは国貞、重信の身代りに供されたのである。すでに没収されていた版木はことごとく打ちくだかれ、焼却された。春水の一件が落着を見てから、つぎに取締りの網に入ったのは種彦の『田舎源氏』である。『田舎源氏』は人情本のように好色の画本でもなく、とにかく勧善懲悪の筋を通していたけれども、国貞の妖艶な挿絵は大御所家斉を取巻く寵妾への見立てがこめられており、「絵柄も際立候程省略」せよとの御触の趣意にも抵触するものであった。種彦が奉行所に出頭した日付は馬琴の筆録にも明らかにされていないが、六月十五日篠斎宛の書簡では種彦召出しの記事が見えず、六月二十六日の日記に種彦揚屋入りの記事があることから、六月二十日前後のことと推定される。馬琴の日記では「飯客に悪人有レ之」るため「上り屋へ被レ遣」たゞして、筆禍とは解釈していないが、これは馬琴の錯覚で、真相は『きゝのまにまに』に、

柳亭種彦高屋彦四郎は頭永井五右衛門カより呼出し、其方ニ柳亭種彦と云者差置候間、右之者戯作者致事不レ宜早々外ヘ遣相止させ可レ申と云渡たりとかや（『未刊随筆百種』第十一巻、二三三頁）

とある通りである。「飯客」は外ならぬ種彦自身のことであって、奉行所では彼が旗下の士であることを考慮した上で手心を加えたのである。版元の鶴屋喜右衛門も殆ど同時に召し出されて、抵当に入っていた版木は没収、越えて七月十八日には種彦が病歿する。生前の声名が高かっただけに、その死をめぐってはさまざまの風説が乱れ飛んで、春水の比ではない。たとえば『増補武江年表』では恐懼した種彦が切腹自決した由を記し、『史海』第十三巻、十四巻に連載された饗庭篁村の「文化文政時代の小説家」では春本『水揚帳』

が官の忌諱に触れたとする。又『田舎源氏』を風俗壊乱の書として告発したのは儒者小田切清十郎であったとも伝える。ともあれ、種彦の死は当時の文壇を震撼させた第一の事件であり、馬琴に絶筆を決意せしめた直接の動機ともなっている程である。一方、『江戸繁昌記』の著者寺門静軒は六月中から林大学頭の内達による取調べを受けていたが、八月二十三日に武家奉公御構の処分が決定し、これで当時のベスト・セラー作家は揃って筆禍をこうむったことになる。版元に対する取締りも一層厳しさを加える。

合巻の絵草紙抔も当六日より諸板元稿本を館役所江改ニ出し候処皆ゆるされずとてもかくても大昔の草冊子様の物ならねば開板ゆるしがたしと申候そが中に泉市より改に出し候稿本は甚宜しからざる由にて加様の物を開板致候事尤不埒なりあやまり証文出し候へとて一札をとられ候よし泉市の話にて太郎聞き知り候合巻すら加様に重々しく候へば読本抔は思ひもよらぬ事にて弥随筆の外有レ之間敷候（十三年八月二十一日、篠斎宛書簡）

十一月晦日には六月三日の御触の再確認ともいうべき布告、十二月十八日には素人蔵版の書籍に対する規定が補足されている。検閲の権限を仲間行事から館役所へ移行せしめること、他の問屋の場合と同様に新規開業を奨励すること、この二点から、最終的に仲間行事を解消せしめようとする改革の基本方針が、一層明確に打ち出されているのである。

(1)人情本の発禁は天保八・九年頃から問題になっていたらしく『稗史外題鑑批評』(天保十年)に「去歳地本錦画類の名主等、誨淫猥褻の中本を禁止して絶板したるものあり」という記述が見える。

(2)市中取締りの見回りの上申書が、十月十二月の二度にわたって奉行所に提出されている。とくに十二月の上申書では大島屋以下七軒の版元が所有する人情本、好色絵本の詳細な目録が付されている。(小林鶯里『日本出版文化史』六九五頁)

(3)『江戸書籍商史』一七〇頁。

(4)十三年四月一日、篠斎宛書簡。

(5)御改革以後読本類は改名主の月番下見を致宜敷存候へば町年寄館役所江差出し館にて改済候ハ出板之時稿本は館役所江留置其板本一部奉行所江差上候(弘化二年、篠斎宛書簡)

(6)但二編より長き読物は不成由之一条は右御書(六月四日の御触)には無之候此義はさうしがゝり名主より地本屋へ申渡由に候金瓶梅美少年録皆長編之続き物に候間とてもかくても跡は出板成がたく候(六月頃、篠斎宛書簡)

(7)天保十五年正月に至って漸く重版に関する沙汰書が館市右衛門から書物名主に触れ出されるが、それは「重版之差別不相立候ては追々混雑致し候に付」とある通り、館役所の事務の繁雑を整理するためであり、「其筋商売人へ不レ洩様」という文言が示しているように、版権保護の意図から出たものではない。

3

筆禍事件に連座した版元のうちでも被害の甚だしかったのは鶴屋喜右衛門である。鶴喜は天保五年先代の死後、家運傾いて、所有の版木をつぎつぎに手離しているが、『田舎源氏』から上る莫大な利益は優に屋台骨を支えるに足りていた。それだけに一枚看板ともいうべきその版木を没収された損失は決定的で、没落は時間の問題にすぎなくなる。鶴喜程ではないにしても、丁字屋は当主の平兵衛が居所を隠して、代わりに六歳の童児を店主に立て(1)、大島屋や菊屋は一冊ものの教訓絵本の出版に転向するという状況で、本格的な出版の見込みは立たなかった。さらに十四年の夏に入って、地本問屋の大所である泉市と蔦吉とが揃って処罰される。

神明前和泉屋市兵衛幷に蔦屋吉蔵御触書御免無レ之内最初摺込候二千部内々にて上方へ遣し売せ候事露顕致、一昨日御吟味中手鎖に相成候（十四年七月二十日、『馬琴日記』）

江戸に比べて上方の取締りが比較的ゆるやかであった事情につけ入ったこの術策も、たちまち奉行所に看破られたわけで、泉市も蔦吉も天保十四年、弘化元年、弘化二年の三年間は新版を見合せて、謹慎の意を明らかにしなければならなかった。

小説年表に見る通り、天保十四年度合巻の新版はわずか七点という寂しさで、いわゆる常連の版元は禁令をはばかって新版を休んでいるのだが、その反面無届の出版が跡を絶たなかったことも事実である。

本郷辺の書肆某甲の改を不受して売出し候錦画は似面ならねど役者の舞台姿に画き候を人形に取なし候て人形使の黒衣きたるを画き添候是も役者絵に似たりとて速かに絶板せられ候由聞之候（十三年九月二十一日、篠斎宛書簡）

検閲の網の目をくぐりぬけて市中に流れた出版物は、その稀少価値ゆえに途方もない高値を呼んだ。猿若町を鳥瞰図に仕立て、俳優は一人も姿を見せない平凡な英泉の一枚絵が、一両で売出されているのはその一例である。(2) 皮肉なことに、検閲令の苛酷な施行がボロもうけの機会をつくったのであって、絶版の危険を冒してまでも際物出版をもくろむ二三流の版元は少なくなかった。そして間もなく、新規開業の版元を含めてこれらの版元は、本格的な出版に乗り出し始める。(3) 鶴喜や泉市等の一流版元の不振と仲間行事の解散とが、進出の余地を与えたわけである。とくに仲間行事の閉鎖性――特権の専有、仲間人数の制限、新規開業者に対する有形無形の圧迫――が打破されたことは、少なからず新規開業者の立場を有利にした。たとえば、団扇屋の伊場屋仙三郎が、国芳の諷刺画で大当りをとり、その利益をテコにして、合巻出版に横すべりした如きは、仲間行事の権限が確立していた改革前には許されなかった筈である。もちろん改革の混乱に乗じて輩出した版元のうち、既成の版元との競争に堪え得る地歩を占めたものは少数で、大半は二三点の新版を市場に送り出しただけで姿を消しているのである。その成功の条件はつぎの三つに要約される。

1　新進(?)作家との提携。応賀の『倭文庫』を出した上州屋。種員の『白縫物語』を出した藤岡屋慶次郎は顕著な成功を収めた例である。既成の版元が老大家を擁していた(たとえば泉市は馬琴、森治は京山)のと対照的である。

2　既成版元との共同出版。たとえば、えびすやが鶴喜と合版で、田舎源氏の続編『其由縁鄙面影』を出しているごときである。

3　板木の購入再版。偽版、重版、類版。仲間行事が解散されて版権が消滅したことは前述したが、それによって利益を得たのは新興の版元で、元版の所有者であった既成版元は例外なく被害者の側に回った。

天保十四年閏九月水野越前守が老中職を退き、弘化元年から二年にかけて、漸く検閲が緩和される。(4) その結果、既成の版元も新興の版元もきそって新版を計画し、相互の競争は年を追って激化する。とくに合巻の出版にこの傾向がいちじるしい。人情本と広範な大衆的読者層を分け合っていた合巻は、人情本の一方的禁圧により労せずしてその読者を手に入れる好機を迎えたのである。人情本の読者をあわせ、ふくれ上った読者をめぐっての商戦に伍し切れず、脱落した版元もあり、逆に発展に拍車をかけた版元もあり、新旧を問わぬ勢力交換のめまぐるしさは、弘化から嘉永にかけて出版された合巻の版元が転々しているケエスの非常に多いことに示されている。没落の例として仙鶴堂鶴屋喜右衛門、発展した例として紅英堂蔦屋吉蔵をえらび、それぞれについて簡単に触れて見よう。

板元横山町鶴やは元より家業難渋にて、源氏の草さうしを思付て、柳亭を頼み作らせしが、幸に中りを得て本手多く入て、段々つゞき出し売ければ、やゝ生活を得し処、其の板を失ひ忽没落せり（「きゝのまにまに」『未刊随筆百種』第十一巻、二二三頁）

鶴喜は『田舎源氏』没収後、改革前から所有していた続き物の板木を他の版元に売渡して資金を作り、再起を図ったらしい。たとえば天保十二年第十七編を出した『国字水滸伝』は大黒屋平吉に売渡され、弘化四年大黒屋版、松亭金水訳、国芳画で十八編が発売される。又、天保六年十三編を出して一応完結した『傾城水滸伝』（馬琴作、国芳・貞秀画）の板木も大黒屋に譲渡され(5)、嘉永三年『女水滸伝』（仙果作、二世豊国画）と改題、続編が出版される。一方馬琴の旧作『父讐宇都宮譚』の再摺を試みたりもしている。こうして弘化四年鶴喜は種彦、春水なき後、本業外の戯作者としても売出していた一筆庵可候に依頼して『田舎源氏』の続編『其由縁鄙面影』を出版する。『田舎源氏』の当りを再度期待したのである。さらに翌年には同じく可候の作で『田舎源氏』の外伝ともいうべき『修紫鄙襯染』を予告する。

嚮に修紫楼先生著述の本伝は予が家の蔵販にて世評喝采看官《めでたくみるひと》渇望せざるはなく是より江湖上《よのなか》の合巻と唱ふる冊子皆其体裁に倣ふ㕝の今猶然り文政己丑の年より刊行なす所十有九年未《いまだ》結局に至らずして惜べし刻板悉く烏有となりぬ遺感《(ママ)》に堪ず思ひしに鄙面影年毎に嗣出せば首尾全ふなさんには此編なくては有べからず出板遅滞なき儘に御求の程奉希候

板元鶴屋喜右衛門謹曰

しかし「江湖上の合巻と唱ふる冊子皆其体裁に倣ふ㕝の今猶然り」という老舗の誇りも頽勢を挽回するには役立たなかった。『其由縁鄙面影』は三編から太田屋との合梓となり、しかも嘉永三年にいたって、その太田屋は悪達者な焼き直しの手腕で売れっ子となっていた笠亭仙果に執筆を依頼して類作『足利絹手染紫』を出版し、鶴喜の敵手に回る。株仲間が健在ならば、行事の筆頭に位していた鶴喜は、この不徳の出版を未然に防ぎ得たであろう。さらに不運なことには可候が嘉永元年八月病歿したために『修紫鄙襯染』の企画はつぶれ、『其由縁鄙面影』すら、七編以後は新興の版元えびす屋の手で出版が継続されることになる。そして嘉永五年四月十八日付で、鶴喜は家業の一切を辻岡屋文助に譲渡し、延宝以来の老舗仙鶴堂は完全に没落するのである。

既成版元中鶴喜とは逆に見事な立直りを見せ、改革前鶴喜の占めていた地位に代わったのは紅英堂蔦屋吉蔵である。「利にのみ走れるしれもの」と馬琴に酷評された蔦吉は、改革後の小説出版にいちじるしい露骨な商業主義の一面を代表しているといえよう。

蔦吉が本格的に新版を再開したのは弘化四年、その手始めに選んだ企画は『八犬伝』と『美少年録』の抄録であった。原作者の馬琴と版元の丁字屋には無断で出版するという図太い商魂と、長編合巻による読本の大衆化というすぐれた着想とが相まって、この両作ともに当り作となった。以後、「紅英堂曰。近年の合巻《えざうし》は編数《さく》を増にしかじ」(『新勒物語』初編序文、嘉永二年)という方針を打出し、長編合巻流行の先頭に立った。嘉永四年には八種の続き物を擁して、他の版元を圧している。そのうち四種までが馬琴の読本の抄録であることに注意したい。それらの序文から判断するかぎりでは、蔦吉は仙果、一九、西馬等の有能な抄録者に積極的に馬琴読本の抄録を迫ったらしいのである。中でも八犬伝の焼直し『雪梅芳譚犬の草紙』(仙果作、二世豊国画)は、丁字屋の『仮名読八犬伝』(二世春水作、国芳画)と、はげしいせり合いを演じた。『仮名読八犬伝』の口絵、装幀が読本を思わせる固くるしさをとどめているのに比べて、『犬の草紙』のそれは配色も毒々しく大衆受けのする気安さがあって、馬琴の死後、早速、一名八犬伝と角書を打った抜け目なさもさることながら、合巻出版の商策にかけては、丁平は蔦吉の敵ではなかった。すなわち、嘉永六年には『犬の草紙』がはやくも二十八編を出しているのに、『仮名読八犬伝』は漸く十八編を出したにすぎず、しかも二世春水が丁字屋と袂を分って蔦吉・太田屋合梓の『今様八犬伝』を引受けるという有様で、勝敗の帰趨は明らかであった。

つぎに天保から嘉永にかけての小説出版の状況を合巻の新版点数を指標に一瞥してみよう(出版部数については資料がきわめて乏しく、新版点数を一応の目安としなければならなかった)。

第一表 合巻新版点数(小説年表による)

天保 13	37
14	7
弘化元	17
2	21
3	29
4	35
嘉永元	44
2	49
3	54
4	66

第一表に見る通り、合巻の新版点数は天保十四年をどん底に、以後着実に増加している。改革前の点数に回復したのは弘化四年、株仲間再興を見た嘉永四年には天保十三年の二倍弱に達している(合巻の新版点数は嘉永五年の七六点を頂点に以後幕末まで漸減の傾向を辿る)。他のジャンルと比較してみると、読本は改革前後を通じて一定しており、人情本は弘化嘉永年間を通じてわずか数点という激減ぶりであり、滑稽本は天保末年頃、人情本

に押されて一年に一点そこそこの新版にすぎなかったのが、弘化に入って年数点ずつの新版がある。もっとも弘化年度の滑稽本の新版点数はいわゆる教訓絵本を含めての数であることを考慮に入れなければならない。要するに、合巻と人情本とが改革下の小説出版における明暗二筋道を分けているのである。ところで合巻新版点数増加の実態は、第二表によ

第二表 版元別合巻新版点数

	版元	天保13年	嘉永4年
既成版元	つた吉	10	8
	藤岡彦	7	0
	山　本	5	4
	泉　市	4	4
	鶴　喜	3	0
	森　治	2	2
	川口宇	2	0
	山　口	1	6
	佐野喜	1	7
	丸　清	1	0
	大　平	0	2
	不　明	1	
	（計）	37	33
新興版元	恵比寿や		5
	藤岡慶		5
	山　田		4
	上州や		3
	三　鉄		3
	太田や		1
	伊場仙		1
	丁　平		1
	（計）		23
	不　明		10

（東大付属図書館・上野図書館所蔵草双紙による調査）

って明らかである。立直りを見せた既成版元の勢力と、新興版元の勢力とは嘉永四年にはほぼ拮抗している。すなわち、既成版元の出版点数は天保十三年三七、嘉永四年三三と大差がないが、新興版元のそれは二三に達し、版元不明の分も多くは新興版元の出版になるものと考えられるなら、その差はせばまる。

以上のような出版界の混乱も、嘉永四年三月、株仲間再興令が発せられるにおよんで、一応安定する。上野図書館所蔵の諸問屋名前帳双紙問屋の部、諸問屋仮組名前帳書物問屋の部、同双紙問屋の部は、このときの新旧版元の勢力分野を示す根本資料である。その体裁は一ページに一名宛、問屋名前を記載し、家督相続、名義変更、住所変更、印形変更等が註記され、慶応年間にいたるまでの増補が加えられている。とくに本組名前帳の記載は詳細を尽している。本組名前帳冒頭につぎのような断り書がある。

此度問屋組合之儀文化以前之通再興被二仰付一、御調之上地本双紙問屋現在人数名前帳奉二差上一候。已後月行事を立、兼与被二仰渡一候風俗等ニ拘候絵物合巻双紙類無レ之様急度相聞、開板取締向之儀は是迄之通相心得掛り名主中改請可レ申候。

向後加入幷譜替休業共其時々奉レ願御差図受可レ申候。

嘉永四亥三月

(句読点、返り点は筆者)

仮組名前帳はいうまでもなく解散令以後新規に開業した業者の名簿であって、本組と別に仮組を立てなければならなかった事情は他の株仲間の場合と同様である。仮組加入双紙問屋の数は非常に多い。[6]

書物問屋本組　（五六）
同　仮組　一七
双紙問屋本組　二九
同　仮組　一二五　（一一七）（括弧内は『江戸書籍商史』による）

「江戸書籍商史」の数字が、名前帳の数字とくいちがっているのは改革後没落した本組版元の株を譲り受け、仮組を脱した版元があるからである。嘉永六年迄の名儀変更は九件を数え、本組二十九名の三分の一弱に当る。[7]

(1)十三年九月二十一日、篠斎宛書簡。
(2)同右。
(3)主な新興版元(但し地本双紙屋)が新版に着手した年代はつぎの通りである。

弘化元年	錦林堂	太田屋佐吉
〃	錦重堂	上州屋重蔵
弘化三年	錦橋堂	山田屋庄次郎
弘化四年	松林堂	藤岡屋慶次郎

〃	団扇堂	伊場屋仙三郎
嘉永元年		三河屋鉄五郎
〃	文渓堂	丁字屋平兵衛
嘉永二年	錦昇堂	恵比寿屋庄七

(4)御改革以後南北の奉行も代りて次第に手軽く(検閲のことを指す)成候事大幸之至リニ御座候(弘化二年、篠斎宛書簡)

(5)板元鶴屋喜右衛門其板(傾城水滸伝のこと)を両国橋書肆某甲(大黒屋のこと)に売しより、其板今尚有りと聞えたり(『著作堂雑記』弘化五年二月の条)

(6)仮組名前帳に、丁字屋、大島屋、菊屋、中屋等中本の版元が名を連ねているが、これは中本の制禁によって、合巻出版に転向したためである。

(7)没落した本組版元と株を譲受けた仮組版元はつぎの通りである。

旧本組		新本組
川口屋宇兵衛	→	辻屋安兵衛
鶴屋喜右衛門	→	辻岡屋文助
蔦屋重三郎	→	山田屋庄次郎
江崎屋吉兵衛	→	有田屋清右衛門
藤岡屋彦太郎	→	藤岡屋慶次郎
川口屋正蔵	→	恵比寿屋庄七

伊勢屋三次郎 ──→ 浜田屋徳兵衛
赤松屋庄太郎 ──→ 上州屋重蔵
中村屋勝五郎 ──→ 坂本屋新七

4

改革政治の進行にともない、質素倹約を強制する法令が矢継早に発せられて、民衆の生活に煩瑣な干渉を加えたので鬱屈した民心はそのはけ口を落首、落書の類に求める。その作者をただちに町人に措定することは、厄払い、ちょぼくれ等の長い形式のものが、幕府上層部の人事を精しくうかがっている点から考えて、慎しまなければならないが(1)、現在伝わる無数のヴァリアントは落首、落書が広く江戸市民の間に流布し、支持されたことを示している。有名な国芳の諷刺画『源頼光公館土蜘作妖怪図』もこのような世論の波に乗って思わぬ成功を博したのである。改革によって個人的被害をこうむったとはいえ、国芳じしんどれほどの諷刺的意図があったかは疑わしいが、その怪異な構図と色調は改革下の江戸市民の梗塞した心理状態に訴える効果をはらんでいたといっていい。さらに、諸書に散見(2)するこの諷刺画についての記事を拾ってみると、「何者か怪説を出し」とか「解者曰」とか註しており、一般の評判が高まる前に諷刺的意義を付与した人士の存在を暗示している。(3)この階層はおそらく、落首、落書の作者群と一致するであろう。

ところで、戯作者たちは国芳の諷刺画に喝采を送った民衆の動きとは無縁であった。ここでかれらは民衆の動向を敏感に察知して作品にもり込むサービス精神すら失って、民衆の背後から徒らに教訓と勧懲を呟くという惨めな地点に自らを追い込んだわけである。もちろん天保の改革が取締りに峻厳の度を加え、出版の条令が業者の予想をつねに一歩先回っていたことを考慮しなければならないが、寛政改革の際に、春町や喜三二が黄表紙の世界にひそめたうがちの精神は見るべくもない。韜晦の才分乏しく、味も素気もない教訓をむき出しにしたきわものの合巻、滑稽本がおびただしい大勢の中に、ただひとり改革への反撥をひそかに書き綴った人物がいる。筆禍を受けて「武家奉公御構」の身となった寺門静軒である。

『繁昌後記』は静軒の生前陽の目を見ることなく、明治十年にいたって奎章閣から前後編二冊が上梓された。三編以下はもともと草稿が未脱であったのか、散逸に帰したのか、それを確める手がかりはなく、前後編の成稿年代すらも伝えられていない。(4)筆禍後、転々四方に客となって流離漂泊の数年を送っている静軒の経歴にも似て、此の書物の運命も数奇をきわめているらしいのである。『江戸繁昌記』五編静軒居士卒の章に、四十一の前厄で病床に臥した著者が妻子に向って「地獄ノ変相ヲ一観スルモマタ善カラズヤ剣山血池写シ取ツテ続編トナン以テ汝ニ付セバ数日ノ飢ヲ支ヘン」と語る個所があり、これは『繁昌後記』の序「天保九臘八ノ後静軒債主ノタメニ迫ラレ……生キナガラ棺ヲ蓋ヘリ……生前一片ノ三途婆心死ニ至ツテイマダ休セズ勧善懲悪ノ筆以ツテ後記トナス」に照応する。すなわち、『繁昌後記』の構想は正編の成るにしたがって熟し、執筆の開始は改革を日前にした天保十年頃からと推測される。ところで後編にペリー来航、安政大地震の記事が見えるから、執筆の期間は安政元年以降にまでおよぶことになる。一年一編の割合で五編を刊行し終えた正編の場合に比べると、天保十年から安政元年まで十数年の歳月は長きに過ぎるが、それは前編と後編との間で執筆が中断されたためらしい。前編で静軒は三個所ほど自作の『繁昌記』について語っているが、筆禍事件に言及していないし、また扱う時事も、天保八年の凶荒と一揆・大塩の乱・岡場所の取締・天保九年の貴金属使用禁止令等、天保八九年に集中しているのであって、改革以前の執筆を首肯させるものである。また武家奉公御構の身となってからは、『江頭百詠』の自序にいう「余壬寅以来、局促転徙、八年の間凡そ七たび居を移」した流寓の生活ゆえに筆を廃したのであろうか。前編と後編とでは構想の不整合を来していることも、この中断の事情を裏付けるものかもしれない。

正編において儒者や僧侶に向けられた罵倒や諷刺の筆鋒は、儒者の身でありながら浮華の世相を丹念に書き綴る静軒じしんにはねかえり、いたるところで自嘲や自虐のことばを分泌させる。その自嘲と自虐の極度に煮つまったものが、戯著のわざくれにふけった罪業ゆえに、静軒が地獄へ堕ちるという『繁昌後記』の構想なのである。すでに自らを地獄の住人とした以上、静軒の筆誅はとどまる所をしらない。諸侯から庶民にいたるもろもろの階層の人物が地獄に拉致され、容赦なく前世の悪業をあばかれているのである。ただし、地獄というフィクションを設定したために、正編の豊富な風俗描写が支えていたリアリティに欠けるのは否み難い。改革への諷刺が指摘されるのは後編に入ってからである。静軒は閻王に乞われて浄玻璃鏡に映し出される新政下の江戸市中の光景を逐一解説する。前編では殆ど風俗に触れなかった静軒は、ふたたび『繁昌記』の筆致にかえり、吉原、深川等の衰微を嘆じて倦まない。その底に流れているのは「歳月ノ久シキ、時世ノ変、本末位ヲ易フ、諸風皆然リ、勢ヒ然ラザルヲ得ズ」という感慨である。ようやくあわただしい幕末の騒乱を迎えた静軒(ペリー来航、安政大地震を予言の形式で改革の記述に織り込んでいる)は、繁昌記の世界を押し流そうとする歴史の動きを垣間見たのである。もちろん、静軒の視界は風俗の世界に限られていて、水野や鳥居の悪政に対する反撥はあるにしても、天保改革の歴史的本質を討尋するまでにはいたっていない。このような静軒の歴史感覚に、『柳橋新誌』をあらわして、柳橋の沈滞を慨嘆し、併せて明治新政府への反感を洩らした

成島柳北のプロトタイプを見ることは許されるだろう。(5)

『江戸繁昌記』を「無用之人」の「無用之書」と自ら命名した静軒が、「無用之人」の自覚に徹してゆくのに比例して、封建支配機構に放つ諷刺と嘲罵にはげしさを加えていることは以上の通りであるが、もともと「無用」の戯作を「有用之書」に高めることに著作の意義を見出していた馬琴の場合、天保の改革はどのように受けとられたであろうか。

　封建倫理の徳目を読本の娯楽性にくるんで婦女子の教化に一役買うつもりでいた馬琴が、その強化、再編成を標榜する改革の趣意に肯定的であったのは当然である。「遠近とも武芸まさかりの事目出度奉ㇾ存候」(6)と武芸奨励に感激したり、「これ等(註　女髪結のこと)の御停止は、乍ㇾ恐善政にて有がたき事なり」(7)と風俗匡正を歓迎したりしている馬琴の感覚は、戯作者のものではない。私的な書簡や手記の類いに記されているだけに、本心から信じ込んでいた、と見ていい。同じ戯作者仲間である春水の筆禍についてはとくに論評を加えていないが、すでに天保十年『稗史外題鑑批評』で「春水はをさをさ猥褻の書を著しながら、みづから教訓亭と号するは、耳を塞ぎて鈴を盗むの類」と嘲笑っていることから、その心事は容易に推察できるのである。春水の筆禍を冷やかに見送った馬琴にとって、天保の改革は年来排斥してきた「誨淫導慾」の書にかわって「勧善懲悪」の書があらわれる機会、彼の著作の正しさが権力者によって権威づけられる又とない機会でなければならなかった。市中に吹き荒れる風俗匡正令、倹約令の嵐をよそに、馬琴は『八犬伝』完成の疲れをいやすいとまもなく、中絶していた『近世説美少年録』の執筆にのこりすくない老年の精力を傾けるのである。

ところが、六月三日の出版条令はこのような精進を徒労にかえしてしまう。馬琴は六月九日その町触の書付けが発表されるのと殆ど同時に、篠斎宛の書簡を認めているが、「此外種々無量なる事ども寸楮尽し難く候」「御覧後早々御夏虫可レ被レ成候」等の字句は、こうむった打撃の大きさを端的に伝えている。彼を打ちのめしたのは、絵草子掛名主から達せられた続きものの制禁である。晩年は雄大な構想を盛るに適した長編形式によって充分な力量を発揮しえた馬琴であるから、二、三冊の読切の形式に制限されることは、事実上執筆禁止を意味していた。

著作収入による生活の途を絶たれた馬琴は、著作の意義を疑い、その矛盾を意識しはじめる。

乍レ恐御改正の御旨は御尤至極に奉レ存候へども幾十年其通にて仕来り候処只今急に御改正に付愚民等一同世渡ヲ失困らぬ者はなき様に聞え候（中略）就中小子抔は老衰不眼之上世渡を失ひ候得ば外に世渡を替候事も成かね候得共是迄の事と思ひあきらめ候得ば実に五十年の非を知り候に足とや申べき（前掲書簡）

意識的には「御改正の御旨は御尤至極」に感じていた馬琴も生活的には「愚民等一同」の一人であることを自認しなければならなかった。戯作のいとなみをいやしみ恥じていた馬琴は、その合理化、意義付けを必要としていた。稗史伝奇の「無用」——慰みを与える仕掛としての虚構——は勧懲を婦女子に訓える方便として肯定され、「有用」——庶民教化の具——にまで高められる。この功利主義的な戯作観は彼の分裂した階級意識にもとづいている。馬琴の生涯を通じての念願は戯作者の境涯を脱して士分に復帰し、廃絶した家名を再興することであり、理想的には官について「君子の大道」を説くことであった。しかし、その念願は容易に達せられず、現実には戯作生活に跼蹐しているかぎり、戯作を「有用」化することにその代償が求められなければならなかったのである。ところで、戯作による糊口の道が絶たれようとした時、馬琴は戯作者以外の何ものでもない自己を意識することになる。ここで馬琴は「無用」の戯作が遂に「無用」にすぎないことを悟り、作家としての自信も矜りも失っているのであるが、もともと他の戯作者たちから彼をへだてていたその作家意識なるものが、矛盾の産物であり、それなりの脆弱さを潜めていたわけである。

小子著述類以来排斥致候積りにおもひ定め候能やめ時に候得共何分拙孫小禄にて小子旦暮を不資候ては是迄の如く暮し候事成かね……（前掲書簡）

愛孫太郎の成人に滝沢家再興の望みをかけていた馬琴は、(8)なお容易に著述を廃し得ない立場にあったが、種彦の死を伝え聞いた八月七日、いよいよ絶筆の決意を固め、有名な雑記中のことばを記し、「吾後孫此記閲する事あらば当時を思ふべし　壬寅八月七日記レ之」と沈痛な感懐をこめて筆を擱いているのである。

著述を絶った馬琴は生計の維持に苦心を重ねた。天保十四年の春、将軍家慶の日光社参に供を許された太郎に十匁筒の鉄砲をせがまれ、その代金を調達しかねた馬琴は、愛蔵の『兎園小説』を上京中の小津桂窓に譲り、ようやく五両の金を得ているという窮迫ぶりである。制禁を犯して非合法出版を事とする版元を糾弾し、教訓読本の執筆に転向して生活の資を得ている春水を冷笑しているのも、政道を踏み違えず、謹慎の意を表している自身の態度を是認し、自負した結果の言動とのみは云い切れない。生活のため筆を取りたい気持は充分ありながら、体面にこだわるあまり春水のように安手のパンフレットをひきうけることもできず、絶筆宣言に自縛されてかたくなな沈黙を余儀なくされている馬琴の嘆声であり、嫉視の呟きなのでもある。生計の困難ゆえに心弱くなっている馬琴の本音はつぎの書簡によくあらわれている。

京山抔は当春(註　弘化二年)猫の合巻二編とやら三編とやら出板のよし聞え候小子も小遣の為に淡き合巻抔を頼板元あらハ綴りもせはやと思ひ候へとも小子ハ潤筆料高料故

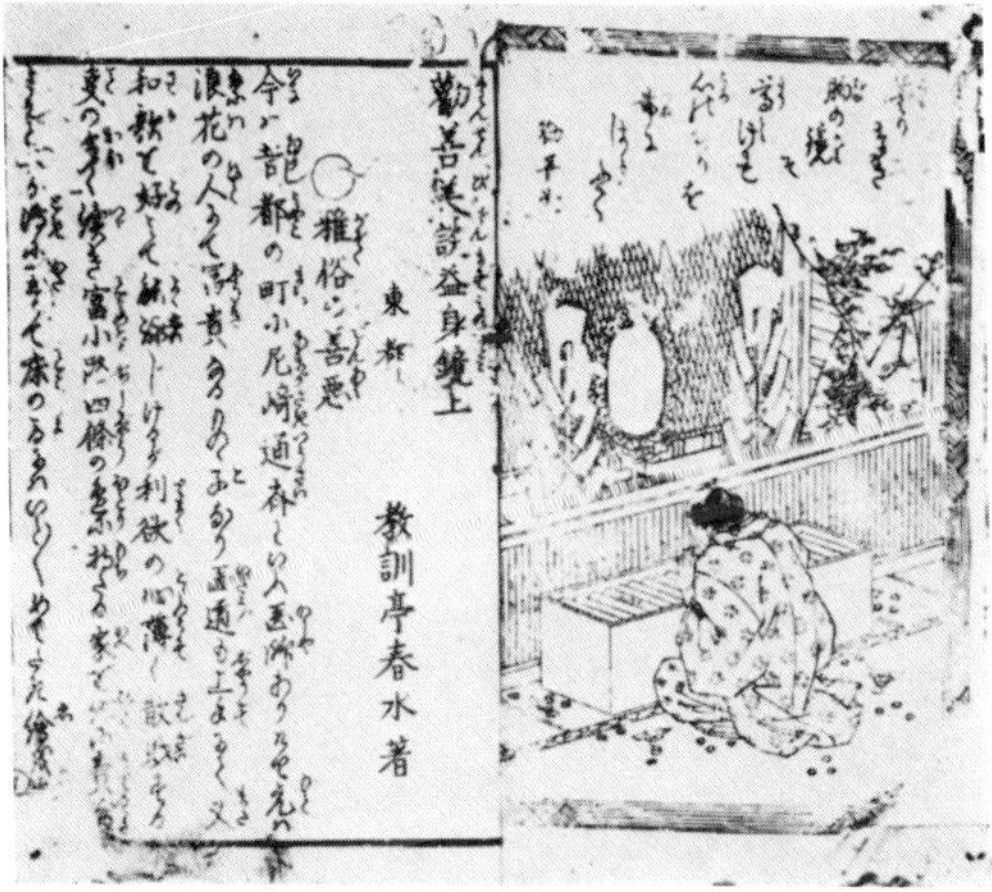

筆禍後の春水がものした教訓本

『勧善美談益身鏡』 天保14 〈上〉

右上に「曇りなき胸の鏡ぞ尊とけれ心のちりを常にはらふて」の道歌がそえられている。

『運勢開談甲子祭』 天保14 〈左〉

夫々怕れて頼候板元無之候されはとて安売も今さら成かね候へはよき価を得て沽れや〳〵と自笑いたし候譬ハ盛妓の年あけ前に成たると俳優の大たて者か老込たるに似て其価其給金高料成故に客も稀にて摑え候座元も稀なるに似たり御一笑〳〵

露骨な営利主義への傾斜を強めていた出版業者はその注文に甘んずる職人的な作者をもっぱら歓迎したのである。仙果の手になる自作の翻案の計画に憤まんを洩らしたりしている馬琴は、すでに末期症状に入って、出版業者の演出に左右される戯作の世界の圏外にあった。

春水をはじめとする群小の戯作者たちは、戯作を生活の手段として割り切っていたから、それが「有用」であるか「無用」であるかを文学的主張に結びつける意図をはじめから放棄していた。したがって、静軒や馬琴の場合、その文学的主張を鋭くさせ、あるいは作家意識を崩壊させる契機として働いた天保の改革も、かれらにとっては生活上の問題ではあるにせよ、意識上の問題ではなかった。むしろ、改革によって変質せしめられた出版機構の動向が、その進退を決定づけたのである。

春水は刑余一年半程生きのび、天保十四年十二月二十二日に歿している。「壬寅の秋より人情本とかいふ中本一件にて、久しく手鎖をかけられたる心労と内損にて遂に起た」なかったと伝える『著作堂雑記』の記事は、かれが筆禍後失意の淵に沈んでいたような印象を与えるが、事実は英泉や文亭綾継と連れ立って墨堤を逍遥する閑日月(9)もあったのであり、此の間の著作も、片々たる小冊子が多いながら、相当の量にのぼるのである。今まで紹介されたものに、管見に入ったものを加えてみると、次の通りである。

(10)「意見早引大善節用」　為永長次郎作 渓斎善次郎画　三河屋甚助版　天保十四年

「勧善美談益身鏡」　教訓亭春水作 渓斎英泉画　大島屋伝右衛門版　天保十四年

(11)「心学教訓図絵」　教訓亭春水撰 東花園貞重画　青雲堂英文蔵版　天保十四年

(12)「長生不老伝授巻」　越前屋長次郎作 四郎兵衛国直画　森屋治兵衛版　天保十四年

「孝信開運日記」　〃　〃　〃

「陰徳陽報黄金葛籠」　〃　〃　〃

「運勢開談甲子祭」 〃
〃 〃
「善玉悪玉宝山入」 〃
〃 〃
「⒀報仇高尾外伝」 二世楚満人作 渓斎英泉・英笑画
河内屋源七郎版 天保十四年
「⒁教訓ちかみち」 教訓亭春水作 歌川貞重画
？ 天保十五年
「⒂幼稚千字文」 鶉鶉貞高補 ？
頂恩堂本屋又助版
「⒃一休禅師教訓図絵」 教訓亭春水補 渓斎英泉画
青木屋嘉助版 天保十五年？
「⒄心学捷径 大学笑句」 狂訓亭主人作 一筆庵主人画
青雲堂英文蔵版 天保十五年
「寿勘忍ぶくろ」 狂訓亭春水作 ？
？ ？

このうち、読本『報仇高尾外伝』をのぞき、いずれもいわゆる教訓絵本の類である。夙くも天保十三年中に、丁字屋と森屋が春水に八犬伝の抄録を依頼している(春水の刑が確定したため沙汰やみになった)ように、官の忌諱に触れたとはいえ、人情本元祖の声名は版元にとって利用価値があった。春水も版元の要請に気安くこたえて、改革の趣旨をぬけめなくとり入れ、教訓絵本のワクの中でさまざまな工夫を打ち出している。たとえば『教訓ちかみち』はイソップに材を取り、『大学笑句』は大学章句のもじり、『幼稚千字文』は天保十四年春の手習師匠への御触を当て込んだ出版である。これらのパンフレットには狂訓亭から教訓亭へ踏切った春水の豹変ぶりが滑稽なまでにあらわれている。(18)『勧善美談益身鏡』の口絵に、神前に恐れつつしむ作者めいた姿を画き入れ、「曇りなき胸の鏡ぞ尊しけれ心のちりを常にはらふて　勧善堂」という道歌を添えているのは、恭順の意をよそおう春水のさかしらであろう。春水の転向は寛政改革の際京伝がとった態度を想到させるが、京伝には『通俗大聖伝』のような固いものを出す一方パロディ『孔子縞時藍染』をあらわす余裕があった。春水のようにこども向きの通俗教科書にまで筆を染めることは、才分に自信を持っていた京伝には思いもつかなかったのである。しかし、最晩年には門弟の染崎延房から生活の補助を受けたりしている春水は、教訓絵本であれ、通俗教科書であれ、とにかく筆を休めることは許されなかった。「頽然白頭老翁」(19)の春水が二、三流の書肆の依頼のままに、際物の執筆を引受け、生活の苦闘を続ける図は、いたましさを感じさせるけれども、春水の『大学笑句』を手にとって「経書を玩び、聞に堪ざるものなれば捨去る[20]」と冷笑した馬琴の大家ぶったものものしい構えに比べて、やはり生粋の町人作家らしい図太さとねばり強さが芯に通っているのである。

(1)江頭恒治「三大改革と世論」参照。本庄栄治郎編『近代日本の三大改革』所収。

(2)『きのまにまに』『事々録』『黄粱一夢』『武江年表補正略』等。『きのまにまに』の記事を採録してみると、

いとおかしきは国芳が書る頼光病床に在て四天王の力士ら夜話する処、上に土蜘の化物顕れたる図、俗に有ふれたる画也。夫を何者か怪説を云出し、当時の事を諷したる物とて、此絵幸に売たり。此内おかしと云るは、彼土蜘いかにも画工の筆めかぬ不調法なるが却て怪くみゆ。是は本所表町、俗に小産堀と云所に提灯屋有。初めは絵をかく事を知らぬ者にて、凧を作りて猪熊入道とやら云て髑髏の様なる首をかき、淡墨と藍にて彩る。其辺の子供ら皆是を求めしが、国芳これをかたどりて書たりと見ゆ。

(3)石井研堂『天保改革鬼譚』に、此の絵の化物に附箋をつけ、註解を加えているものが多く伝わっていると記している。

(4)『静軒文鈔』の「蓮縁楼記」「宮崎氏墓誌銘」「茎江先生墓誌銘」の諸文から、静軒が天保十三年には武州四方寺村、同十四年には上州伊与久村、越州飯塚村東陽寺にそれぞれ游んで

いることがわかる。

(5)静軒の生涯については永井啓夫『寺門静軒』(昭四十一年理想社刊)、拙稿「寺門静軒——無用之人の軌跡」(『幕末・維新期の文学』昭四十七年法政大学出版局・所収)等を参照。

(6)十三年九月二十九日、篠斎宛書簡。

(7)『著作堂雑記』

(8)弘化三年馬琴の読本を脚色した『青砥稿《あをとざうし》』が市村座に上場されたが馬琴は自分の名号を削らせて世上の物笑いのたねとなった。興邦の身分の障りになるというのがその主な理由である。

(9)『報仇高尾外伝』序文。

(10)『意見早引大善節用』『勧善美談益身鏡』は、尾崎久弥「天保改革と春水」(『江戸軟文学考異』所収)に紹介されている。

(11)東大付属図書館蔵。

(12)以下の五種は石田元季『草双紙のいろいろ』、永井荷風『為永春水年譜』による。

(13)序文は天保十四のとし初月の十日と記すが、東大図書館本は明治に入ってからの再版。

(14)小説年表による。新村出『典籍雑考』に春水が材料にあおいだ伊曾保物語が上野図書館に蔵されている由が記されている。

(15)東大付属図書館蔵。

(16)同右。

(17)小説年表では天保年間の出版とのみあるが、馬琴日記天保十五年五月六日の条に此の本をお路に読ませた記事があること、『寒檠瑣綴』に「天保ノ末質素ノ制アリテカヽルモノモ禁ゼラレ墨カキバカリノ画表帋ニテ大学笑句ナト云草紙出来リシ……」とある記事から天保十五年刊と推定する。

(18)たとえば『大学笑句』の序文は、

それ世の中の人心、楽を願はぬ者はなし、棄門《よすてびと》も極楽といふ願あり、そも〳〵楽の極意といふは、足事《たること》を知るが要《かなめ》なり、など云ては百も御承知、いらざるお世話と笑ひたまはん、されど作者は気楽にて、例《いつも》の癖の小説本《よみほん》の、いとまに記せしこの小冊、師の酔客《のたまく》のお講釈を、聞書なせし大学の、訓点ここに転伝して、狂訓点にこじつけつゝ、自身の不解《わからぬ》章句と思へば、則是に評注を、粮糟《かてゝ》加えて雅俗の混雑、さりとて本文に通はぬ語路は、章句笑句の、滑稽ならず、嗚呼われながら拙ひかな、古人三馬の啌字尽《うそじづくし》、亦十返舎のこじつけ案文、両先生の名筆すら、チト流行におくれし後世、殊には誤字と仮名ちがひで、一家の口調と知られし僕《やつがれ》なか〳〵児女の為永く、教訓なるべきものならねど、読ぬに多《まさる》の滑稽心学、偏に笑覧を願ふにこそ

(19)永井荷風『為永春水』の補記中、菊池三渓が春水を訪問した記事による。

(20)『馬琴日記』天保十五年五月六日。

5

懐ふに当今は寅年(天保十三年)御改正の後、書肆の印本に株板と云物なく、偽刻重板も写本にして受ぬれば、彫行を許さるゝにより、同書の二板三板も一時に彫ぬる事になりたるは夫将戯作の才子なければ人の旧作を盗みて、利を得まく欲しぬる書賈の無面目となれるなり

という『著作堂雑記』の記述は、改革後の作者、書肆の関係をうがち得て正しい。「偽刻重板」の横行は作者、書肆の双方に責任があった。すなわち書肆の側では地本行事の解散によって株板(版権)が消滅したのに乗じて、ほしいままに類作、偽版を出版したのであり、当り作の焼き直しは読者をつかむには容易かつ確実な企画でもあった。作者の側でも、書肆の企画に盲従して、先輩の当り作を踏み台に自作の当りを図ることを恥とはしなかったし、また翻案に新機軸を出すだけの才分に欠けていたことも事実であった。

古来著述家先達の作を竊むは常の事にて、誰々も知ることながら下手はぬすむに証跡《あと》いと著《しる》明く、上手は奪ひて吾有となせども、他は新案と思ひて止めり、是彼二人の上に似たり、僕《やつがれ》ごときは下手の下手にて竊まねば一部もかゝれず、似我蜂の奇巧も学

ばねば、江南の橘、江北に移栽ても猶橘たゞ古臭い趣向のみ童穉たちにもなになにの贓物《ぬすみ》とはよくよくござんじ、就中此書といつぱ近頃当れる豪傑譚、自来也のやうなもの今一種彫たしと、注文からして盗賊なれば、よい事にして類書の剽奪《きりどり》……（『柳風花白浪』笠亭仙果作、泉市版、初編序文）

この救いがたい意識の低さはひとり仙果にかぎらず、改革後の戯作者に共通して認められるものである。しかも年々増加する合巻の需要に比べて作者の数は不足していたのが実状であって、仙果、種員等の人気作者は濫作を余儀なくされ、その乏しい才分をますますすりへらしてゆく。限られた人気作者をめぐる版元の争奪戦、それにからまる二世種彦、二世一九等の名跡争い、著作の利益を上げるために版元に転身する作者（柳下亭種員）、これらの末期的現象については、もはや触れる必要もないであろう。

天保の改革は「文学と商業主義の相互的な侵蝕作用」（「文学のひろば」「文学」一九五八年一月）を極点にまで進行させる力として働いたのであった。そして改革以前から、その娯楽性と通俗性ゆえに商業主義の営利の対象とされてきた合巻のジャンルに「侵蝕作用」が甚だしかったのは当然といえよう。それにしても、天保改革の後、合巻が獲得した厖大な読者層は、明治開化期の文学にどのような役割を果しているであろうか。

明治初期戯作出版の動向——近世出版機構の解体

1　はじめに

地本双紙問屋本組名前帳の末尾に近く、安政六年五月十八日の口付で、広岡屋幸助という版元が、新規加入を許されている。この広岡屋は文政十二年江戸堀留町の生れ、銀座屋敷辻伝右衛門方に奉公するうち、登用されて普請係を勤め、この年二十五両の加入金を積んで本組への仲間入りを果したのである。(1) 翌万延元年、広岡屋は『倭文庫』とならぶ幕末合巻の人気作『白縫譚』の板木を作者柳下亭種員から購入して二十八編以下を出版し、(2) 元治元年には、一部焼板となった文渓堂の『仮名読八犬伝』の板木を譲り受けて、再板と続編の刊行とを開始した。新進の版元として順調な滑り出しを見せた広岡屋は、その後江戸城が官軍に明け渡されて間もない慶応四年閏四月、木版摺の「江湖新聞」の発兌元となり、新帰朝の福地桜痴を主幹に迎えた。辻伝右衛門の食客西田伝助、人情本作者山々亭有人が共同経営者として参加し、新聞の印刷は広岡屋が輩下の彫師、摺師を提供して間に合わせた。この「江湖新聞」は反政府的論調に終始したためにほどなく弾圧を蒙り、福地が下獄した結果、わずか二十三号で廃刊される。こえて明治五年、旧「江湖新聞」の関係者三人（福地は再度の外遊中）に落合芳幾が加わって、「日日新聞」が創刊された。広岡屋は二百五十円を出資し、会計事務の責任者となった。版元の広岡屋、画工の落合芳幾がともに新聞の経営に参画したので、明治四年六十一編まで出版した『白縫譚』は中絶し、広岡屋から板権を譲り受けた丸屋鉄次郎が続編を出版したのは、ようやく明治十一年のことであった。(3)

広岡屋が合巻の出版と縁を切って、ジャーナリズムの世界に転向したこの明治五年は、まさに江戸戯作が文明開化の波に押し流されて、沈滞の底に喘いでいた時期にあたる。明治五年七月、魯文と有人は有名な教部省差出しの書面の中で、戯作に従事するものは「方今……私共其他両三名ノミ。コレ無レ他知見日ニ開ケ日ニ進ミ、稗史ノ妄語タルヲイヤシム所以ト奉レ存候」と書いた。新聞人に転じた有人は『柳蔭月浅妻』六編の序文に「稗史の如きは旧弊の一贅物」と自嘲のことばを記し、戯作の筆を折った。翌六年には魯文は神奈川県の教導職を拝命して、農村を巡回していた。そしてこの戯作界の不振を象徴するかのように、この年『倭文庫』の板木は烏有に帰し、版元上州屋は続刊を断念した。(4)わずかに紅英堂蔦屋吉蔵が幕末から引継いだ『室町源氏胡蝶巻』など長編合巻の残編を断続的に刊行して、かろうじし老舗の面目を保っていたにすぎない。

その後の広岡屋の足取りを辿って見よう。

明治十四年十月、広岡屋幸助は「日日新聞」の改組を機に退社し、戯作の出版に復帰した。かれが約十年間出版から遠ざかっていた間に、戯作界は明治十一年刊『鳥追阿松海上新話』に始まる合巻復興の機運を迎えていた。が、一旦は新聞ジャーナリズムの空気を吸っただけに広岡屋幸助は旧式の木版合巻には手を出さず、活版による分冊雑誌形式の実録翻刻という、当時としては斬新な企画を打ち出した。『大塩平八郎実記』を第一号とする『今古実録』(明治十五年一月刊)がそれである。木版絵表紙半紙本一冊二十銭、挿絵は「日日新聞」時代の同僚落合芳幾が担当したこの『今古実録』は桜本の俗称で親しまれ、「太閤記、真田三代記、源平盛衰記、大岡政談其他を翻刻し……数百冊を発行し、目先の変りしより売行激甚(5)」を極めたといわれる。この頃すでに戯作の第一線を退いていた魯文は広岡屋から依嘱されて序文を書いた。その一節に「校正全き栄泉社中の蔵版に於る世の貸本を網羅して略尽せるの功勉たりと云も可ならん、此に於て今古実録の題名目下世間に普きも亦宜ならずや」とある。広岡屋ははからずも、民衆の読書機関として久しく親しまれてきた貸本屋の退場に一役買うことになったのである。

広岡屋幸助という一出版業者が辿った屈折にとむ閲歴は、維新の激動に遭遇した書物問屋、地本問屋に共通した運命であった。広岡屋にかぎらず、維新後、江戸時代以来の家業を一擲して、新しい分野に活躍の余地を切り拓こうと努めた版元はすくなくない。たとえば『田舎源氏』の版元として知られている鶴屋喜右衛門は地方専門の卸売問屋に転じ、『白縫譚』の最初の版元藤岡屋慶次郎は、明治十四年、戯作の出版と縁を切って、教科書専門の出版書肆に看板を塗りかえ、地本問屋の筆頭として自他ともに許した甘泉堂泉市は、明治十五年から、漢籍の大規模な覆刻に専念する。(6) しかし、個々の版元の努力にもかかわらず、活版印刷術の普及と新聞雑誌ジャーナリズムの登場とは、木版印刷技術の上にたつ書物問屋、地本問屋の組織を解体させ、絵草紙屋、貸本屋の配給回路を断ち切った。明治二十年に設立された東京書籍業組合の名簿を見ると、組合員百三十一名のうち、旧書物問屋、地本問屋出身者はわずかに十六名、(7) 明治初年における出版業者の整理交替のはげしさ、めまぐるしさを、まざまざとうかがわせるのである。

(1)「東京日日」明治四十二年三月二十九日。
(2)『白縫譚』四十二編広告。
(3)『白縫譚』六十二編広告。
(4)「読売」明治十八年四月三日広告。

(5)朝野文三郎『江戸絵から書物まで』
(6)浅倉屋久兵衛「明治初年東京書林評判記」古本屋第三号
(7)『東京書籍業組合史』

2　江戸式合巻から東京式合巻へ

鳥追阿松の新作から稗史の廃れを興し当今流行《はやり》の読法に折衷《おりあば》せたる功績は是なん久保田先醒……（『菊種延命袋』三編序）

草双紙に至りては田舎源氏を始めとして歳を重ねて陸続と牛に汗し棟に充る喩を引て沢なりしも物変り星移り一ト度廃れて看る者無く殆んど忘れし如くなりしも彼仮名読の鳥追阿松海上新話が草紙の再興……（『新編伊香保土産』五編序）

明治十一年初頭出版の『鳥追阿松海上新話』は、同時代の戯作者たちから、合巻復活の口火を切った作品として高く評価されている。しかし、戯作者たちに復活の舞台を提供したのが小新聞の雑報であったように、合巻の版元に「草紙の再興」の機運をもたらしたのも、新聞ジャーナリズムの力にほかならなかった。自主的な出版企画を失った合巻の版元が新聞ジャーナリズムの下請化することによって贖った一時の繁栄はあまりにも短く、結果的にはその出版機構の最終的な解体をはやめることになる。明治の合巻は新聞の「つづきもの」にその素材源を仰いだばかりでなく、新聞の広告、販売網、購読者に売上げを左右されたのである。そして、「鳥追阿松が稀の大当り」(『菊種延命袋』四編序)は、じつに新聞がつくり出した最初のベスト・セラー現象なのであった。

「鳥追阿松の伝」は「かなよみ新聞」の明治十年十二月十日から十四回にわたって連載され、翌十一年一月十一日に中絶した。錦重堂大倉屋から単行本が発売されたのは二月二十日である。その翌々日、「かなよみ」の紙上にはつぎのような挨拶が掲載された。

一昨日発兌になりました鳥追阿松海上新話の初編ハ何分製本が間に合ぬので漸々刷出た千五百余部は先々から五注文のお得意へ差上たので新規に五注文下すつた分へは何分手廻り兼ますから二三日御猶予を願ひますと版元は申に及ばず本社売捌所一同からよろしく

「先々から五注文のお得意へ差上」た千五百余部は「かなよみ」の購読者から新聞売捌所を通じて、本社に直接申し込みの分が大半を占めていたにちがいない(版元大倉屋の広告がかなよみ紙上に掲載されたのは発売のわずか二日前である)。それは中絶された「鳥追阿松の伝」の続編を期待して、合巻に横辷りした読者である。従来の草双紙読者に加えて新聞によってあらかじめ組織された読者がはじめて姿を現わしたのである。新聞が発揮

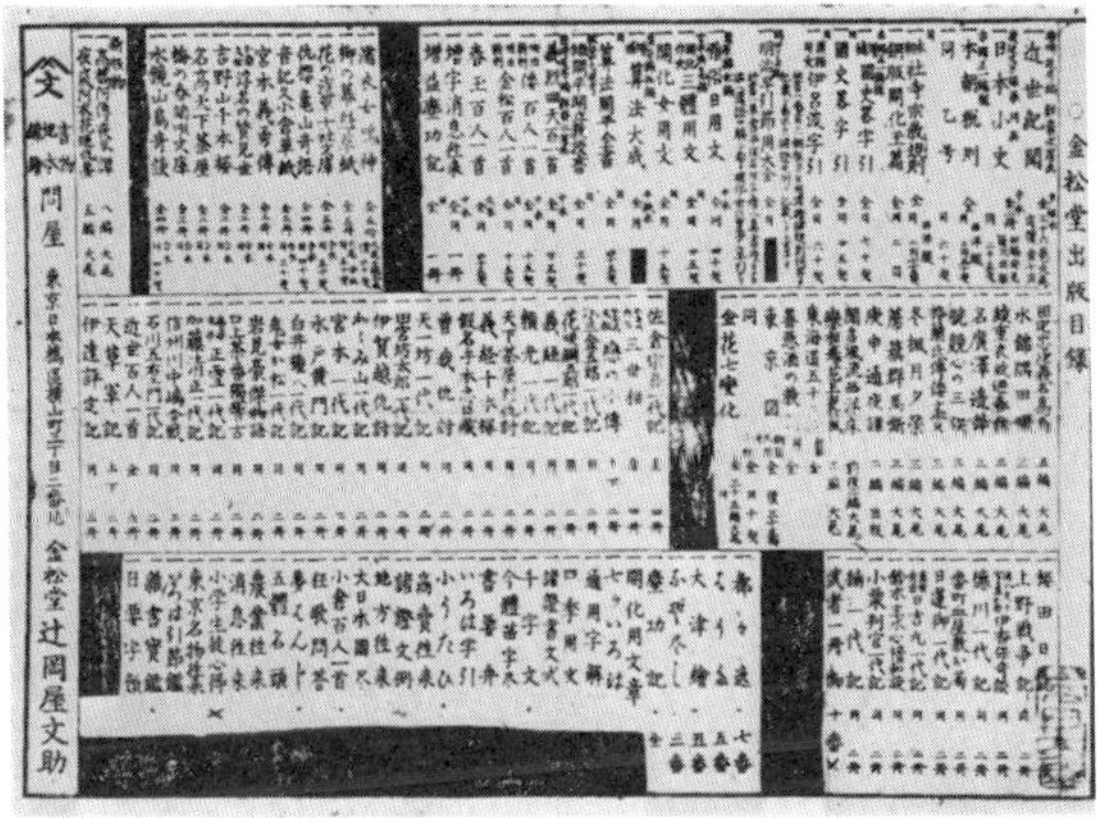

金松堂の出版広告(『高橋阿伝夜刃譚』などが見える)

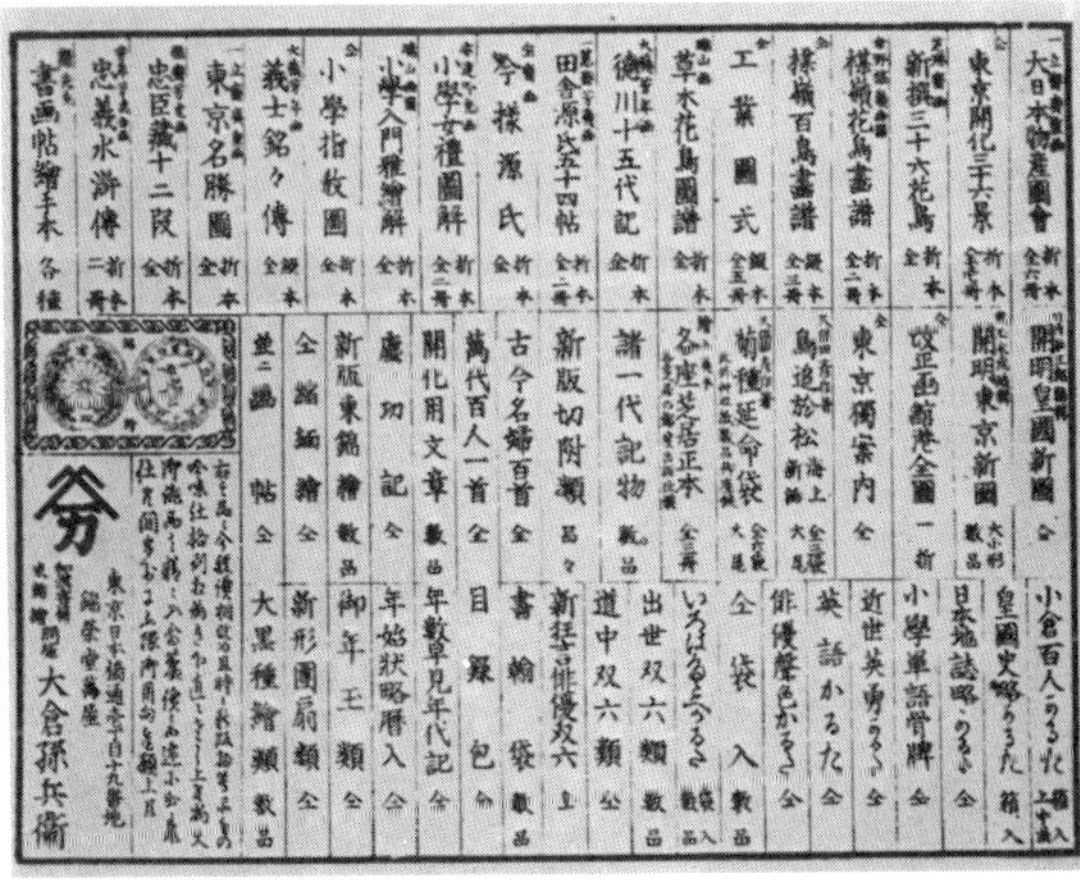

大倉屋の出版広告(『鳥追阿松海上新話』などが見える)

した強力な読者動員の能力を軽視し、幕末における合巻の初摺千部を目安において出版の計画をすすめた版元は「摺方が間に合はぬので大番狂ハせ夫ゆゑ看客にお気の毒の思ひ」をさせるという失態を演じなければならなかった。大倉屋が「数千部の製本」を用意し、遅ればせながらこの異常な成功のあとを追いかけはじめるのは、ようやく第二編からであった。

「早稲田文学」(明三十年五月十五日)所載の「維新来の小説」という書賈の回顧談によると、『鳥追阿松海上新話』は八千部を売り切って、版元の大倉屋は倉を立て、企画を立てた番頭は、当時としては破格の五十円の賞与を受けて故郷に錦を飾ったという。この八千部という数字は、このころの小説の発行部数としては画期的な記録であった。「鳥追阿松の伝」を掲載した「かなよみ」の発行部数は約九千(明十年)、雑誌では団々珍聞が首位を占めていて三千〜四千、東京新誌・花月新誌がこれについで千五百〜二千である。[1] 合巻では『鳥追阿松』に匹敵する人気作『高橋阿伝夜刃譚』が初摺三千、[2] 野崎左文は四、五千を売ったと伝える。[3] 合巻の売れ高は「維新来の小説」にあるように「二千部が通例」なのであった。

『鳥追阿松』の成功を配給回路の側から眺めてみると、小新聞ははじめ呼売の売子を動員して販路を拡張したが、明治十年の暮に売子が法律で禁止されたために、定期読者を相手とする販売に切り換えざるを得なくなった。「つづきもの」の発生は売子から買う「一枚買い」の読者に対して、月極めで購読する定期読者が増加したことと無関係ではないだろう。しかも、この販売網の末端にあったのは当時東京市中に百四、五十軒ほどあった絵草紙屋であった。(4) 中絶した「つづきもの」から合巻という発表形式は、この新聞社→売捌店→絵草紙屋という配給回路と見合っていたと考えられる。もっとも東京のばあいは新聞広告と、ニュースへの好奇心に刺戟されて合巻の売れ足ははやめられたが、地方への流布は昔ながらの緩慢さで、(5) 相変らず東土産として歓迎されていたらしい。たとえば『高橋阿伝夜刃譚』の巻末に附されている売捌店の名簿は、上州、野州、信州、越後、飛驒、中州など、東日本の一部にその販売網が限られていることを示しているのである。

『鳥追阿松』の成功にひきつづいて明治十二年には十三点の新作合巻が市場に姿を現わした。なかでも話題の女性お伝をめぐる金松堂と島鮮堂のめざましい競作は、「つづきもの」を改作した合巻の流行を決定的にした。

今度大坂道頓堀角の芝居の狂言は大坂新報にて長く記した梅子の実録と当社の新聞彼金之助の続物を狂言に取仕組……東京でもお伝の小冊が二通も出来るのを見ると新聞抄録《とり》の本が何処でも流行と思はれます。（「東京絵入新聞」明十二年二月十四日）

高橋阿伝が市ケ谷監獄刑場の露と消えたのは明治十二年一月三十一日、翌二月一日から府下の小新聞は、この一代の毒婦の経歴を競って紹介した。魯文の主宰する「かなよみ」でも「兼てのお約束」にしたがって「お伝のはなし」の連載を開始したが、僅か二日で中絶した。二月四日の「かなよみ」には「一昨日まで弁じヲット載せかけた毒婦おでんのお話しは同日広告の部にもある通り横山町の辻文から余儀なき頼みに社翁が繁机の余暇を見て『高橋阿伝夜刃譚』と題し絵入読本に綴り遅くも十二三日には発兌」ということわり書きが掲載される。一方、前年の六月同じ辻文から『夜嵐阿衣花廼仇夢』を出版して好評を博した「東京新聞」の岡本起泉・芳川春濤のコンビは、新進の版元島鮮堂の依頼をうけ、新聞紙上の「つづきもの」をほとんどそのまま、合巻に改装して『其名も高橋毒婦の小伝東京奇聞』と社名の宣伝を兼ねた標題をえらび、『夜刃譚』に対抗する気勢を見せた。思わぬ競争相手の登場に発売を急いだ辻文では、魯文を督促して、二日で約三十五枚の原稿を書かせ、あらかじめ挿絵の木版を彫刻させておき、本文は活版刷にして、ようやく二月十四日、初編三冊三千部を市場におくり出すことができた。『東京奇聞』初編発兌はこれに先立つこと三日、二月十一日である。二編以下は辻文も島鮮堂もほぼ十日に一編宛の間隔で、互に発売日を揃えるきわどいせり合いを演じ、『夜刃譚』は四月二十二日に八編を、『東京奇聞』は四月十五日に七編を、それぞれ満尾させた。木版印刷能力の限界に近い記録である。この辻文対島鮮堂の商戦に引き廻された気味の魯文はあわただしい出版の内情

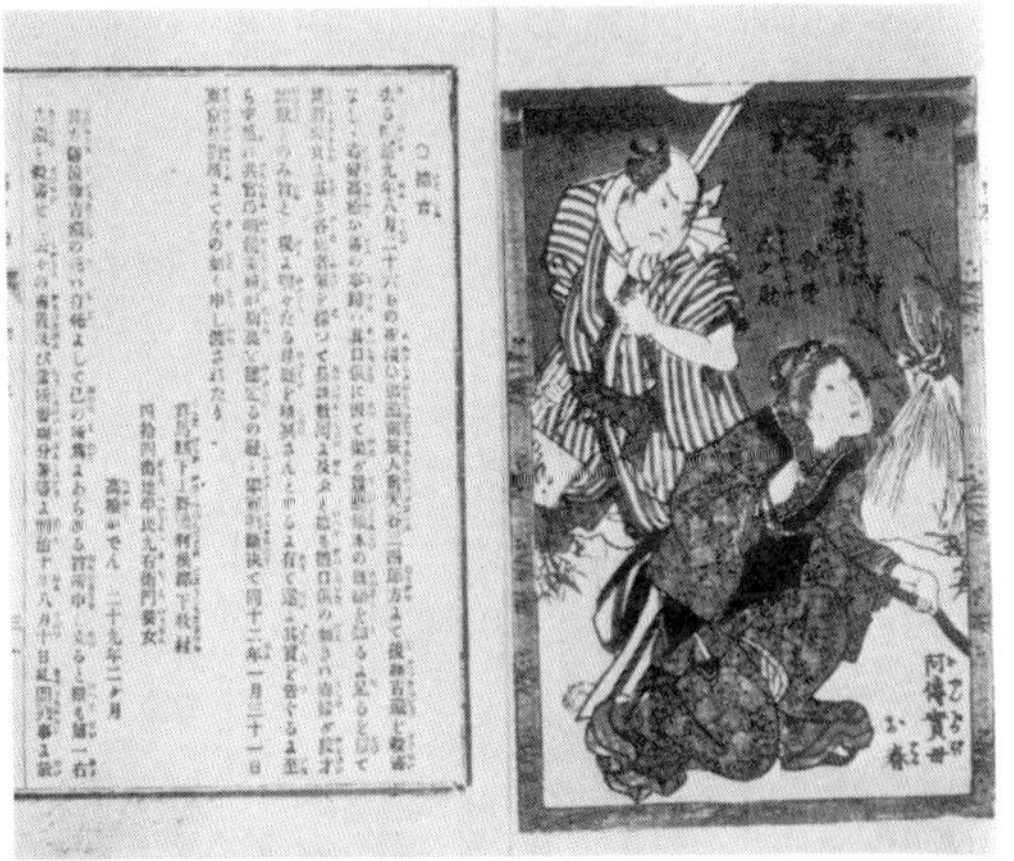

『高橋阿伝夜刃譚』初編：明治 12（活版印刷の本文に注意）

『高橋阿伝夜刃譚』二編：明治 12（本文は木版刷にもどる）

をつぎのように伝える。

此草紙第二編は梓元他より出る類本に先立発兌の速かならんを欲するより画工は二名を以てし傭書生も又二名に托し記者の草稿を切断《きれぎれ》にして板下繿に一昼夜になり彫も又三日を待ず故に校合も記者に乞ず……具眼の看客宜しく際物の玆に及べるを賢察あれ（『高橋阿伝夜刃譚』三編下）

ルポルタージュ『安政見聞誌』三冊を三昼夜で書き飛ばしたことのある「場数に馴れし老将」魯文も、さすがに『夜刃譚』の杜撰な仕上げには不満を抱き、弁解の辞をつらねているのである。

『夜刃譚』の版元辻岡屋文助が、鶴屋喜右衛門の株を譲り受けて、地本双紙問屋本組に加入したのは嘉永五年、(6)『東京奇聞』の版元島鮮堂の開業は明治元年、『鳥追阿松』の版元大倉屋の開業は明治八年である。(7)「つづきもの」の合巻が、これら新進の版元を主体として出版されたことは注意していい。蔦吉、若狭屋などの老舗は、幕末から引つがれた長編合巻の続刊、再刊に専念し、小新聞の「つづきもの」がもたらした合巻復活の機運とは無関係であった。合巻の版元は小新聞の下請化した新進の版元と、前代からの遺産を墨守する退嬰的な版元とに、大きく色分けされることになったのである。そして、『夜刃譚』と『東京奇聞』との角逐から、これら新進の版元と小新聞との系列化が固定しはじめる。

ところで、明治十二、三年前後における「つづきもの」の最大の供給源は魯文を盟主にあおぐ仮名垣派であり、その本拠「かなよみ」「いろは」「有喜世」所載の「つづきもの」は続々合巻化された。『夜刃譚』を出版した辻文は仮名垣派専属の版元の観があった。辻文が十二年から十三年にかけて出版した合巻はつぎの通り。

十二年二月『高橋阿伝夜刃譚』魯文「かなよみ」十二年二月一日〜二日中絶。原題「阿伝のはなし」

十二年五月『水錦隅田曙』専三「有喜世」十二年二月二十五日〜四月十九日完結。

十二年六月『綾重衣紋春秋』専三「有喜世」十二年四月二十四日〜六月七日中絶。

十二年八月『格蘭氏伝倭文章』魯文

十三年二月『名広沢辺萍』文京「いろは」十三年一月七日〜四月二日中絶。

十三年六月『恋相場花王夜嵐』魯文「いろは」十三年一月二日〜二月五日完結。

十三年八月『腕競心三俣』鼠辺「いろは」十三年四月一日から数回で中絶。

(伊東専三は明治十一年には「かなよみ」の印刷主任に名を連ねているが、十二年一月「有喜世」に迎えられ、この頃は魯文直系の門下というより客分に近かった。『鳥追阿松』の作者久保田彦作は「かなよみ」の編輯主任をつとめた後、十二年二月、「歌舞伎新報」の主筆に転じ、「いろは」の初期にはその印刷人の名儀を兼ねていたものの「つづきもの」

の作はなかった。実際に魯文を扶けて「いろは」の執筆陣に加わっていたのは花笠文京と雑賀柳香である。川上鼠辺は「いろは」の投書家で『腕競心三俣』は鼠辺の投稿を柳香が「些私案を加へて補綴」した作品である。）

仮名垣派と辻文との関係は、柳香の人気作『蓆旗群馬嘶』などを含めて、十五年出版の『板垣君近世奇聞』まで継続した。そして、この作品が辻文から出版された木版式合巻の最後のものとなった。

辻文の外に仮名垣派の合巻を出版した版元に、青盛堂加賀屋吉兵衛がある。

十三年四月『冬児立闇鵼』文京「いろは」十二年十二月十一日〜十三年一月七日中絶。

十三年七月『金花胡蝶幻』魯文原稿文京綴。「いろは」十三年三月二十日〜四月二十四日中絶。

このあと十四年に入って『荒磯料理鯉腸』(魯文原稿、彦作綴)、『籠菊操鏡』(文京)、『月雲雁玉章』(専三)等がある。

仮名垣派に対抗して多彩な作品群を精力的に発表したのは「東京新聞」に拠った岡本起泉である。起泉の合巻は『夜嵐阿衣花廼仇夢』を処女作として、明治十五年七月、二十九歳で夭折するまでに十三部あるが、この内『夜嵐阿衣』『思案橋暁天奇聞』『娘浄瑠璃噂大寄』をのぞく十部はすべて島鮮堂の出版である。「東京新聞」が廃刊した十三年十月以降

小新聞と合巻版元との系統図

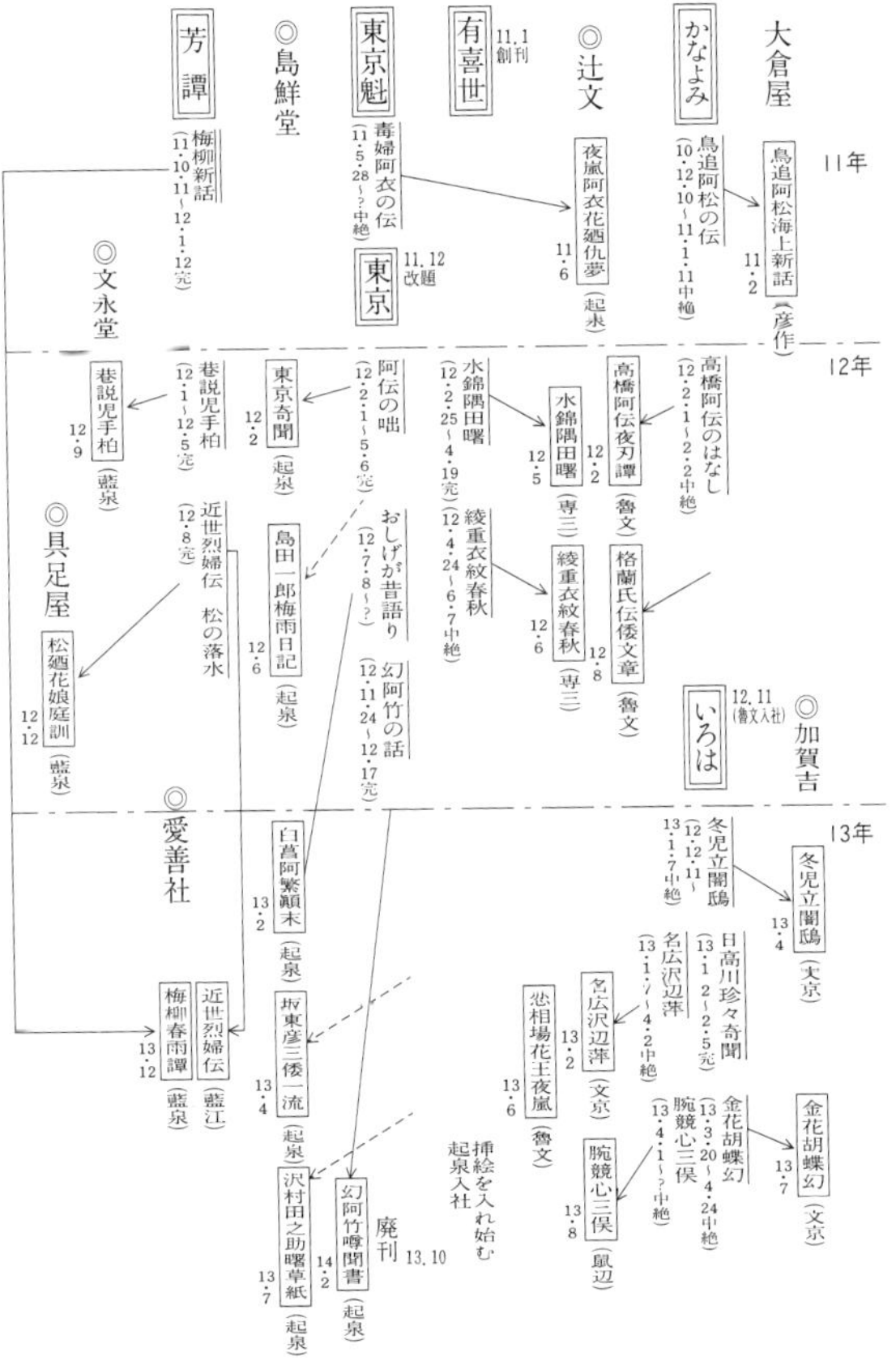

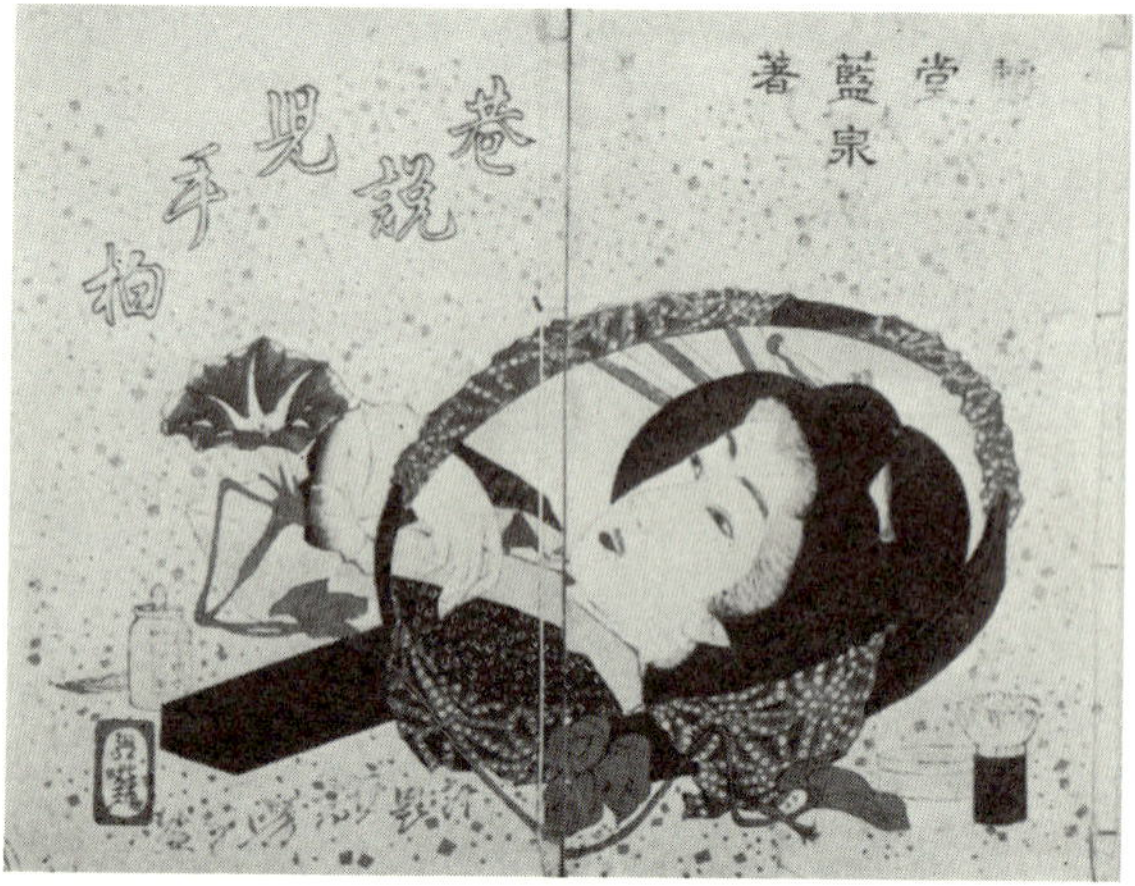

高畠藍泉『巷説児手柏』: 明治 12(最初の活版式合巻)

も起泉と島鮮堂との関係はつづき、十四年二月『幻阿竹噂聞書』(「東京」十二年十一月二十四日〜十二月十七日)から『恨瀬戸恋神奈川』(十五年四月刊)まで五部の出版がある(十三年十月「東京新聞」から「有喜世」に転じた起泉は最晩年の作品『思案橋暁天奇聞』(同紙に連載)を辻文から出版しているが、これは同僚専三の斡旋によるものであろう)。

この「かなよみ」「いろは」「有喜世」と辻文・加賀吉、「東京」と島鮮堂との間に成立した提携関係に当るものを欠いていたのは、藍泉を中心に「芳譚雑誌」に結集した柳亭派である。「芳譚雑誌」の版元愛善社では藍泉の『巷説児手柏』(同誌所載)を文永堂版、『松廼花娘庭訓』

（同誌所載、原題山田の落水）を具足屋版で出版した後、十三年十二月から自主出版を開始する。その処女出版は『梅柳春雨譚』と『近世烈婦伝』とであった。

周知の通り、藍泉は活版式合巻の創案者ということになっている。「合巻と異りて製本の風を一変し」（「読売」十二年十月四日広告）た『巷説児手柏』は二編四冊、毎冊十丁、袋付、木版摺付絵表紙、木版序文半丁、木版摺口画一丁半の体裁である。この体裁は木版式合巻のそれに倣ったものであるが、本文を十二行四十字詰五号活字で組み、一冊に数個の木版挿絵をコマ画風に小さく入れたところが新機軸なのであった。活版摺の合巻としては『夜刃譚』初編が半年程先んじているが、この『巷説児手柏』が「芳譚雑誌」で使用済みの挿絵板木を合巻の寸法に合わせて左右を切り落し、転用していることに注意したい。この廃物利用がじつは藍泉の着想の急所なのである。この頃「かなよみ」「いろは」「東京」の各紙は、「つづきもの」に挿絵を入れていなかったし（多少の例外はある）、「有喜世」が挿絵を入れ始めたのは明治十三年の十月からである（「東京絵入」は十三年十月に創刊された）。これら小新聞の「人情雑誌」に「つづきもの」の版権を挿絵の板木ぐるみ払い下げていた）。これら小新聞の「つづきもの」は本文を合巻風に書きかえた上で、印刷は辻文、島鮮堂などの絵双紙問屋に委託されたが、「芳譚雑誌」の「つづきもの」はほとんど原型のままで、本文も挿絵も愛善社直営の活版所で印刷することができたのである。

明治十二年にはやくも活版印刷に切りかえた「芳譚雑誌」系の合巻をのぞけば、明治十五年まで木版式合巻の優勢はなお維持されていた。しかし、この数年間は合巻の分冊形式が本来持っていた機能を失って単行本化してゆく過程であり、また木版印刷技術の弱点がしだいにあらわにされてゆく時期でもあった。この合巻の変質は、木版印刷の技術に依存する近世的な出版機構が、その自壊作用の進行をはやめることによって、活版印刷の技術と結びついた近代的な出版機構の成立を準備しつつあった、明治十年代のすぐれたモデルを提供するであろう。

幕末の長編合巻は「先初春のお手遊、御年玉の御扇子代り、御音物遊ばす為め」(『北雪美談時代鏡』)というように、季節的な需要とも見合った「春秋二度の発兌」(『高橋阿伝夜刃譚』)がふつうだった。一年に出版される分量はせいぜい二編から三編、『白縫譚』のごときは、明治十八年七十一編を出すまで、三十七年の長期にわたって刊行が継続されている。この息の長い分冊刊行の形式は、家庭文庫用として年々新版を買いついでゆく少からぬ固定読者に支えられていた。それは木版印刷の非能率と、広告技術の素朴さとに対応した安全堅実な出版形式だったのである。しかし、『鳥追阿松』の成功から絵入りの事件パンフレットに変質した明治の合巻は、ニュースへの好奇心に魅かれ、新聞広告によってかきあつめられた一回的、浮動的な読者をその対象とする。ニュースの鮮度を追いかけて矢継早に続編が刊行され、その出版期間も数ヶ月に短縮されるのである。

　電信は空中を駈りて瞬間に音信を通じ。汽車は鉄道を走りて須臾に数里に達す。疾《はやい》が勝の今の世の中。合巻もまた時世に連れ。初編を出せば引続いて。二編三編結局まで。間なく出さねば。看客方が飽て後さへ見給はず。（『月雲雁玉章』三編序、明十四年）

『高橋阿伝夜刃譚』がわずか二月あまりで、八編二十四冊の刊行を終え、木版印刷能力の限界にちかい記録をつくったことは、すでに述べたとおりである。

　この出版期間の短縮は、装本の質的低下を招いた。とくに挿絵の手ぬきは甚だしい。岡本起泉は『東京奇聞』五編の序で、「赤本もどきの画様の粗漏」が「書肆の急御用」の罪であることをほのめかした。もともと合巻は「文よりも絵が主とされて居」[8]り、画工の謝礼は、作者のそれを上廻っていた（幕末の合巻一編の画料二両二分にたいし作料は一両二分）[9]。野崎左文の伝える合巻の読み方――挿絵を順々に目を通して、事件の変遷や巻中人物の浮沈消長等を腹の中に納めた後、徐に本文に取掛って自分の予想を確かめてゆく[10]――にも、挿絵の役割の大きさは示されている。が、読者を空想と現実の境にひきこむ『白縫譚』や『自来也』独特のアクのつよい挿絵に比べるならば、市井の事件に密着した明治の合巻の挿絵は説明的な粗画にすぎない。読み沢山の書き入れは挿絵の構図にくい込み、彫刻の手間を省くために描線は粗く肉太に、衣紋は簡略化される。なお、国政、周延等の伝統的な画風は、明治開化の世相を写実的にこなしきれず、実録を標榜する本文との間に不調和をあらわにしているばあいも少なくない。

このように木版式合巻が見る本としての魅力を失ったことは、読むことを主にした活版式合巻の登場を容易にした。毎朝配達される新聞から一定量の活字を消化する習慣を身につけた読者は、挿絵を娯しむより活字の読み易さに魅きつけられる。読者の読解力がたかまるにしたがって、分冊の形式は読みごたえのある分量を一冊にまとめた単行本の形式にとってかわられる。そして、この装本の変革を可能にしたのが活版印刷の技術なのである。

「本年より(註　明治十六年)江戸式合巻草双紙全く廃り、殆んど東京式となる」(『明治初期戯作年表』七九頁)。この急激な交替のかげには木版式合巻が、採算的に活版式合巻に対抗しえなくなった(11)、という事情がかくされている。

『鳥追阿松』や、『夜刃譚』など、明治の合巻は新聞広告によれば、一編が十二銭五厘(12)(『白縫譚』など二冊一編の形式のものは十銭)である。十二銭五厘は上等の牛鍋一枚の値段に相当した。内田魯庵は土橋黄田川の牛鍋が「生一本付きの鍋に御飯で十二銭五厘だった。だが其頃は十二銭五厘が中々な大金で学費を請取った時でもなければ散財できなかった(13)」といっている。そばのもり、かけが八厘、湯銭が八厘、寄席で茶菓子つき六銭七厘五毛、腕利きの大工の日当が三十銭内外の時代なのである。合巻一編の価格は米価を基準[14]に換算するならば、現在の六〇〇〇円〜七〇〇〇円となる。『夜刃譚』八編が四八〇〇円〜五六〇〇円。大衆が気軽に買える値段ではなかった。

この価格高は木版彫刻のコスト高にもとづく。明治八年頃、半紙判十行二十字詰の彫刻料は一円であった[15]。この数字は、当時彫刻師の日当が一円[16](これは諸職人中の最高給)、また熟練した職人の彫刻速度が一時間二十二、三字[17]であったことなどから信用していいと思う。挿絵の彫刻料は、字彫の二〜三倍、一坪(一寸平方)五銭[18]であった。合巻のばあい挿絵に書き入れが割り込み、色摺りの表紙、口画が加わるから、その原価計算は複雑であるが、推測しえた限りでは、初摺千部で一部当り八、九銭、二千部で五、六銭の原価となる。一千部が採算の限界なのである。このことは「維新来の小説」に明治の合巻の売り高は二千部が通例だったと述べていることに符合する。

一方、藍泉創案の新聞雑誌で使用済みの板木を転用する活版式合巻は、木版式合巻よりも一段と廉い経費で生産された。たとえば、藍泉の『岡山奇聞筆の命毛』(明十五年四月刊)は、従来の分冊形式を単行本にまとめ、序文を木版にしただけで、分冊毎の色刷口絵を省略した。製本の費用も大幅に節減されたはずである。また鶴声社や滑稽堂などの活版式合巻の版元は、四十回位の「つづきもの」ならばその版権を挿絵の古版木ぐるみ十五、六円で、新聞社から買い取っていたという。[19] 鶴声社版『浅尾岩切真実競』は「東京絵入」に連載された「浅尾よし江の履歴」(明十五年四月二十六日〜八月五日)の改装、上下二冊、本文それぞれ四、五十丁の活版本で定価は三十六銭。滑稽堂版『明治小僧噂高松』は本文四十丁程の活版一冊本で、定価は十八銭。「有喜世新聞」明治十五年十一月十七日から十二月二十八日にかけて、三十回にわたって連載された、この『明治小僧』は原稿用紙百枚程度の分量で、これをかりに木版式合巻の体裁で出すと、約四編から五編の分量となる(『夜刃譚』は八編で約一七五枚)。『真実競』は約九編の分量。いずれも木版式合巻の三分の一に当る廉価版である。[20]

活版式合巻は、木版式合巻から引きついだ「見る本」としての意匠を整理しつつ、しだいに「読む本」としての機能を明らかにして行った。しかも、それに伴うコストの引き下げは、木版式合巻に対する活版式合巻の優位を動かしがたいものにしたのである。

『東京府統計表』によれば、明治十年から十四年にかけて、二〇から三〇の間を上下していた地本双紙版元の数は、十五年に入って四十六にはね上り、十六年には五十一をかぞえる。このカーヴの上昇は活版印刷を導入した版元の進出と、木版印刷を固守する版元の停滞とを示している。明治十五年から十七年にかけて、活版による戯作小説の出版をはじめた主な版元はつぎの通り。

明治十五年。鶴声社、春陽堂、滑稽堂、栄泉社、木村文三郎（銅版）、潜心堂、東京稗史出版社、魁進堂、著作館。

明治十六年。上田屋（覚張栄三郎）、自由閣、三友社、三春堂、今古堂、金玉出版社、絵入自由出版社、銀花堂。

明治十七年。永昌堂、日月堂、共隆社、自由燈社。

明治十年頃、東京市中にあった民間の活版所の数は約二十と推定される。[21]この内、新聞社直営の印刷所が約三分の一、そのほか専業の印刷所も新聞雑誌（秀英社は「かなよみ」の印刷を引き受けた）、官庁印刷物（博聞社は地券の印刷、弘令社、報告社は法令の印刷を委嘱された）、浩瀚な翻訳書（秀英社は『西国立志編』・『民約論』を出版した）等の印刷に力を注ぎ、『花柳春話』等の翻訳小説を例外として、小説本の印刷は、なお木版の領域に残されていた。その後活版所は明治十七年に六〇〜七〇、[22]明治二十三年に一五〇[23]と着実に増加してゆくが、明治十一、二年頃から十五、六年頃にかけて、小規模な「街の活版所」の開業広告が新聞の広告面にひんぱんに現われていることに注意したい。活版式合巻や後述する戯作小説の翻刻本は、この「街の活版所」の貧弱な手引印刷機をくぐって市場におくり出されたのである。その仕事の出来映えは良心的とはいいにくいにせよ、とにかく活版印刷の普及は出版と印刷の分業を可能にした。このことは新たに出版をもくろむ業者にと

からなるイキの合った職人の一チームをつねに抱えていなければならなかった)。筆耕、字彫師、絵彫師、摺師って有利な条件の一つにちがいなかった(地本双紙問屋は、

一方、旧来の地本問屋は、辻文のごとくボール表紙本の出版に転向した少数の版元をのぞいて、採算の合わない木版式合巻の出版から手を引き、ヨリ需要の確実な錦画類(これも石版画、銅版画の圧迫を受けはじめていた)を中心に営業の規模を縮小した。取次店、小売店に転落した版元もすくなくない。たとえば紅英堂蔦屋吉蔵は、明治十五、六年までに幕末から引きついだ長編合巻の出版をすべて終り(十六年三月に出版された『室町源氏胡蝶巻』二十六編がその最後のもの)、同年の七月に活版式合巻『引眉毛権妻阿辰』全一冊を出版したが、売行きが思わしくなかったらしく後続を絶った。翌十七年十月には「金の成木不景気の根だやし」と題した三枚絵を出しているが(24)、この頃から活版式合巻の巻末に附載する売捌店の連名からも姿を消してしまう。

明治十六年十月、新進の版元と旧来の版元とが合体して「東京地本同盟組合」が結成されたが(25)、その実質は地本錦画問屋の復活というより、その崩壊を示すものに外ならなかった。いわば寄合世帯なのである。「地本錦画」の「地本」の出版は活版印刷とむすびついた新進の版元の手に委ねられ、木版の版元に残されたのは「錦画」の製作販売にすぎなかった。また印刷・出版・販売の各機能を兼ねていた地本問屋の営業形態も、木版印刷技術

にかわる活版印刷技術の登場によって解体しはじめたのである。

(1)東京府統計表によれば、明治十年の年間発行部数は、

かなよみ　二七七一二五〇
団々珍聞　一四九九〇二
花月新誌　五九一二二
東京新誌　五六八〇〇

(2)「前に発兌の初編三千部」(『高橋阿伝夜刃譚』・二編中)。

(3)野崎左文『高橋阿伝夜刃譚と魯文翁』(『明治文学名著全集』(五)所収)。

(4)このころの絵草紙屋風景は、つぎのごとし。

店頭三間横《タフ》二数竹竿《ヲ》一、而《シテ》挿《サム》二各色《ノ》錦画《ヲ》一、以《テ》儘任《カス》二行人之縦覧《ニ》一、如《キハ》二新聞雑誌《ノ》一纍々積《ンデ》推《カシ》二於其下一、又如《キ》二絵草紙《ノ》一ト木未《ダ》レ久《シカラ》者《ハ》、掲二下招紙《シビラヲ》一、或《ハ》与二錦絵一共《ニ》挿《サミ》レ之《ヲ》、以《ツテ》示《ス》二其《ノ》新板《タルヲ》一。乃《チ》某氏所レ著《ハス》之夜嵐阿絹花廼仇夢、何氏所レ著《ハス》之鳥追阿松海上新話。各舗共《ニ》掲《グ》二之《ヲ》於店頭《ニ》一。(東京各舗商業不景記　錦絵屋・「東京新誌」一一二号)

(5)明治初年の地方販売の実状は、朝野文三郎『明治初年より二十年間図書と雑誌』にくわしい。

(6)地本双紙問屋本組名前帳。なお、『恋相場花王夜嵐』初編後記に「此頃魯文も世に出て草ざうしの戯作あり当板元の金松堂ハいまだ実生の小松なりしが幾程もなく斯迄の大樹となりし……」とある。

(7)『東京書籍商組合史』附組合員概歴。

(8)樋口二葉「浮世絵師の修業時代」(「早稲田文学」昭二年十月)。

(9)「維新来の小説」

(10)野崎左文「草双紙と明治初期」(「早稲田文学」昭二年十月)。

(11)明治十年頃はまだ活版印刷のコストは木版印刷のそれを上廻っていたらしい。秀英社初代社長佐久間貞一が「印刷雑誌」創刊号に寄せたあいさつには「予ガ始メテ此ノ業ヲ開キシハ明治九年ニシテ当時活版ノ組料及印刷ハ木版ノ彫刻料及摺賃ヨリ高カリシ」とある。なお中村敬宇の明治二十年日記(静嘉堂蔵)の表紙うらにつぎのような貼りこみがある。

四号活字二十二字詰漢文句	
植代金	二十銭一枚
摺代	壱毛五糸
中白紙一枚	一銭一厘
下白紙一枚	九厘
組一枚	二十銭
摺一枚	一毛五糸
紙一枚	九毛

(12)合巻はふつう定価を記載していない。なお架蔵本『高橋阿伝夜刄譚』には信州伊那の一読

者が全八編を一円で購入したことが記されている。

(13)内田魯庵『魯庵随筆集』(改造文庫版)二五頁。

(14)明治十一年一月の米価は一石五円三十六銭(東京府統計表)。

(15)朝野文三郎『江戸絵から書物まで』

(16)明治十年東京府統計表。

(17)三村清三郎『本の話』一三〇頁。なお東京における板木師の数は、

幕末。三百三、四十人。(板木屋組合文書・東京市政資料館蔵)

明治初年。向島に百五六十人、市内に百人。(江戸絵から書物まで)

明治十年。朱引内二〇四人、朱引外二八人。(東京府統計表)

明治十四年。区部二〇八人。郡部七人。(同右)

(18)天保年間の記録(鈴木牧之宛京山書簡)では、

一張の刻料細画中画ならし金三分云々。

一張の刻料金壱分二朱云々。

幕末の見積書(板木屋組合文書)の一例。

筆工上	一丁に付	六十四匁
筆工中	〃	五十四匁
画上彫	〃	百九十匁
中彫	〃	百八十匁

板代　　一枚ニ付　　十一匁五分
　　　　中板　　　　八匁五分

明治十年代には「木版の彫刻料が十二坪(一寸平方を一坪として)ぐらゐに人物二三人立ちのものが六十銭であつた」野崎左文『私の見た明治文壇』四二頁。

(19)野崎左文前掲書四一頁。

(20)明治十七、八年頃から木版式合巻の人気作がボール表紙本の体裁で再版されるが、その価格を比較してみると、

『鳥追阿松海上新話』・木版三編九冊。三十七銭五厘。大倉屋版。明治十一年。・活版一冊。二十銭。深川良助版。明治十七年。

『高橋阿伝夜刃譚』・木版八編二十四冊。一円。辻文版。明治十二年。・活版一冊。三十六銭。山田屋版。明治十八年。なお漢籍の木版本と活版本とを比較してみると、

『漢書評林』・木版二十五冊。十円。以文会社版。明治十六年。・活版五十冊。四円五十銭。東京印刷会社版。明治十六年。

『史記評林』・木版二十五冊。六円。鳳文館版。明治十八年。・活版五十冊。三円五十銭。東京印刷会社版。明治十八年。

(21)明治十年東京府統計表の工作場の部に列記するものは一二。

(22)明治十八年警視庁事務年表では六九。

(23)前掲佐久間貞一の文による。なお明治二十三年東京印刷業組合加入者は一〇一。

(24)「読売」明治十七年十月五日。
(25)「読売」明治十六年十月二十日の広告に、鶴声社、春陽堂等二十名の地本屋が新聞雑誌売捌の便宜のために東京同盟組を設けたとあり、明治十六年十月から小説本の奥付に「東京地本同盟組合」の印章を見ることができる。

3　活版による戯作の翻刻

滑稽雑誌も当分は面白いもの地を払つて却つて馬琴為永の旧るものが再生する様になつた。(「全国新聞雑誌評判記」明十六年)

江戸式合巻が壊滅に瀕していた明治十五年から十六年にかけて、皮肉にも出版界は江戸戯作復活の機運を迎えようとしていた。[1] それは活版による翻刻、[2] 予約出版[3]の流行である。木版式合巻の退場を促した活版印刷の進出が、一方では馬琴の読本や春水の人情本を貸本屋のストックから解放し、大量生産による廉価版の普及を可能にしたのである。

明治十四年の政変後、政府は自由民権思想に対抗する思想的武器として儒教道徳の復活をはかり、文教政策を大きく右旋回させた。維新以来、旧弊の贅物視されて揮わなかった漢学はここに復活の機会をつかみ、東京市中の漢学塾には、上級学校の受験準備のために地方から上京した書生の入塾が相ついだ。この状勢を機敏に察知した書肆は、漢学塾のテキスト用に浩瀚な漢籍の翻刻を企画する。明治十四年一月には東京印刷会社が『史記』一千部の予約出版を広告し、翌十五年八月には山中市兵衛・前田円共同出資の鳳文館が『佩文韻府』・『資治通鑑』・『史記評林』・『康熙字典』等を含む大規模な翻刻計画を発表し、十六年に入っては孔文館、孔徳館、以文会社、剞劂出版社等、漢籍翻刻専門の書肆が続々と現われた。鳳文館では従来両面彫刻の版木を片面彫刻に改め、印刷機械にかけて数ヶ月の中に数千部を摺り上げたという(4)。

この漢籍翻刻のブームにややおくれて戯作翻刻のブームが始まった。漢学のばあいと同じく、文明開化の線に沿って進められてきた開明的な民衆教化政策の大幅な後退(福沢諭吉や中村正直の著訳書は教科書のリストから削られた)が、ふるきものへの郷愁をよびさましたのである。そして、その口火を切ったものが儒教道徳の再編成と符節を合わせるかのように、馬琴の読本であったことは注意していい。

明治十五年の秋、東京稗史出版社(5)は漢籍で実験ずみの予約出版のアイデアをかりて『八犬伝』『夢想兵衛胡蝶物語』『弓張月』等、馬琴の読本を中心とした翻刻計画に着手した。稗史社本は比較的高価(弓張月が二円、胡蝶物語が一円)であったとはいえ、羊頭狗肉の翻刻本が氾濫したこの時期としては良心的な装本(半紙本和紙和装、原本の口画をカブセ彫りで再現、本文は四号活字)であったから相当の売れ行きを示した。『八犬伝』は、十五年の十月にははやくも三千部の予約を満して二千部の印刷を追加し、(6)十七年の春までに七千部を売り切ったという。(7)この出版部数はおそらく近世から明治にかけて度々再版された木版本の全発行部数を上廻るものであろう。

この東京稗史出版社の成功がきっかけとなって、明治十八年までに鶴声社、春陽堂、辻文、うさぎや、金玉出版社等、約四十の版元が競って戯作小説の翻刻に乗り出した。(8)その内訳は別表に見る通り『八犬伝』の七点を筆頭に、『膝栗毛』・『倭文庫』・『絵本三国志』・『絵本西遊記』の各五点、『弓張月』・『夢想兵衛胡蝶物語』・『昔語質屋庫』・『梅暦』・『娘節用』の各四点、『俊寛僧都島物語』・『浮世風呂』・『八笑人』・『和荘兵衛』・『田舎源氏』・『絵入通俗三国志』の各三点がこれにつづく。このリストには洒落本・黄表紙はほとんど無く、化政度以降の読本・人情本・滑稽本が翻刻の主流を占め、いわゆる四大奇書に人気の集中していることが判る。『夢想兵衛』『和荘兵衛』の翻刻は、ジュール・ヴェルヌの一連の科学小説『海底旅行』・『空中旅行』・『月世界旅行』等の流行から刺激されたものかもしれない。

逍遥は明治十年代後半の文学状況を「小説全盛の未曾有の時代」と規定したが、それは同時代の小説に、翻刻による戯作の復活を加えた「小説全盛」なのであった。『小説神髄』

が標榜した馬琴批判の背景には、この翻刻ブームに支えられた馬琴の復活があったことをあらためて確認しておきたい。

戯作小説翻刻表（明治十五年〜明治十八年）

里見八犬伝	7	＊丸鉄板は再版再刻、うさぎや版二種ある内一種は木版再刻、著作館版、芝西堂版は中絶、成文社版は分冊形式、外に明治十四年頃甲府の一書肆による活版翻刻あり。
夢想兵衛胡蝶物語	4	＊木村文三郎版は銅版袖珍本。
昔語質屋庫	4	
弓張月	4	
俊寛僧都島物語	3	
松染情史秋七草	2	
青砥藤綱模稜案	2	
三七全伝南柯夢	2	＊鶴声社版は東京稗史社版の再版
化競丑満鐘	2	
月氷奇縁	1	
三国一夜物語	1	
敵討裏見葛葉	1	
隅田川梅柳新書	1	
新累解説物語	1	
旬殿実々記	1	
松浦佐用媛石魂録	1	
頼豪阿闍梨恠鼠伝	1	
絲桜春蝶奇縁	1	
皿々郷談	1	

美濃古衣八丈綺談　1
美少年録　1
俠客伝　1　＊東京稗史社版、予告はあるも実際に刊行されたか不明。
　＊
梅暦　4　＊木村版は銅版。
辰巳園　2
いろは文庫　2　＊木村文三郎版は銅版、この外小笠原書房版、「続いろは文庫」あり。
恵の花　1
梅見舟　1
貞操婦女八賢誌　1
娘節用　4　＊木村文三郎版は銅版、春陽堂版は袖珍本。
清談若美登里　2　＊春陽堂版は袖珍本。
園の朝顔　1
春色江戸紫　1　＊春陽堂版は袖珍本。

　＊
膝栗毛　5　＊江島伊兵衛版は木版、木村文三郎版は銅版。
浮世風呂　3
小野篡噓字尽　1　＊銅版小本。
八笑人　3
七偏人　2
和合人　2
和荘兵衛　3
風来六々部集　1
西洋道中膝栗毛　2
　＊
田舎源氏　3
金瓶梅　2
傾城水滸伝　1　＊
風俗金魚伝　1　＊以上二部は大平版、木版再刻。
大津土産名画助刃　1　＊

美濃近江寝譚　1　*
襲褄辻花染　1　*以上三部は共隆社版。
かなよみ八犬伝　1
倭文庫　5

*

桜姫全伝曙草紙　1　*
飛弾匠物語　1
⿰阝水⿰阝火妹脊山　1　*
長柄長者黄鳥墳　1　*
絵手摺昔木偶　1　*「飛弾匠物語」をのぞきこの四部共隆社版。
自来也説話　1

傾城買虎の巻　1
娼妓絹籭　1
傾城買談客物語　1

*

絵本三国志　5
絵入通俗三国志　3
絵本西遊記　5
通俗水滸伝　1
絵本水滸伝　1
絵入漢楚軍談　2

この外近松等浄瑠璃の翻刻として武蔵屋版「やまと文範」、金桜堂版「絵入倭文範」がある。なお、戯作実録等の翻刻雑誌の主なものは、

護宝奴記　鶴声社版　*膝栗毛、稲妻表紙、南柯夢を分載。
咸唐太鼓　法木版　*三国志、水滸伝等を分載。
今古実録　栄泉社版　*写本の軍記、実録類を翻刻。

実事譚　うさぎや版　＊実録、実説を分載。
馬琴翁叢書　乾坤堂版　＊
京伝翁叢書　乾坤堂版　＊この乾坤堂版は、いずれも実質はうさぎやの企画。

がある。

〔註記〕この表は読売新聞の広告欄（明治十五年〜十八年）に所載のものによって作成した。明治文庫所蔵で欠号の多い十五年前半は東京絵入新聞で補い、各書肆発行書の巻末広告を参照した。

ところで明治十五、六年は西南戦役後のインフレーションが一転してデフレーションの兆しを見せはじめた時期にあたり、活版所から市場に流れ出したおびただしい戯作の翻刻本、新刊の小説本は間もなく供給過剰の危機を招くこととなった。この機会を逃さず大がかりなダンピングを試み、巨利を博したのは天狗書林兎屋誠である。

表通りでは無かつたが、裏煉火に兎屋といふのがあつた……兎屋本と云つたら一時は全国を風靡した大量生産の元祖であつた……がドンナものが出版されたかと考へると、殆んど一冊も憶出されないほど愚書俗書悪本凡本の濫出であつたが、衆愚の傾向を洞察する鋭い着眼と、直ぐ其の要求に適合する新著を案出する敏捷な技倆があつたと見え、糊と鋏で粗製濫造したものが大抵中つてグン〳〵伸して行つた。本屋で馬車へ乗つたのは恐らく兎屋が初めてであつたらう。（内田魯庵『銀座繁昌記』）

明治の新聞広告史は兎屋の誇大広告にその数ページを割かなければならないだろう。兎屋の特売広告は一月か二月に一度の間隔で諸新聞の広告面を数段、ときには全面にわたって占領した。その広告は数百冊の書名をつらねて、定価と割引価とを併記し、反物、書籍、劇場の切符などの景品を添え、特売の期間を限って顧客の講買欲をそそる仕掛になっていた。しかもその特売広告をぬけめなく支店の開店祝、新著の出版、新企画の発表などと結びつけて宣伝効果をたかめたのである。広告に現われた奇抜な企画を二、三拾ってみると、十七年の三月には書籍切手を発案、「在国の父兄より東京に遊学せらるる子弟に書物代価を郵送なされ候節は此切手御用になされべく云々」と書生の遊蕩防止の効能をうたって、二週間のうちに千六百枚を売りさばき、十八年の七月には兎屋の「兎」にちなんだ『月世界真像』という石版画入の本を五千部限定で出版し、十八年の暮には貧民五千人へ一人宛白米四合の施与を行った。内田魯庵のいうようにこの「衆愚の傾向を洞察する鋭い着眼」は的に当って、十八年の六月には三千四百の顧客を誇り、そのアイデアを模倣した特価本専門の書肆(正札屋)が開業したほどであった。兎屋の特価本攻勢におびやかされた地本屋仲間では「当組合外にて稗史小説本類を廉価に販売云々諸君を驚かし諸新聞へ非常の広告を発す兎屋及び正札屋等の直価には当組合一般は孰の店にても元より無論同価にて売捌仕

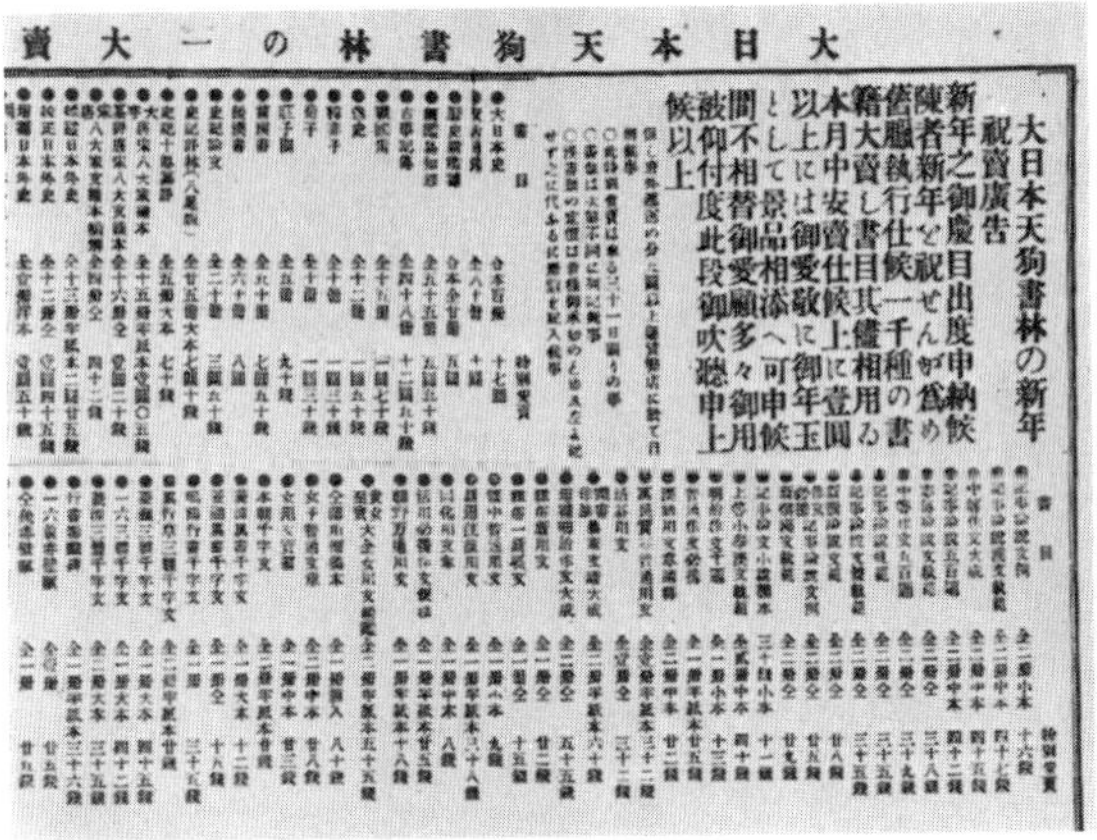

大日本天狗書林の一大賣

大日本天狗書林の新年祝賀廣告

新年之御慶目出度申納候陳者新年を祝せんが爲め偖服執行仕候一千種の書籍大賣し書目其儘相用ゐ本月中安賣仕候上に壹圓以上には御愛敬に御年玉として景品相添へ可申候間不相替御愛顧多々御用被仰付度此段御吹聴申上候以上

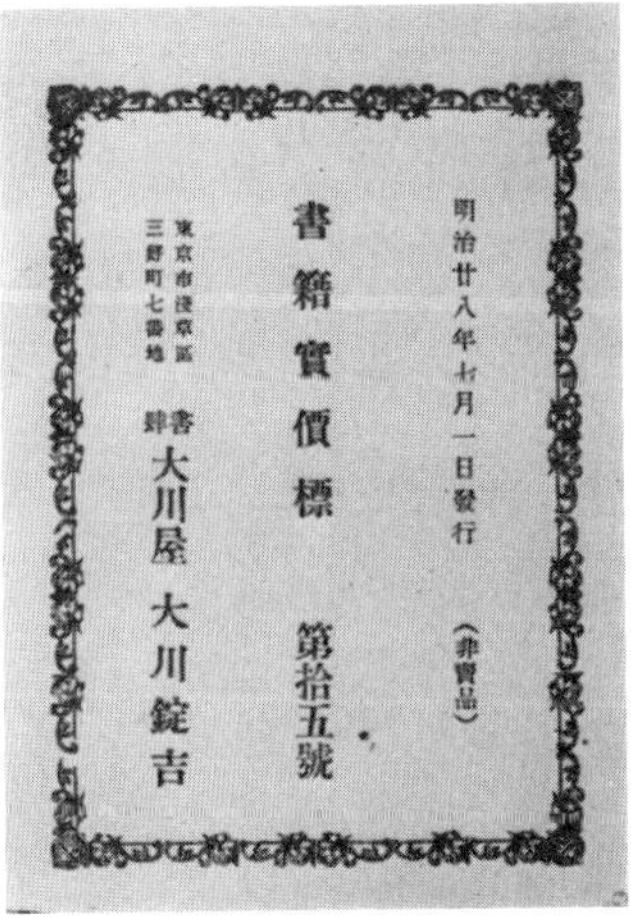

明治廿八年七月一日發行　（非賣品）

書籍實價標　第拾五號

東京市淺草區
三好町七番地　書肆　大川屋　大川錠吉

天狗書林兎屋の誇大広告〈上〉（部分）
大川屋の出版目録〈左〉

居候」とやむなく値下げを発表しなければならなくなった。

書籍商は各商業中の大一位に位する上等の業なれば自然に上品ぶつて古来例なき事は仮令お客様の御便利なる事にもせよ為さざるの慣習なれど、私は其頑愚を脱して御便利の為め昨年の今月今日より俗にいふ売出し様の事を祝にかこつけて致せし……

（「読売」明十七年十二月九日、兎屋広告）

兎屋は書籍をたんなる商品に還元することにより近世的な販売機構を解体させる役割を果したが、博文館や冨山房の基礎をつくった叢書、全集、辞典などの長期にわたる堅実な出版計画を欠いていたために、はやくも二十年代の初頭には没落してしまう。その投機的な経営方式は、手工業的な木版印刷に依存する近世型の書肆に代って、資本主義化した近代的な出版業者が登場するまでの過渡期を象徴するものといえよう。

（1）……小説稗史類の蔵書家殖えたる驚くべし八犬伝と云ひ絵入水滸伝と云ひ膝栗毛と云ひ田舎源氏と云ひ皆な世に求むる人多くなりて、在来の数にては足らぬより敏き人々が其機を外さず翻刻又は再板するならんか八犬伝ばかりも西洋仕立半紙本雑誌仕立等種々ありて是また府下のみにて四五ケ所の出版所あり此外にも原板を現存してあれば旧き墨を拭ひて新らしく摺出すよし是また少くも一万部以上の新出版あらん即ち一万人の八犬伝の蔵書家を世に増したるなり（「読売」明十七年十月十二日）。

(2)活版本の盛行に圧せられて木版本の再摺は振わなかった。明治十五年十二月、老舗の大黒屋平吉が馬琴の『傾城水滸伝』・『風俗金魚伝』を再板、「該本は当時頻りに行う処の活字本の翻刻本とは違ひ馬琴先生存生中出版せしを原版其儘なれば彼の活字本の種類と同一の品にあらず」とうたって活版本の流行に反撥しているのは、新聞広告に現われているかぎりで数少い例外のひとつである。木版本の再摺が稀であった理由としては(1)古い、版木を入手して再摺するよりも活版で組む方が経費が廉く上った。(2)木版印刷の非能率(うさぎやの活版本八犬伝は秀英社の印刷によりわずか数ヶ月で完成した)。(3)度々再摺を重ねた古版の版面は磨滅して印刷の鮮明を欠いた。――以上三点があげられる。

(3)新聞の普及がもたらした新しい販売方式――予約出版は、貸本屋が凋落した後、出版社――→取次店――→小売店の系列化が不備だったこの時期に地方読者を直接動員しうる有効な方式であった。

(4)朝野文三郎『明治初年より二十年間 図書と雑誌』

(5)東京稗史出版社はその後、円朝の『牡丹燈籠』速記本、菊亭香水のベストセラー『世路日記』、逍遥の『小説神髄』(組版印刷は出来上ったまま、実際には松月堂から出版された。松月堂本の柱には東京稗史出版社とある)、など見るべき企画を打ち出したが、十七年後半から経営不振となり、同十二月社主が交替、十八年に入って廃業した。

(6)「読売」明治十五年十月三十日。

(7)「読売」明治十六年五月二十三日。

（8）馬琴の長編、三国志、西遊記等大部の小説は予約出版の形式で出版されることが多く、馬琴の短編、滑稽本、人情本等は単行本の形式がふつうだった。予約出版の装本は(A)読本風厚手無地の表紙、和紙半紙本型、(B)クロース装ボール表紙、本文洋紙の二種類があり、(A)は清朝体の四号活字を使用するばあいが少なくなかった。単行本の装本は、木版摺付絵表紙、中本型、本文は和紙、小新聞用の五号活字を用い、いわゆる東京式合巻の体裁を模したものが一般的である。予約出版は八犬伝のばあい五円から十円、しかも前金を取ったが、単行本は三、四十丁もので二、三十銭、五、六十丁もので、三、四十銭の価格であった。予約出版の読者は大新聞の読者に、単行本の読者は小新聞の読者にそれぞれ対比させることができよう。

4　貸本屋の凋落

近頃何故か貸本屋の廃業するもの多き由、或人の説にては全く当今流行の予約出版の影響なるべしとの事なるが如何のものにや（「いろは新聞」明十七年五月十七日）
鶴声社の開店なすや古版の稗史小説を翻刻し貸本屋をして箸を投ぜしめしは皆翁の考案にして今も翻刻物の元祖などと、営業者の茶話に残れるは翁の賜なりと社主は言り
（鶯亭金升「梅亭金鵞翁」「文芸倶楽部」明二十八年六月）

活版による翻刻の普及は、民衆の読書機関として久しく親しまれてきた貸本屋の退場を決定的にした。

本の風呂敷包みをうず高く背負った貸本屋の風俗が東京市中から姿を消したのは明治十五、六年から二十年にかけてのことらしいが、近世出版機構の底辺をかたちづくっていたその組織自体は、すでに明治初年から分解しはじめていた。

明治七年創刊の読売新聞をはじめとして、続々発刊された小新聞は、貸本屋にかわる新しい民衆的文学回路を開いた。読売の創刊号はわずか百二、三十枚の発行にすぎなかったが、明治九年にははやくも一万五千の発行部数に達した。浮世画の点景人物としてお馴染みの貸本屋の姿に加えて、開化の風景画には鈴を鳴らして記事を呼びあるく新聞売子の姿が欠かせないものになった。上野・浅草の盛り場には茶店を兼ねた新聞縦覧所が開業して人気をあつめ、人力車は傍訓新聞を備えつけて車上の客に読ませた。[1] 新聞は戸外でものを読む習慣を普及させたのである。維新以来戯作の新版が激減したために、一時は民衆に「読みもの」を供給する回路を独占していた貸本屋は、程なく小新聞の「つづき物」にその読者を奪われることになる。[2] 毎朝配達される新聞の「つづき物」は貸本屋の継本に馴らされてきた読者にも消化しやすい「読みもの」の形式であったし、小新聞の定価は、ほぼ貸本の見料と見合う廉さであった。

玉衝キ行ハレテ倒扇輿亡ビ貸本屋ハ新聞社ニ降参（「時勢ノ履歴書」「東京新誌」一一六号）

浅草の奥山の新聞縦覧所に高く積上た荷を背負つた貸本屋が休んで居ての話に此頃は新聞に圧されて貸本の出がわるく成ました（「読売」明九年五月十日）

近ごろ新聞雑誌が流行にて絵草紙屋にも余ほど響くとかいふが或る貸本屋の話しに凡そ悪いものは新聞屋で新聞紙が出来てからは花主《トクイ》が半分は減じてしまつたと、ブツ〳〵苦情をいつて居るのはお気の毒なこと（「読売」明十一年四月二十八日）

明治十年の『東京府統計表』・「商賈業別」によると、貸本屋は朱引内に六四、朱引外に三、計六七、明治十五年の『東京府統計書』では区部六四、郡部二、計六六となっている[3]（十六年以降は雑商の項目に一括されて実数をつかむことができない）。このほか書籍小売店、古本屋などの兼業が若干見込まれるにしても、近世後期の六百〜八百という数に比べてその頽勢は明らかであろう。貸本屋の需要は出版の成否を左右するだけの力を持ちえなくなったのである。

江戸の貸本屋は文化五年に六百五十六（『絵入読本外題作者画工書肆名目集』）を数え、天保年間に入って「借本戸八百」（『江戸繁昌記』）と伝える。大阪では「文化十年から文政末年までほぼ三百軒を上下してゐた」という。浜田啓介氏は、八犬伝のばあい、江戸大阪の貸本屋へ仲間売された分が七百〜九百、貸本屋をくぐらない読者は二百位と推定された。一軒の貸本屋が得意にしていた貸先の数は十数人の雇人をおく長門屋クラスから、身ひとつで巡回する零細な個人業者まで、大小さま〴〵あるわけだが、「下男両人めしかかへ」て経営していた馬琴の婿のばあいの「百七、八十軒」が一応の目安となるであろう。貸本の読者は江戸市中ですくなくとも数万に達するのである。また書物問屋が通町組、中通組、南組の三組にわかれ、ほぼ下町の中心部に集中していたのに対し、貸本屋は品川、三田の場末、飯倉、麻布、本郷、麹町、四谷、小日向の山手をも含む十二組に分れ、市内一円にわたってひろく分布していた。下町では大きな商家の奥向、山手では武家屋敷の長屋、勤番部屋がまとまった注文のとれる得意先であった。継本に廻る貸本屋は得意先へ気安く入り込み、新版の評判を交換しながら、読者の反響をじかに感じとることができた。版元では仕入れに来た貸本屋から得た情報を参考に新版の企画を立て、時には貸本屋の不人気を理由に、作者に改作を要求したりする。春水が貸本屋の干渉により『春色辰巳園』を余儀なく書き縮めたのはその一例である。そして、この『辰巳園』の版元大島屋や『八犬伝』の版元丁字屋などは、貸本問屋を兼業していたのであった。

版元の側でも貸本屋向けの小説を新たに出版することは稀になった。貸本問屋大島屋が浅草の貸本屋大川屋と合版で出した人情本紛いの『春風日記』(松村春輔作、明十三年～十五年)などは、その数すくない例の一つであろうか。この大島屋は人情本の蔵版を豊富に擁していたが、明治十五、六年頃には旧版の再摺(4)を廃し、その版権を活版で翻刻する書肆に譲渡したらしい(5)。購版によって幕末にはもっとも多くの読本の版木の所有者となった河内屋一族にも同様の運命が見舞ったようである。貸本屋は古本によって消耗したストックを補充しなければならなくなっていた(6)。この頃大阪堂嶋のある貸本屋は貸本の表紙につぎのような貼紙をした。

近来絵草紙物高直に相成候間落書鼠喰亦貸大損じは見料の外損料申受候自然端物に相成候はば御買取可被下候

貸本屋独特の写本の軍記実録類も、兎屋や鶴声社など、活版で戯作を翻刻する書肆にボール表紙本のタネとして一括して買い上げられた(7)。そして、翻刻された戯作小説、ボール表紙の新刊小説を扱ったのはお得意を巡回して廻る古い型の貸本屋ではなく、固定店舗をかまえ、保証金をとって貸出す新しい型の貸本屋であった。木版本の分冊形式と結びついていた継本の制度は、単行本形式の活版本が普及したために無意味になったのである。

双子の着物に盲縞の前かけ、己が背よりも高く細長い風呂敷包みを背負ひ込んで古風な貸本屋が我々の家へも廻つて来たのは明治十五、六年までで……稗史小説も追々明治物が刊行され幼稚な石版画ボール表紙本も目新しく、安物の兎屋本を始め大川屋、辻岡、文永閣、共隆社、鶴声堂あたりの出版元から発兌の新版小説が漸く流行、洋紙

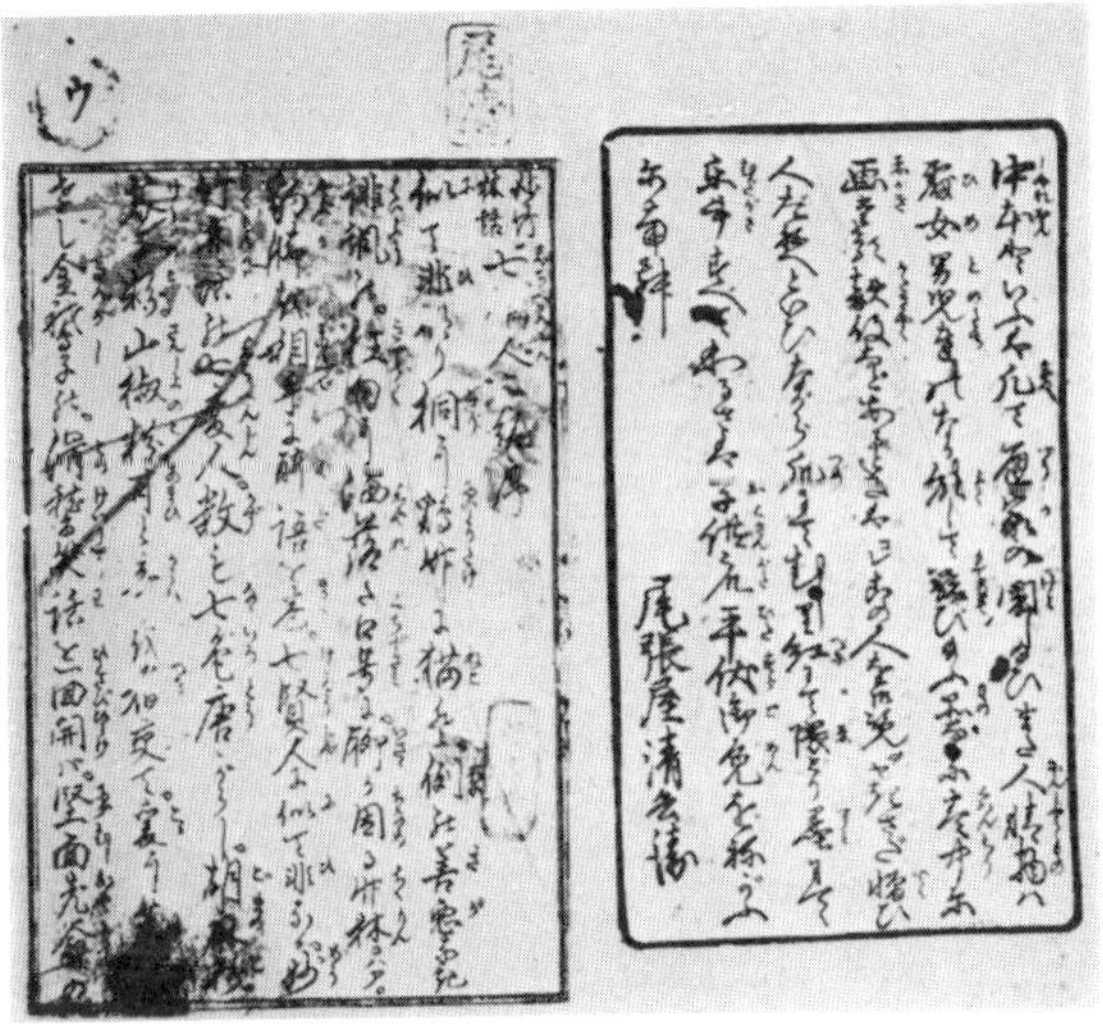

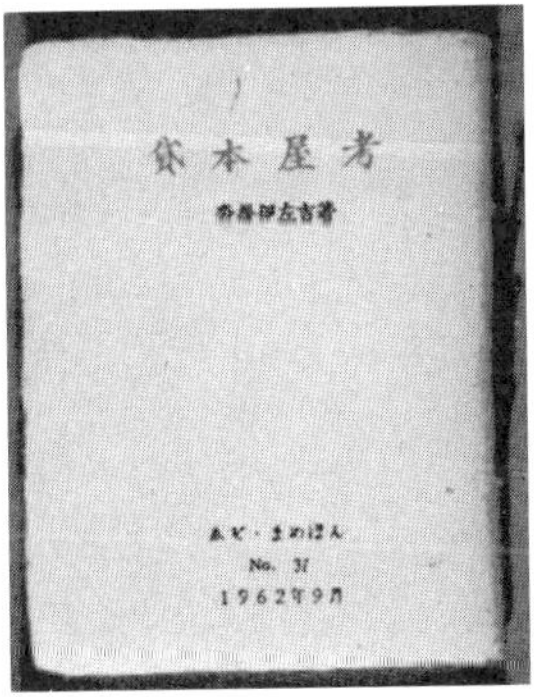

明治初期の貸本屋の貼紙〈上〉
（落書おことわりを訴えている）

沓掛伊左吉「貸本屋考」昭和37〈左〉
（タテ9センチ、ヨコ7センチ）

本の荷も重く、同時に草双紙や読み本のお好みも減つて背取りの貸本屋はボツボツ引退、代つて居付きの貸本屋が増え……（山本笑月『明治世相百話』）

この新しい型の貸本屋としてよく知られているのは、『書生気質』が人気を呼んでいた明治十八年、京橋に開業、間もなく神田錦町に進出したいろは屋である。[8] 神田、本郷の学生街を控えていたいろは屋の顧客は「九分以上は書生」で、一ヶ月の貸出点数は八九千に及ぶ盛況であった(此の頃東京図書館の一日閲覧人員平均は三百三、四十人)。修業時代の田山花袋はこのいろは屋のおかげで「我楽多文庫」「新著百種」「国民之友」などを読むことができたという。[9]

いろは屋に倣って、三田の共益貸本社、銀座の貸本社、淡路町の日本貸本社、錦町の弘文社など、私設図書館ともいうべき知識人相手の高級な規模の大きい貸本屋が、明治二十年代の前半に相ついで現われたが、いろは屋以外は永続せず、かえって大衆を相手に講談本や実録本を貸す「居付きの貸本屋」が明治末年までその命脈を保った。この「居付きの貸本屋」や地方の小売店が兼業した貸本屋を対象に講談本や実録本を大量生産して大をなしたのが大川屋錠吉である。

大川屋錠吉が父に伴われて武州入間郡から江戸に出、享保以来の老舗浅倉屋の店員に住み込んだのは幕府瓦解も間近い安政の末年であった。浅倉屋で約十年間貸本の営業を見習った後、その体験を資本に慶応四年の八月、深川に店鋪を構えて独立、翌明治二年浅草三吉町に移転した。その後貸本問屋の大島屋と合版で『新門辰五郎遊俠譚』(明十二年)、『春風日記』(明十三年〜十五年)などを出版したが、それは本業の片手間にすぎなかったらしい。明治十五、六年頃から始まった翻刻の流行に圧されて貸本商売の巧味が乏しくなると、大川屋はいちはやく家業の貸本業を縮小し、いわゆる赤本の大売捌に転身した。いろは屋が新形式の貸本を始めた明治十八年のことである。売捌として雌伏数年の間に、全国的な販売網をつくり上げた大川屋は、明治二十年、貸本問屋として復活する。取次の地位を利用して転廃業した版元から入手した旧版もの、貸本屋時代からストックしていた写本の軍記、実録類が出版の基礎として役立った。

大川屋がこの頃出版した俗書のひとつに『通俗経国美談』がある。その巻末に記載する出版目録にあげられている小説本は七二種。その内訳は『貞操婦女八賢誌』『七偏人』などの戯作もの、『絵本甲越軍記』『絵本川中島軍記』などの軍記もの、『国定忠治実記』などの実録もの、『鳥追阿松海上新話』『明治小僧噂高松』などの明治合巻もの、『松操美人之生埋』などの講談速記ものなど、雑多をきわめるが、さいごに『当世書生気質』が居心地悪そうに収っているのが異様である。このうち、明らかに他の版元の蔵版と考えられるものはつぎのとおりである。

島田一郎梅雨日記	島鮮堂
籬菊操鏡	青盛堂→深川屋良助
鳥追阿松海上新話	錦栄堂→深川屋良助
明治小僧噂高松	滑稽堂→日吉堂
開明奇談 写真仇討	滑稽堂
貞操雪之梅	日月堂
黄金の花籠	寛栄舎
松操美人之生埋	新庄堂
月謡荻江之一節	積善館
剛胆之少年	永昌堂

精査を加えれば殆んど大半が此の種の出版であろう(『通俗経国美談』そのものが永昌堂の蔵版)。

東京書籍商組合編纂の明治三十年版『書籍総目録』によると、大川屋の小説本は約二五〇種、春陽堂の約二九〇種についで第二位を占め、東京の全書肆が出版した小説の二割五分に当る。出版点数では新刊小説専門の春陽堂に一歩を譲っているが、出版部数でははるかに上廻るものと考えられる。

この大川屋は全国の貸本屋や絵草紙屋が華客で、地方からの注文も、一冊々々の書名を注文するのではなく、仇討物何種何冊とか、侠客もの何種何冊とかいう注文が多かったから取揃えて刷っておくにも楽だったそうである。（小川菊松『出版興亡五十年』一八四頁）

明治二十三年松本に開業した鶴林堂書店は小売の傍ら貸本を始め、大川屋の講談本、小説本を大量に仕入れ、見料一日二銭で利用者が殺到したという(10)。大川屋本は菊版石版色刷表紙、本文は粗悪なザラ紙、三百ページほどのものを、直営の印刷所で印刷し、定価はわずかに八銭から十銭という廉さであったから、一日二銭の見料をとる貸本屋の利益は大きかったにちがいない。そのためか、大川屋本の奥附には定価を記さず、貸本屋は目録を取寄せて一括注文する仕組だったらしい(11)。

その当時の赤本即ち講談本は、いくら位であったかというと、菊判三色刷表紙三百頁近くのもので、一冊の卸値は僅に六、七銭であった。……こんな零細な商いでも、全国を相手にこなす数が大きかったから大川屋はウンと産をつくった。（前掲書、一八六頁）

現在では毒々しい石版画の装いをこらした大川屋本も古書肆の店頭に姿を見せることさえ稀になった。しかし、明治末年、立川文庫や講談社の雑誌が登場するまで、あるいは都会の片隅で、あるいは地方の小都市、農村で、莫大な数量の大川屋本が消費されていたはずである。いわば大川屋は近世戯作ののこりものを貪婪にかきあつめた塵介処理業者であり、その処理場で再生された「読みもの」は、需要がまったくつきてしまうまで、途方もなく分厚い底辺の読者層にとめどなく流れこんで行ったのである。

(1)「読売」明治十一年六月二十五日。

(2)ただし、小新聞を読まない書生は貸本屋のよいお得意として残った。書生の読書生活に貸本屋が果した役割の大きさについては種々の回想録に委しいが、その一例として植木枝盛の明治九年秋の日記をあげてみる。

貸本屋に行。九年七月二十日。

貸本屋に倚り廻る。九年九月十日。

夜隣の貸本屋へ行き、人情本を借り来る。九年十一月二日。

この時枝盛がどんな本を借りたかは「閲読書目記」によって知られる。

昔語質屋庫	初編五冊	九月上旬
糸柳	全十二冊	九月上旬
人情其儘女大学	六冊	九月十二日
花鳥風月	十二冊	十一月上旬
恋廼染分解	全十五冊	十一月下旬

湊廼花　初編三冊　十一月中旬
玉川日記　九冊　十二月中旬

(3)区別貸本屋の数はつぎのとおり。(明治十五年)

麹町	3	麻布	1	本郷	1
神田	8	赤坂	3	下谷	2
日本橋	13	四谷	0	浅草	7
京橋	5	牛込	3	本所	7
芝	2	小石川	4	深川	5

(4)明治に入ってからの人情本の再摺本は内題下の署名の「江戸」を「東京」と改めている。

(5)明治十六年一月発行の魁進堂版『春色辰巳園』の奥附には「原版人武田伝右衛門」とあり、明治十六年八月発行著作館版『昔語質屋蔵』の奥附には「原版人河内屋太助」、明治十五年十一月発行木村文三郎版『夢想兵衛胡蝶物語』の奥附には「元版人岡田茂兵衛」とある。

(6)「東京絵入」(明十二年六月二十一日)に貸本屋向けの「出像稗史類。絵本小説奇書類。人情本類。和漢軍書類。」の古本を扱う書肆の広告が見える。

(7)「読売」(明十八年四月二十九日)に兎屋が「貸本用の書籍」を実録叢書出版のため買入れたとの広告が見える。

(8)いろは屋については「風俗画報」二二八号〜二四三号所載南柯亭夢筆「書生風俗　いろは屋貸本店」がくわしい。

(9)『東京の三十年』
(10)『回顧の五十年—鶴林堂書店史』
(11)大川屋では貸本屋用に「書籍実価表」なる小冊子を印刷した。

鷗外の中国小説趣味

1

鷗外の『舞姫』や『うたかたの記』の底に潜む「東洋古来の伝奇小説の根」を最初に指摘し、そのロマンティシズムの特異性を明らかにしたのは佐藤春夫であった。この所論をうけて、鷗外における中国小説の影響をさらに精細に洗い出したのは笹淵友一氏の「森鷗外――自我の覚醒とエキゾティシズム」(『浪漫主義文学の誕生』所収)である。そこでは為永春水の人情本への親炙とともに『剪燈余話』『燕山外史』『虞初新志』など明清の小説、「花月新誌」に掲載された香奩体の詩などからの感化が論ぜられ、留学前の鷗外がたくわえた文学的素養の輪廓が辿られている。

笹淵氏がよりどころとしたものは『雁』『ヰタ・セクスアリス』『気取半之丞に与ふる

書』などである。数多い鷗外の詳伝も鷗外の学生時代の読書については記述が案外乏しく、逆に『ヰタ・セクスアリス』や『雁』からの引証によって肉附けの不足が補われている。そのかぎりで鷗外自身のことばに即いた笹淵氏の撰択は当然であった(いうまでもなく笹淵氏の論文の主眼は、鷗外の読書生活そのものではなく、『舞姫』『うたかたの記』などの作因の分析にある)。

しかし、自伝的要素に富むとはいえ、それが資料として参照されるばあい、『ヰタ』や『雁』の事実性がいちどは検証されるべきではなかったか。

さいわい、東大付属図書館の鷗外文庫は鷗外が学生時代に繙読した中国小説類の大半を所蔵している。この小稿はそれらの調査を通じて、留学前の鷗外の読書生活の実態をさぐり、『ヰタ』や『雁』に描かれている青年期の鷗外像にささやかな脚註を加えようとするものである。それはまた明治初年における書生の読書生活の一つの典型を提供することにもなるはずである。

2

鷗外が医学校の予科に入学した明治七年は成島柳北の『柳橋新誌』、服部撫松の『東京新繁昌記』が出版された年である。『雁』に岡田の文学趣味として「漢学者が新しい世間の出来事を詩文に書いたのを、面白がつて読む」と述べられていることは、鷗外がこれらの漢文戯作に接していた可能性を示唆するものであるが、鷗外文庫は後年購入されたとおぼしい『東京新繁昌記』や、寺門静軒の『江戸繁昌記』、『新斥富史』などを所蔵するのみである。鷗外の興味と関心はむしろ正格の漢詩文に向けられていた。鷗外が佐藤応渠について漢詩の添削を受けたことは「徳富蘇峯氏に答ふる書」に記されている通りである。応渠は鷗外の父の患家先である。

『明治詩話』によれば、この頃東京では、藤野海南の旧雨社、川田甕江の廻瀾社、大沼枕山の下谷吟社、森春濤の茉利吟社などの文会が競って興り、それぞれ雑誌や詩集を編集・上梓していたという。その読者は洋学を修める傍ら、私塾に下宿して漢学を研鑽していた書生達であり、明治初年の漢詩壇はその衰滅を目前に最後の爛熟期を迎えていたのである。

鷗外は『嘉永二十五家絶句』『文久新撰名家絶句』『慶応十家絶句』『明治十家絶句』『皇朝精華集』などの初学者向きの詞華集を買い集めて習作の資とした(1)（『キタ』には主人公が古賀と連立って古本屋をひやかして歩くくだりに「其頃は日本人の詩集などは一冊五銭位で買はれたものだ。」とある）。『キタ』に見える『晴雪楼詩鈔』（菊池三渓著、慶応二年刊）も、鷗外文庫に現存している。尾藤啇一(伊藤孫一)に教えられた菊池三渓の詩文を、一つの機縁に「花月新誌」を購読しはじめた、という『ヰタ』の記述は信ずべきであろう。ただし、その時期については鷗外は錯誤を犯している。『ヰタ』では「花月新誌」を読み始めたのが明治八年のことであるように書かれているが、その実際の創刊は明治十年一月である(此の頃読んだように書かれている三渓の『本朝虞初新誌』の刊行は明治十六年であるが、これは「花月新誌」に連載されたその前身「消夏雑誌」を思い誤ったものにちがいない)。鷗外は「花月新誌」のごく初期からの愛読者であった。そのことは鷗外文庫所蔵『慶応十家絶句』中小野晏斎の楊貴妃を詠じた詩に「以下三首出花月新誌第三号」と書き入れをしていることから判る。ちなみにこの「花月新誌」第三号は、『雁』で「西洋小説の翻訳の始め」として紹介されている「楊牙児ノ奇獄」の連載が始まった号である。

ところで「花月新誌」に寄稿した漢学者の中には中国の艶史・伝奇・小説に造詣深い趣味人が少なくなかった。主幹の柳北にしてからが『板橋雑記』、『画舫録』などのいわゆる艶史を愛読し、『柳橋新誌』にはその影響が顕著に現われていた。菊池三渓は『虞初新志』『聊斎志異』の体例にならった短稗「消夏雑誌」を花月誌上に連載した。『雁』で香奩体の詩の名手とされている森槐南は、十代で『紅楼夢』を読み上げ(2)、『補春天伝奇』を戯作した。また机の下に唐本の金瓶梅をかくしておき、漢文の批点を求めに至った主人公を苦笑させた『ヰタ』の文淵先生、じつは依田学海は自他ともに許す中国小説通であった。

医学校予科の寄宿舎に入ったころから、貸本で京伝・馬琴・春水などの戯作小説に親しんでいた鷗外である。一、二年の間に「貸本文学の卒業者」となった彼が、漢文の読解力に自信を持つに従って、中国の伝奇・小説へと、読書の世界を拡大して行ったことはきわめて自然である。その機縁をつくったものは、第一に「花月新誌」の耽読、第二に伊藤孫一との交友、第三に依田学海への師事を挙げることができるであろう。鷗外が中国小説に接した年代は『ヰタ』や『雁』にも出てくる『虞初新志』巻三「冒娘小宛伝」に『板橋雑記』から呉海村の絶句を書きぬいて、「記事丁丑初秋」と註していることから判明する。丁丑は明治十年であって、これは『ヰタ』の記述と吻合する。鷗外が学海の家に通ったのは『ヰタ』にしたがえば、前年の夏のことであった。

(1)鷗外文庫所蔵の幕末、明治初期刊の詩書はこの外つぎのようなものがある。『今世家絶句』(文化十二年)、『湖山楼詩屏風』(嘉永元)、『清十家絶句』(嘉永五年)、『高青邱詩醇』(嘉永五年)、『六名家詩鈔』(万延元)、『今世名家詩撰』(慶応二年)、『翠雨軒詩話』(慶応二年)、『国詩史略』(明治四年)、『竹外二十八字詩』(明治十一年)、『日本雑事詩』(明治十三年)、『東京新詠』(明治十三年)。

(2)「花月新誌」四十七号「読紅楼夢詠尤二姐」、同四十九号「紅楼夢黛玉泣残紅」。

3

鷗外文庫所蔵の中国小説の主要なものをかりに蔵書印によって分類すると次のごとくである。(1)

A 森文庫

夷堅志 (宋洪邁撰)。
情史類略 詹々外史評輯馮夢龍先生原本立本堂蔵版。
西青散記 清史震林撰甲戌十日聚珍板排印本。
女仙外史 清呂熊撰鈞横軒原刊本半葉十行、行二十二字。
剪燈余話 明李昌祺撰元禄五年壬申十月吉日江南四郎左衛門板。
小説粋言 奚疑主人訳明治二己巳黄鐘須原屋茂兵衛板(初版宝暦八年風月堂板)。

B 医学士森林太郎図書之記

随煬帝豔史 明無名氏撰明人瑞堂精刊本。
残唐五代史演伝 明李卓吾評点羅貫中編輯八巻本。
第五才子書水滸伝 明金人瑞定七十回雍正甲寅勾曲外史序芥子園袖珍本。

石点頭　明天然痴叟撰墨憨主人評葉敬池梓本。
虞初新志　清張山来輯荒井廉平訳嘉永四年補刻大坂河内屋徳兵衛板(初版文政六年)。
(本朝虞初新誌)　菊池三渓撰明治十六年十月刻成吉川半七。

C　林太郎

聊斎志異詳註　清蒲松齢撰同治丙寅年鐫青柯亭初雕維経堂蔵版。
秋燈叢話
剪燈新話句解　明瞿佑撰慶安元年刊二条鶴屋町書林仁左衛門。

D　森蔵書

紀暁嵐先生筆記五種　嘉慶丙子北平盛氏重鐫石印本。
注釈燕山外史　清陳球撰光緒歳次辛丑季春上海甲昌書局石印本。
(第六才子書西廂記)　光緒丁亥仲夏長威館石印本。
(第七才子書琵琶記)　光緒壬辰仲夏上海五彩石印本。

E　無印

虞初続志　同治十三年刊同福堂蔵版袖珍本。
槐西雑志　清紀暁嵐撰壬子冬鐫袖珍本。
東周列国志　清蔡元放評点乾隆十七年序立文堂蔵版。

通俗繡像隋唐演義　明無名氏撰道光庚戌刊。
毛宗崗評三国志演義　清康熙刊金聖嘆序(順治甲申)袖珍本。
明季稗史彙編　光緒二十二年上海図書集成局印。
第一奇書金瓶梅　張竹坡評一百回無図湖南在茲堂康熙己亥刊版心第一奇書。
金聖嘆加評西遊真詮　清乾隆庚子刊芥子園刊袖珍本。
繡像紅楼夢　清曹霑撰済南聚和堂蔵版袖珍本。
繡像争春園　清無名氏撰同治肆年新厦門文徳堂発兌。
繡像二度梅伝　惜陰堂主人撰咸豊六年新鐫省城丹桂堂板。
緑野仙踪全伝　清李局川撰道光二十年新鐫映雪山房蔵板。
鶏窻解頤　信州松忠敬訳宝暦二壬申大坂浅野弥兵衛蔵版。
西京雑記　晋葛洪撰寅成丙辰鈴木七右衛門等。
奇談一笑　岡白駒輯沈華忠雅堂梓。
入蜀記　宋陸游撰明治十三年初秋求古堂松崎銅版豆本。

右に挙げた三十数点の内、(2)留学前の鷗外がじっさいに眼を通していたものはどれほどあるだろうか。これらの書籍には殆ど読了の日付が記されていないので、その判定は容易でないが、滞独時代の鷗外が読破した書籍の余白に記された短評が寺内ちよ氏によって紹介されていて、（「比較文学研究」昭三十二年十二月）、それが有益な手がかりを提供する。そのうち中国小説に関連するものはつぎの通りである。

虎涙下如雨虞初新志
馬琴徐仲射芸之筆力
若読水滸伝
是等文字求之詹々外史情史中亦難多得
通篇羅貫中筆力
説鬼之法東西一致　（傍点前田）

徐仲光は『虞初新志』に「神鉞記」「雷州盗記」等数篇の奇文を載録された徐芳をさしている。「説鬼」は紀昀風の『槐西雑志』『剪燈新話』のような志怪の短篇集を考えていいかもしれぬ。留学時代の書き入れに現われる『虞初新志』、『水滸伝』、『情史類略』を確実なものとしておさえるならば、これらの書籍の書き入れに引証された作品も同様の扱いが許されるだろう。すなわち、『情史類略』の書き入れに見える『石点頭』、『艶史』、『剪燈余話』、『虞初新志』に引用された『板橋雑記』(鷗外文庫には所蔵されていない)等が、ほぼ併行して読み進められたことになる。これに後述するように書き入れの稚さから判断して『槐西雑志』を加える。

『キタ』、『雁』に書名の見える中国小説で、残るところは『燕山外史』と『金瓶梅』である。鷗外文庫所蔵の『燕山外史』は光緒辛丑(明治三十四年)刊の石印本であるから、学生時代の鷗外が通読しているとすれば、それは明治十一年刊長野亀七版大郷穆訓点の二冊本『燕山外史』でなければならない。この『燕山外史』は伊藤孫一から借覧したか、あるいは下宿屋上条の出火の際に失われたものかもしれぬ。『雁』で、「僕」が神田明神前の古本屋から金七円で入手することになっている『金瓶梅』は、鷗外文庫所蔵のものに相当すると思われるが、通読は帰朝後であったろう。その読法の条に「文章公共之物 Gottschall が小説論と合看すべし」と青鉛筆で書き込まれているのが明証となる。

以上のように森文庫、医学士森林太郎図書之記の蔵書印の捺されている十二部は、『キタ』、『雁』に引用された作品を含み、留学前に繙読された可能性が高い。無印のものは留学前の購読と帰朝後の購読とを、混在させているであろう。林太郎の印を持つ『聊斎志異』には「業平文治云々」の書き入れがあり、これが円朝の「業平文治漂流奇談」を指すものとすれば、学生時代の鷗外が盛んに寄席に出入していたことを考え合せて、候補に含めたくなるのであるが、しばらく疑問のままに残しておく。森蔵書の蔵書印を持つものは、その刊年に従って考慮の外におきたい。

つぎに鷗外の中国小説趣味の水準、ないしは傾向をさぐる手がかりとして、同時代の蔵書目録、読書記録を一、一紹介してみよう。鷗外が漢文添削の師と仰いだ依田学海の蔵書目録及び東大図書館所蔵の学海蔵書を調査してみると、『水滸伝』、『三国志』、『西遊記』、『金瓶梅』の四大奇書を始めとして、『紅楼夢』、『紅楼夢補』、『続紅楼夢』、『紅楼後夢』等『紅楼夢』の類書、『宣和遺事』、『説岳全伝』『今古奇観』等の白話小説、『情史類略』、『虞初新志』、『閲微草堂筆記』、『聊斎志異』、『虞初続志』、『西青散記』等の伝奇小説、『品花宝鑑』、『春江花史』、『春江燈市録』等の艶史類等が目につく。中村敬宇の蔵書目録では伝奇類のもとに、『水滸伝』、『三国志』、『西遊記』の四大奇書(『金瓶梅』を欠く)、『東周列国志』、『隋唐演義』、『禅真逸史』、『宣和遺事』等の講史類、『石頭記』(紅楼夢)、『好逑伝』、『今古奇観』、『西湖佳話』等の白話小説、『虞初新志』『閲微草堂筆記』、『聊斎志異』等の伝奇小説が収められている。

学海の蔵書が艶史類を含み、敬宇の蔵書がそれに代って講史類を交えている点で、やや硬軟の差はあるが、まず大差はない。『水滸伝』、『三国志』、『西遊記』、『紅楼夢』、『聊斎志異』、『虞初新志』、『閲微草堂筆記』は、鷗外、学海、敬宇三者の蔵書に共通している。これらはおそらく明治初年にもっとも広く読まれた中国小説なのであろう。そして、鷗外の蔵書の範囲が、学海のそれに近いことは、あるいは学海からの教示を示唆するものかもしれぬ。鷗外の蔵書は善本は少ないが、翻刻本を殆ど含まず、舶載本を主にしている点、アマチュアとしては相当の水準に達していたと評価することができる。学海や敬宇の蔵書と比較して遜色を見ないのである。このことは、たとえばこのころの有数の読書家であった植木枝盛の読書記録と照合してみると明瞭になる。枝盛の購求書日記に記載されている中国小説は『小説粋言』、『今古奇観』、『情史抄』、『燕山外史』、『入蜀記』、『遊仙窟』等で、翻刻本が多いのである。

(1)鷗外文庫の蔵書はすべて鷗外蔵書の蔵書印を持つが、柳生四郎氏の御教示によれば、この印は東大図書館で受入れる際にあらためて捺したものが多いとのことで、この分類で無視した。また鷗外は原表紙や見返しを剝ぎとり、あらたに薄茶色の表紙をかけて整理しているため、刊記を明らかにできないものが多く、孫楷第の『中国通俗小説書目』を参照して記載を補った。

(2)岡野他家夫氏「鷗外の旧蔵書」(『書物から見た　明治の文芸』所収)によれば、鷗外旧蔵書の漢文学・小説の分類部数は三三であるが、ここには他の分類に編入されているものも加えてある。

鷗外文庫の中国小説に書き込まれた短箇な批語は、青年時代の鷗外の片鱗を伝える直接的な資料であるとともに、青年時代の回想を含む『ヰタ・セクスアリス』や『雁』を解読する幾つかの鍵を示してくれる。『ヰタ』には主人公金井湛がアドラーの英独両引の辞典で性の語彙を検索しながら「ひとりで可笑がる」条りがあり、その後に「併しそれも性慾に支配せられて、そんな話を面白がつたのでは無い。人の口に上せない隠微の事として面白がつたのである」と註釈が加えられている。鷗外は中国小説をひもときながらも、この隠微な遊戯に独り興ずることがあったらしく、アドラーの辞典で習い覚えた(?)性の語彙は、たとえば『槐西雑志』のエロティックな短編に出会う毎に、朱筆で書きとめられた。巻二の清潔に肥らせた豕と淫する話の欄外には「与豕狎(外情) Sodomie」と記された。同じ巻二、『周礼』にある「不男之訟」を引用した条りには「所謂交接不能 Impotenz」と書きつけられた。巻三「又余乳母李媪曰」の則、「偶マタマ一タビ唇ヲ接スルニ竟ニ膠粘シテ解ケズ」に朱点が打たれ、欄外に「接唇 Kuss」と記された。『ヰタ』には寄宿舎住いの主人公がいわゆる硬派の襲撃から身を以て逃れる危難がいさいきと描かれているが、男色の話も鷗外の興味を唆ったようである。巻二、一孌童が朋輩の姦せられる醜状を目撃して、主人との同衾を拒むようになったという話の欄外に外情と朱で記し、さらに青インクで「龍陽」と書き加えた。また「雑説称孌童始黃帝」の則、『乃多冒端麗小児。未過十

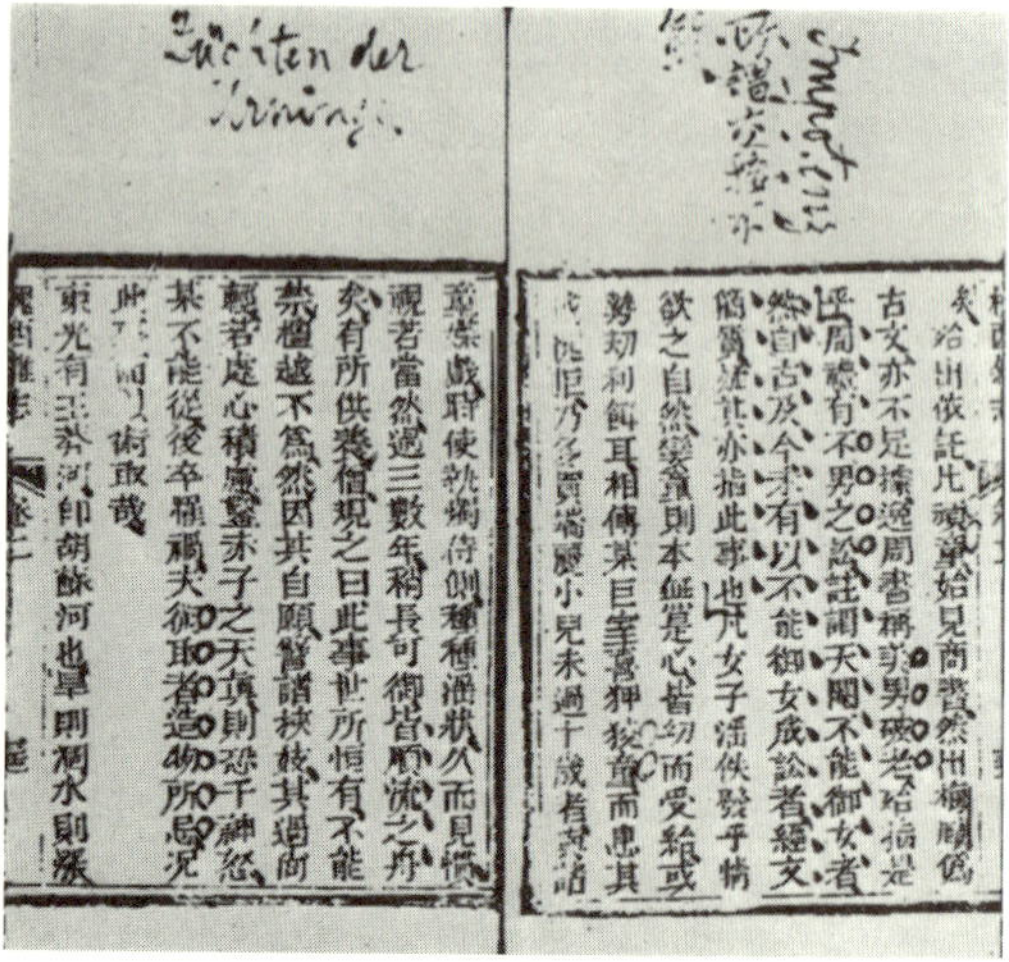

鷗外の書き込み(「Impotenz　所謂交接不能」などとある)

歳者。與諸童媟戲。時便執燭侍側。種々淫状。久而見慣。視若当然。過三数年。稍長可御。皆順流之舟矣。」に圏点を打って、欄外に「Zuchten der Urninge」と記した。

これらの評語を辿って行く限り、そこに陰湿な性の苦悩といったものを感じとることはできない。「性慾に支配せられて、そんな話を面白がったのでは無い。」という『ヰタ』のことばは、この書き込みについても当て嵌る。書き入れのほとんど即物的ともいえる冷静さは、医者が病人の診断書を書いているようだと評される『ヰタ』の性慾描写の透明さとみごとに吻合しているのである。

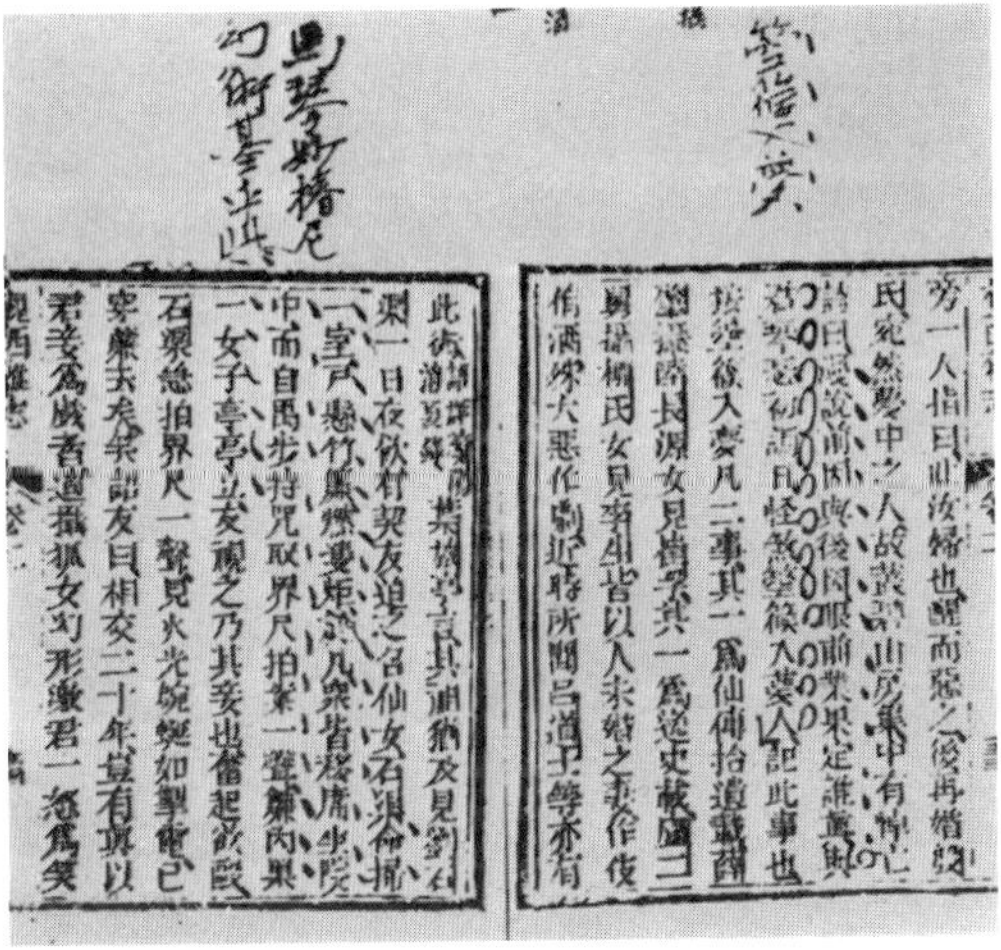

同右(「馬琴妙椿尼幻術其乎此」とある．原本は『槐西雑志』)

自然科学の学徒としての冷徹な眼は『槐西雑志』に数多い恠異談にも注がれていた。たとえば離れ座敷に通された客が、夜半に裸形の男女が跳梁する幻覚に悩まされ一睡もできない。じつは室の一隅に春画が秘匿されていて、画中の男女が夜半抜け出すのであったというオチのついている話があるが、鷗外はこの怪談に一言「Melancolith《（ママ）》」と書き入れた。道士の扶乩、いわば中国の狐狗狸さんの話は「Medium」霊媒と解している。「腸冒異物」、「病徴」、「狂症」、「偽肛」、「異産」、「骨折」、「梅毒」、「毒菌」などの語が散見するのも、医学生らしい関心の現われといえようか。

性への関心が陰にこもったなまぐささを欠いていた代りに、それの昇華物としての女性憧憬の情念は、絶えず鷗外の心を領略して離れなかった。たとえば『ヰタ』には人情本のかもし出す甘美な夢想がつぎのように書かれていた。

人の借りてゐる人情本を読む。何だか、男と女との関係が、美しい夢のように、心に浮ぶ。そして余り深い印象をも与へないで過ぎ去つてしまふ。併しその印象を受ける度毎に、その美しい夢のやうなものは、容貌の立派な男女の享ける福で、自分なぞには企て及ばないといふやうな気がする。

この「美しい夢」は鷗外の中国小説趣味の周辺にも揺曳している。『情史類略』の序文中「其仏号当云多情歓喜如来」の脇には「奇想奇語好名号」、「我欲立情数」の脇には「情教々々夫万般宗教可廃也」、「無奈我情多」の脇には「余殊有此感」とそれぞれ記された。情の字の反復は序文に有り勝ちなレトリックと解すべきである。それだけに書き入れのままともすぎる反応はいささか異様な印象を与える。この書き入れは『ヰタ』の「かういふ本(註 剪燈余話、情史、燕山外史)に書いてある、青年男女の naievely な恋愛がひどく羨しい、妬ましい」という記述を裏書きするとともに、その素朴さないしは稚さは、人情本的な恋愛情緒への低迷とまさしく対応するものなのである。また同じ『情史類略』朱淑真の条

「涙湿春衫袖」の個所には「情致纏綿」と記された。これなど紛れもなく人情本的な感覚である。

『情史類略』は元慎の「鶯々伝」(会真記)、皇甫枚の「非烟伝」、張太和の「紅仏記」など、晋唐伝奇の著名な作品を始めとして、収めるところの多くは進士及第を目指す才子と佳人との風流逸事である。この主題は立身出世を夢見て上京した明治初年の漢学書生の共感を誘い、淡い綺懐《ロマンチシズム》を味わわせた。明治十一年に『情史抄』、同十四年に『艶情笑史』など、あいついで抄録本が出版されている。後に「吾妻新誌」を主宰する三木愛花は『情史抄』の「会真記」に感銘し、事を明治に託して「続会真記」を撰し、数年を距ててその改作「花柳情譜」を「鳳鳴新誌」に寄せた。この「続会真記」及び「花柳情譜」は伝奇小説ふうの才子佳人の奇縁に、人情本ふうの構想をないまぜた折衷的な作風を特色としている。これは、この頃の漢学書生の文学趣味が、漢詩文の習作と貸本文学の耽読という二つの要素を混在させていたことに対応している。鷗外もまた人情本の丹次郎やお蝶が、唐土伝奇の才子佳人ときわめて自然に共棲している奇妙な教養圏をくぐりぬけた人なのであった。

『雁』の岡田に愛読させている「小青伝」を、鷗外は『虞初新志』ではなく、この『情史類略』によって知った。自らの画像をかたみに残して死の世界へと赴くこの薄命の佳人は「近世髭眉丈夫之作却是其無気骨、便小青見之、其謂之何哉」と評された。この書き入れは「死の天使を閾の外に待たせて置いて、徐かに脂粉の粧を凝すとでも云ふやうな、美しさを性命にしてゐるあの女」という『雁』の描写からはややズレており、鷗外が人情本の「意気」に片寄せて、小青を理解していたことが知られる。この小青に『西青散記』の賀双卿を配してみると、学生時代の鷗外が憧憬の対象に求めた小説の世界の女性像の輪廓がほぼ辿られる。田園に生育して典雅な詩詞を善くするこの才女は「婦人有才未覚矜誇若双卿者絶無而僅有」と評された。

人情本の「美しい夢」は唐土伝奇によって晶化作用を促され、異国趣味《エキゾテイシズム》の香気が加えられた。人情本の女性にまつわる肉感性と市井の俗臭は洗い流され、はるかに現実と非現実の境に唐土の佳人が姿を現わす。『情史類略』の小青、『西青散記』の賀双卿、『剪燈余話』の賈雲華、『燕山外史』の竇縄租、これらの女性が鷗外の初期の作品にどのように投影しているかは、またべつの問題である。

5

鷗外の中国小説趣味は雅文小説に傾いていた。鷗外文庫は白話小説をかなり含んでいるが、二、三のものを除けば精読された形跡は見られない。『水滸伝』、『三国志』、『金瓶梅』

なども、いったいに書き入れが少なく、句読も切ってあったり、なかったりである。たとえば『西遊記』は冒頭の数回分と第六十回の前後数回分、牛魔大王と芭蕉扇の条りに朱の句読点が打たれているにすぎない。『石点頭』は約三分の一、『女仙外史』、『艶史』にはほとんど見当たらない。またすでに触れたように『金瓶梅』は帰朝後通読されたと思われるふしがある。もちろん、句読の有無がそのまま通読の有無を示すものとは云い切れないが、雅文小説のばあいとの差は明瞭である。此の頃の中国小説愛好家の大半がそうであったように、鷗外も漢文訓読の方式に従って、すなわち雅文小説を読み下すのと同じ方式で白話小説を読んでいたとするならば、句読を切る作業は読解の補助手段として欠かせなかったはずである。事実、雅文小説をらくらくと読みこなした鷗外にとっても白話小説独得の語彙は躓きの石であったらしい。『石点頭』には俗語の語彙にカタカナの語釈を加えている箇所がある。「那裏」を「ドウシテ」、「当下」を「ソノトキ」、「間遊」を「ノラ」、「熱鬧」を「ニギヤカ」のごとくにである。この訳語は白話小説読解の通俗字書として江戸時代から愛用されていた秋水園主人の『小説字彙』などによったものかもしれない。

このような読解の障害はともかく、鷗外の読書傾向そのものの中に、白話小説以上に雅文小説への親近を約束させるものがあったことを認めねばならぬ。鷗外は「花月新誌」の読者であって、「東京新誌」の読者ではなかったが、そのことは鷗外の文学趣味が洗練されており、上等であったことの証しにはちがいないけれども、むしろその現実的関心の稀薄さを指し示していると考えねばならぬ。「東京新誌」が呼び物にしていた高官と権妻、芸妓とのゴシップを暴露した戯文は政府要人の灸所に沁み込む毒を含んでいたことは確かで、度重なる発禁の厄はその効果を裏側から証明している。その猥雑さとシニカルな穿ちは、書生達の間に奇妙な人気を博したのである。一方「花月新誌」の戯文は「東京新誌」の猥雑さを斥けた代りに鋭さに欠け、柳北の時事論評ですら、現実を斜に眺める傍観者的態度が基調をなしていた。中国の俗語や鄙言俚語を豊富に織り込み、正統な漢文の形式を破壊した「東京新誌」の文章は、猥雑でエネルギーに溢れる明治十年代の世相を截断するには適切で、服部撫松は成島柳北以上に本来的なジャーナリストとしての資格を具えていたといえる。そして「東京新誌」が白話小説の紹介に熱意を示し、「花月新誌」が雅文小説に重きを置いていたことは、鷗外の中国小説趣味の性格を考える場合に、ある示唆を与えてくれるように思う。

鷗外が医学校の予科に入学した明治七年は立志社が創立された年であり、医科大学を卒業した明治十四年は自由党が結成された年である。この活気に富む時代の空気を呼吸した青年達は頻りに政談演説を傍聴し討論会を開き、あるいはミルの『自由之理』、スペンサーの『社会平権論』等をテキストに自主的な読書サークルをつくり上げるなど、活潑な学習活動を展開し、政治意識を昂揚させて行く(1)のであるが、「槐南、夢香なんぞの香奩体の詩」を翫賞していた鷗外の高踏的な文学趣味はこのような動きとはまったく距った地点に位置する。

『雁』や『キタ』は、明治十年前後の風俗のデテイルが周到に書き込まれているのとは殆ど対蹠的に、たとえば同じ医科大学に学んだ入沢達吉の回想録ほどにも時代の生々しい息吹きを伝えていない。そこに透かされて見えるのは、技術者としての確実な将来を保証されるままに、この時代のめまぐるしい動きに積極的に切り込もうとはせず、ある距離を置いて対している独得な精神の姿勢である。このような精神にとって、白話小説の豊かな現実把握、辛らつな社会批判、壮大な構想力——われわれが本格小説の資格と認めるところのもの——は共感しにくく、文人の逸興になった雅文小説の「美しい夢」の世界こそふさわしかったのではあるまいか。

(1)植木枝盛『閲読書目記』、田岡嶺雲『数奇伝』、色川大吉氏「自由民権運動の地下水を汲むもの」(『明治精神史』所収)等を参照。

明治立身出世主義の系譜——『西国立志編』から『帰省』まで

1

……いろいろな事情がある人々の中に一つの不満状態、例へば、変化に対する希望とか、斬新なものを求める烈しい願望とかを生みつける。これらの感情状態は猛烈な、目標のない活動の中に、ときどき発散することもあるであらう。が、やがて一つの神学なり、一つの政治理論なりを持つた著述家があらはれ、それによつてこれらの漠然とした感情が合理的な形を与へられる。大衆の澎湃たる感情によつて育てられたエネルギーは一つの方向を与へられ、同時に、その勢は強められ、持続的なものにされる。ばらばらな感情の爆発は、合理的な形を与へられることによつて、目的を持つた不断の活動に変るのである。（『作家と読者』上田勤訳、弘文堂世界文庫、昭十五年）

ヒットラーの『吾が闘争』が十年間に二百万部を売切った時代に書かれたこのハクスレイの文章は、もちろん成功した宣伝のメカニズムについて語っているのである。しかし、この言葉は成功した思想的著作のメカニズムを解き明す鍵としても、その有効性は失われないように思う。日本の近代史に照らして、この種の著作の具体例を求めるならば、その筆頭に福沢諭吉の『学問のすゝめ』と、中村正直の『西国立志編』が位置づけられることは、まず確実である。明治青年の支配的情熱に外ならぬ立身出世主義に方向づけを与えたこの二書の役割の大きさは、すでに常識ですらある。とはいえ、福沢や中村のことばが明治の精神風土にどのように働きかけ、いかなる役割を発揮したか、という機能的側面の解明は、かれらの思想構造そのものを分析する作業に比べて、見るべき成果に乏しい。二、三の代表的知性における福沢や中村の思想的影響は論ぜられている[1]にしても、一般読者の集団意識との関連づけは、殆ど試みられていない現状である。

ハクスレイも言う通り、大衆の漠然とした感情に合理的な形を与え、そのエネルギーに一つの方向を与える書物がある。しかし、厳密にいえば、その方向は著者が意図した方向とは必ずしも一致しないであろう。むしろ、ベストセラーは大衆の誤解によってつくりだされるのである。したがって、ある成功した書物がどのように歪められたか、誤読されたか、その「解き口」を明らかにすることは、その書物を歓迎した読者層の意識形態を明らかにすることにもつながる。思想的著作の影響の問題は、この著作者の文脈と読者の文脈とのズレ、ないしはその相互作用の力学を測定することによって、始めてトータルに把えられるはずである。

この小論では右のような狙いのもとに、福沢や中村等が鼓吹した立身出世主義思想が、どのような形をとって、明治初期の読者の間に潜り入ったか、またそれが文学的主題として再結晶し、どのような姿で立ち現われるに到ったか、その過程を可能なかぎりで跡づけてみたいと思う。

(1)たとえば家永三郎氏「福沢精神の歴史的発展」(『日本近代思想史研究』所収)、同氏『植木枝盛研究』七一頁以下、等。

2

明治三年十一月、その第一冊を刊行した『西国立志編』は、石井研堂の『中村正直伝』によれば「出版部には摺師製本師等無慮百人余、常に夜を日に継ぎて供給すれども、需要者朝夕門に満ちて、催促の声喧吒を極め、僅に所望数の半ばを得るを以て幸となすに至る。……当時読者は唯年少子弟のみに限らず、各般の階級に亘り、殊に官吏教導職等にありては、此の三書(註　西国立志編、自由之理、西洋品行論)を通読せざれば、其資格に欠くる処有るものの如き観あり、皆争ひて誦読せざる無し」というような異常な売行きを示した。方翌五年二月に刊行された『学問のすゝめ』の初編は、明治十年十月までに十八万二千八百九十四部(民間経済録序文)を売り切ったという。『学問のすゝめ』は、県によっては県庁から区長を通じて、各区に一定数が割り当てられたという記録(1)があり、民間人の自主的な購読とはべつに、このような公的な回路をとおして流布した部数も多かったと考えられる。しかも、『西国立志編』と『学問のすゝめ』は、口話コミュニケイションを通じて、文字の読めない階層にも、滲透したと思われるふしがある。この頃政府は全国の神官や僧侶を教導職に任命して三条の教憲や文明開化の必要性を民衆に説き聞かせているが、かれらの説教の材料としてひんぱんに使用されたのは『学問のすゝめ』であり、『西国立志編』であった。この説教の実験用に重宝されたのが、文明開化本と総称される啓蒙書であって、その内容を見ると『学問のすゝめ』を講釈体にあらためた部分が相当にある。「明治文化全集」に収められている小川為治の『開化問答』などはその適例(2)である。「各般の階級」はこのような間接的読者をも、含めて考えていい。

『学問のすゝめ』、『西国立志編』が獲得した厖大な読者群は、世代的には三つの層に分けて考えることができる。かりに父達の世代、兄達の世代、弟達の世代と名づけておく。

『学問のすゝめ』、『西国立志編』が刊行された明治三年〜九年を基準にとるならば、兄達とは此の時点ですでに青年期に達していた世代であり、弟達とは明治五年の新学制を通過した最初の世代ということになる。その差異は自由民権運動への関わり方の深さ浅さとも無関係ではないはずである(以下資料が比較的豊富な『学問のすゝめ』を中心に考察を進める)。

ふつう『学問のすゝめ』は「学生ニ至大ノ感化ヲ与ヘシモノ」(『立志叢談』明二十六年)と考えられているが、実は書生の親達に及ぼした影響も無視できない。官途についた少数の仲間はともかく、いわゆる没落士族の親達は、家名再興の希望をその子弟に託さざるをえなかったが、かれらの伝統的な価値観念が維新の変革によっていっきょに崩落してしまったかぎりで、次の世代に伝えるべき人生のガイダンスを、具体的には何ひとつ用意することができなくなっていた。たとえば高崎藩士であった深井英五の父親は学問や立志の方向について指針を示すことはほとんどなく、母親の方が「『えらくなつて身を起せ』といふことを口癖のやうにして私を激励した」(『回顧七十年』)という。あるいは、「乗馬術だけ十分に仕込めば祖先に対して申訳は立つ」と、意地を張りとおし、息子に学問を授けようとしなかった『馬上の友』の糸井少年の父親のイメージを想いおこしてもいい。学問による立身出世の可能性を啓示した『学問のすゝめ』は、このような親達に、導きの糸を与えたにちがいなかった。この世代の受けとめ方を典型的に示している例を、榊山潤氏の「田舎武士の眼」から引いておこう。長編小説『歴史』のモデルになったこの二本松藩士は、父が天狗騒動の討伐に参加して戦死したために十代で家督を継ぎ、十八歳のときに明治元年の奥羽戦争を迎えている。

私がはじめてこの人にあつた時、この人は福沢諭吉の『西洋事情』の一部と『学問のすゝめ』の第二編までをきれいに写しとつた古びた半紙判の何冊かを見せてくれた。……東京に出て邏卒になつていたころ人に借りて書き写したものだといつたが月給(註　七円五十銭)の半ば以上を弟の学費にしたのも、これらの書物の影響に相違ない。この人の福沢諭吉に対する傾倒はひと方でなかつた。生きるために屈辱を忍び、敵の最下層の食をはんだ日々が楽しかろうはずもない。……この人は邏卒の間でも、とるに足りない賊藩の徒であつた。こういう生活環境に光を与えてくれたのが、『西洋事情』や『学問のすゝめ』であつた。(『日本の歴史』10、読売新聞社刊)

『学問のすゝめ』の「人は同等なる事」という主張にヨリ敏感に反応したのは、農工商の三民ではなく、薩長土肥の士族から屈従を余儀なくされたその余の士族達であった。山路愛山は『現代日本教会史論』で明治初年に基督教に入信した青年に幕臣の多かったことを指摘しているが、福沢の説く実学の効用を、その屈辱的な生活から体験的に把みとったのも薩長土肥以外の士族でなければならなかった。かれらがその子弟の教育にかけた過剰な期待は、この二本松藩士の場合に限らず、小学生の透谷に毎夜十二時過ぎまでの学習を強制したというその母親の話(石坂ミナ宛書簡)など、かずかずの回想録に示されている。

第二の兄達の世代が青年期を迎えたのは、福沢の思想活動の絶頂期、いいかえれば明六社同人の啓蒙運動が歴史の波先を切りひらく積極的な役割を演じていた時期と前後している。そのかぎりで福沢の思想をトータルに受けとめ得た世代であり、同時にもっとも尖鋭な福沢の批判者を送り出した世代でもある。一八五七年生れの植木枝盛、一八六三年生れの徳富蘇峯などが、この世代の代表者である。(3) 植木枝盛は明治八年十九歳で土佐から上京し、三田の慶応義塾で開かれた定期演説会、明六社の定期討論会に、殆ど毎回出席する。下宿に帰っては、パンに砂糖をつけてかじるという簡易生活を送りながら、『かたわむすめ』『学問のすゝめ』『文明論之概略』などに読みふける。演説と著作の双方から貪欲に摂取した福沢の啓蒙思想は、植木枝盛の自由民権思想の一つの核をかたちづくる。しかし、それは飽くまで一つの核に過ぎなかったのであって、彼の学習の対象が啓蒙思想のみに限定されず、基督教から江戸の戯作文学にまで及ぶ多元性を具えていたことは、その『日記』や『閲読書目記』によって明らかである。しかも、明治九年の筆禍入獄、明治十年の立志社入社と、政治運動の渦中に身を投じて行くにしたがって、彼は福沢の民権論の微温的な姿勢に批判の眼を向け始める。『学問のすゝめ』冒頭の人間平等観は肯定できても、第六・七編にいう民権獲得の手段としての抵抗と革命を斥けた福沢の態度には承服し得なかったのである。

徳富蘇峰が福沢の思想から影響を受けたのは、明治九年から十三年までの同志社遊学時代である。

彼(註　蘇峰)の同志社時代「学問ノススメ」は一冊出る毎に購ふて批圏で真黒にしたものである。十五六の彼は坊間売つて居る福沢の写真の裏に「君コソハ我畏友ナリ」と書いてゐた。(『富士』第三巻第三章)

蘇峰は明治十三年に同志社を退学し、故郷の熊本に帰って大江義塾を開設するが、この雌伏時代に接したマンチェスター・スクールの思想は、「畏友」福沢への姿勢を一変せしめる。明治十五年にはじめて福沢に見《まみ》えた蘇峰は、すでにその官民調和論にきびしい批判をつきつける人であった(『蘇峰自伝』)。

枝盛や蘇峰を代表者とする此の世代は、不規則な教育を受け、ほとんど独学で自己を形成した世代である。維新の激動を潜り抜けた苛烈な体験から伝統的な価値観を否定し去った先輩達の豪放さと闊達さをなお失っていなかった世代である。『西国立志編』流の勤勉刻苦を主軸とする内閉的な道徳律に、心底からの共鳴を寄せたかは疑わしい。『学問のすゝめ』の受けとめ方も、きわめて主体的であり、立身出世主義の側面だけを切り離して受け取ったのではない。しかも自由民権運動に関与した体験はおのずから福沢の思想に対する篩の機能を果すことになるだろう。『学問のすゝめ』冒頭の「天は人の上に人を造らず人の下に人を造らず」ということばを、立身出世の合理化ないしは動機づけの意味を越えて、民権拡張の原理として確認することができた世代なのである。

第三の弟達の世代は教科書に採用された『学問のすゝめ』から影響を受けた世代である。兄達の世代が『学問のすゝめ』を自ら選び取った世代、ないしは選び得た世代であったとするならば、この世代は『学問のすゝめ』を親達から与えられた世代、教場で学習した世代なのである。明治五年七月に布達された小学校教則には『学問のすゝめ』を始めとして『窮理図解』『世界国尽』『西洋衣食住』等の福沢の著訳書が、下等小学用の教科書として指定されている。また『文部省年報』明治十年度の「小学教科書一覧表」には『学問のすゝめ』が『西国立志編』と肩を並べて記載されている。全十七冊、価格四十二銭五厘とある。学制発布にあたっての政府当事者の公式見解は、「人能ク其才ノアル所ニ応ジ勉励シテ之ニ従事シ、而シテ後初メテ生ヲ治メ産ヲ興シ業ヲ昌ニスルヲ得ベシ。サレバ学問ハ身ヲ立ルノ財本トモ云フベキ者ニシテ、人タル者誰カ学バズシテ可ナランヤ。」(明治五年八月二日太政官布告)というものであって、それは『学問のすゝめ』に説かれている所と過不足なく一致していた。『学問のすゝめ』の厖大な発行部数も、それが教科書として採用されたこととと無関係ではない。

明治六年に常盤小学校に入学した星野天知は七五調の『世界国尽』と『日本国尽』を「節面白く暗誦」したといい（『黙歩七十年』）、明治七年育英小学校に入学した内田魯庵は『世界国尽』を「飴屋の唄と一緒に暗誦した」（「明治十年前後の小学校」「太陽」昭二年六月）といい、明治九年に小学校に入った堺利彦は「学校へはいる前、既に福沢諭吉の『世界国尽し』を暗誦してゐた」（『自伝』）という。また同じ頃高崎小学校に入学した松本亦太郎（心理学者）は「小学校の教科書として私の記憶に残つてゐるものには福沢先生の書いたものが多い。『学問のすゝめ』は『天は人の上に人を造らず……』の語を以て始つてゐる片仮名交りの元気のよい小冊子であつた」（『遊学行路の記』）と語っている。

此の世代の下限は明治十年代の前半で一線が引かれる。昂揚する自由民権運動に対抗して、政府は初期の開明的、啓蒙的な教育政策を大きく右旋回させ、儒教的なモラルの復活を図ったからである。明治十三年十二月には「学校教科書之儀一付テハ……国安ヲ妨害シ風俗ヲ紊乱スルガ如キ事項ヲ記載セル書籍」（文部省布達）の採用が禁止され、福沢の著訳書、『西国立志編』『輿地誌略』等が教科書のリストから外された。明治十四年の『文部省年報』「教科書表」には『輿地誌略』が「採用スベカラザル分」に編入され、『西国立志編』

は「小学口授ノ用書ニ限リ」という制限付きで許可され、『学問のすゝめ』は教科書表から姿を消している。[4] 明治九年に小学校に入学した木下尚江は明治十三、四年頃『学問のすゝめ』の木版本に接しているが、[5] それは教科書ではなく、課外の読み物としてであった。弟達の世代はこの木下尚江あたりで終ったと考えていい。

弟達の世代は、『学問のすゝめ』を立身出世の合理化ないしは動機づけとして受け取った世代であった。その限りでこの世代は兄達の世代をこえて、親達の世代の期待に呼応している。この世代が青年期に達するのは、自由民権運動の後退が決定的になった時期であり、かわって兄達の世代の選手である徳富蘇峯が、『将来之日本』や『新日本之青年』を携えて論壇にさっそうと登場することになるだろう。新『学問のすゝめ』ともいうべきこの二冊のパンフレットは、迷える弟達に政治の世界にかわって実業の世界の可能性を啓示するはずである。

(1)「明治六年五月十日附『里正詰所日記』に福沢諭吉先生の有名な著書『学問のすゝめ』を人口百人一冊見当に筑摩県庁より配与されたから有難く配分致せとの記事がある。当時二十五大区長であった船坂雅平氏の日記に当大区に三百五冊配布され、それを大区内の百八十一区へ四十八冊、百八十二区へ二十冊、百八十三区へ三十四冊、百八十四区へ三十一冊、百八十五区へ六十一冊、百八十六区へ五十五冊、百九十四区へ五十六冊を配分した記事が見える」(角田如山氏『高山市史百話』)。

(2)たとえば『学問のすゝめ』二編の「士族は妄に権威を振ひ、百姓町人を取扱ふこと目の下の罪人の如くし、或は切捨御免などの法あり。此法に拠れば平民の生命は我生命に非ずして借物に異ならず」が、『開化問答』では「又武士には切捨御免抔といふ法があって、百姓町人を切殺しかまはぬといふ事がござる。ナントこれでは百姓町人の命は正の物ではなく、武士の借物同様にて理に悖ったことではござらんか」というように、平易な講釈体にあらためられている。

(3)植木枝盛、徳富蘇峯に与えた福沢の影響については前掲家永氏論文参照。

(4)『学問のすゝめ』の発行部数は明治十年までには約六十万部(民間経済録序文)であるが、明治十三年までには約七十万部(合本学問之勧序文)と、その伸びが落ちており、この減勢は教科書制度改訂と無関係ではないだろう。明治十三年の合本は、明治二十三年に再版が出、明治三十年に全集に採録されるというように改版は約十年の間隔をおいている。一方『西国立志編』は山宮允氏の書誌(「『西国立志編』及びその類書について」『書物と著者』昭二十四年吾妻書房刊所収)によれば、明治二十年前後に数種の異版が現われて一つのピークをつくり、大正年間までベストセラーの地位を維持する。『立志叢談』(明二十六年)の中村正直の項には「彼ノ学問之勧ハ今ヤ既ニ其声ナシト雖モ西国立志編ハ今猶声アリテ学生ノ口頭常ニ喋々トシテ絶ユルコトナ」いとある。

(5)「私は当時雑書を読んだが、漢学から離れた現代のものを読まうとして、福沢諭吉の『学問のすゝめ』を手にした。これは今日の個人雑誌のやうなもので木版の本であつた。十枚位が一冊で、その第一巻第一号の冒頭の文句が、少年時代で忘れることのできない言葉となつた。天外の声の如く受取つたのが次の言葉である。天は人の上に人を造らず、人の下に人を造らず」(「福沢諭吉と北村透谷」『明治文学研究』昭九年一月)。

3

弟達の世代が少年時代の戸口で最初に出会った社会的要請は、学問による立身出世を人生の目標として引き受けることであった。その社会的要請は直接には親達の期待、教師達の鼓舞、郷党の慫慂などの形をとって現われたけれども、立身出世主義が若い世代に滲浸することは、明治国家の要員を急速に養成する必要に迫られ、教育制度の整備に異常な熱意を示した政府当事者にとっても好ましい事態であるにちがいなかった。『学問のすゝめ』や『西国立志編』に立身出世の教義を読みとり、自己激励の支えを見出すことが、この世代の共通体験をかたちづくる。かれらがその精神形成の過程で接したさまざまの思想が、この体験を軸として受容され、摂取されたことはいうまでもない。

さてこの世代は『学問のすゝめ』や『西国立志編』をどのように受けとめ、どのような反応を示したか、その実態を「穎才新誌」の投書を手がかりに明らかにしてみたい。

「穎才新誌」は内田魯庵が「運動競技も唱歌も教へられなかつた当時の小学校生徒の他流試合をするのは此の穎才新誌で、全国小学校の児童の晴れの舞台だつた」(明治十年前後の小学校)といっているように明治十年代の少年にとっては殆ど唯一の投書雑誌であった。明治十一年の発行部数四八万、明治十二年の発行部数四九万(但し週刊)で、この頃の人気雑誌「団々珍聞」の二倍に相当し、発行部数に関する限り雑誌の第一位を占めている。(1)発行当初の二、三年間は投書者の年齢、在籍校名が明記されていて、魯庵のいうように上等小学の生徒が投書家の大半を占めていることが判る。十四、五年頃からは投書者の年齢が稍高まり、中学校生徒、師範学校生徒を主体に、小学校教員、地方の下級官吏、巡査、兵士等、書生以外の階層を含むようになる。(2)「穎才新誌」の成長は弟達の世代の成長とほぼ歩みをともにしていると考えていいだろう。このような発行部数の大きさ、読者層の性格等からして、「穎才新誌」は明治十年代の青少年の集団意識、精神構造を測定する有力な指標たり得るのであるが、さしあたっては『学問のすゝめ』と『西国立志編』の受けとめ方を中心に検討を加える。また、げんみつには選者の選択基準、投書者が教師に添削を受けた可能性、投書者の美文意識などのバイアスも無視できないが、それは修正の資料に乏しいいままに一応考慮の外におく。

	明10	明11	明12	明13	明14	明15	明16	明17	明18	明19	明20	計
勤勉・勉強	16	16	14			1		2	4	1	4	58
光陰可惜	6	4	13		5		3		1	2	1	35
学問ノ目的(勧学)	12	6	5		4	2	3					32
忍耐	8	4	4		2	1	1					20
怠惰ヲ戒ム	5	6	1		2		1			2		17
艱難・辛苦	4	2			1	1	1		2	2		16
賢愚ハ性質ニヨラズ	6	3	2		1	1		1			3	14
立志(確志)	4	1			2	1		2	1			12
放蕩ヲ戒ム	3	1	5								1	9
品行ヲ善クスベシ	1		2		1	1						6
学問ト財力ノ優劣											1	6
教育ハ国ノ基	1		2				4	1			1	4
知識ハ失敗ヨリ学ブ	1		1						1			2
学校ハ人民ノ田甫	1											2
健康	1		1									2
小事ヲ忽ニスルナ	1					1						2
剛毅			2									2
致富有倹約						1			1	1		2
寡欲	1											1
順序			1									1
小成ニ安ンズルナ			1									1
機会ヲツカメ											1	1
遊学スル友ヲ送ル	2	7	11		13	8	10	10	5	3	5	74
帰郷ヲ送ル	2	1	2		2			1				8

(註) 明治13年度の空白は，明治新聞雑誌文庫に欠号があるため．

前頁の表は「穎才新誌」の明治十年度から明治二十年度まで約十年間の投書の中、『学問のすゝめ』及び『西国立志編』に直接触発されたと推定できるものを、主題別に分類整理した結果である。この表では明治十・十一・十二年度に投書数が多く、明治十四年度から漸減の傾向を見せているが、これはすでに述べた教科書制度の改訂と無関係ではあるまい。明治十年度を例にとると全投書に対して約二割の比率を示す。「遊学スル友ヲ送ルノ記」とか行楽記とか、人物論などの外の主題の投書にも勤勉刻苦を良しとする禁欲主義や立身出世の欲求が投影されているものが少なくないのであって、『学問のすゝめ』と『西国立志編』の普及力は想像以上に大きいのである。(3) 主題別では『西国立志編』のばあい、「勤勉・勉強」、「光陰可惜」、「忍耐」、「艱難・辛苦」、というような主題が好んで取り上げられている。たとえば『西国立志編』の「貴賤ニ限ラズ勉強忍耐ノ人ノ人世ニ功アル事」(二ノ七)の章に関連して「勉強ハ富貴ヲ得ル資本ノ説」「勉強ハ立身ノ基」「勉強ハ幸福ノ基」といった題目、「蜂窠ノ喩弁ニ光陰ヲ黄金ニ化スルノ論」(四ノ五)、「光陰ハ産業ナリ」(九ノ二十)、「四半時ノ光陰」(四ノ二十一)等の諸章に関連して「一秒ノ時間モ大業ノ基本トナルノ説」「光陰化為富貴説」「一寸光陰不可軽」といった題目が選ばれているごとくである。『学問のすゝめ』のばあいは初編にその反応が集中しており、たとえば「学問ヲ為ス所以ノ説」「勧学ノ文」「貧富貴賤ノ別アル説」といった類のものが多い。

つぎにこれらの投書の中から『学問のすゝめ』及び『西国立志編』に対する反応の典型的な例を二、三抽出してみよう。まず『学問のすゝめ』に対する反応の例として明治十二年七月五日号に掲載された「貧富貴賤ノ説」。筆者は常陸国下妻学校上等三級軽部三郎とある。

嗚呼人誰カ富貴ヲ好マザランヤ誰カ貧賤ヲ悪マザランヤ而シテ世人往々貧賤ニ陥ル者アリ或ヒハ富貴ヲ致ス者アリ其故何ゾヤ他ナシ幼ヨリ学ブト学バザルトニ由ル天ノ斯ノ民ヲ生ズル豈富貴貧賤ノ別アランヤ学べバ即チ賢人ト為ル賢人ト為レバ即チ富貴ト為ル又之ニ反シテ学バザレバ愚人ト為ル愚人ト為レバ即チ貧賤ト為ル王荆公勧学文ニ曰ク（中略）又真宗皇帝ノ曰ク（中略）亦是レ勧学ノ辞ナリ抑モ彼ノ太政大臣参議ノ賢聖ハ何者ゾヤ鬼カ神カ否人ナリ又田野ニ成長スル我レハ何者ゾヤ禽カ獣カ否同ジク人ナリ而シテ斯ク雲泥差違アル所以ノ者ハ何ゾヤ唯学ブト学バザルトニ由ルノミ故ニ人タル者学バズンバアルベカラズ蛍雪ノ労ヲ為シ刺錐ノ苦ヲ忍ンデ孜々勉励セバ大人君子トナルモ亦難カラザルナリ

冒頭の「世人往々云々」以下は殆ど『学問のすゝめ』の敷き写しであり、「彼ノ太政大臣云々」以下は「天は人の上に人を造らず人の下に人を作らず」の金言に拠ったもの、福沢が説いた人間平等の原理が立身出世の機会均等の側面から受け取られていることはいうまでもない。この投書とほぼ時を同じくして植木枝盛がつくった『民権田舎歌』の一節には「天の人間を作るのは／天下万人皆同じ／人の上には人は無く／人の下にも人はない／ここが人間の同権じゃ」とうたわれていた。『学問のすゝめ』の受けとめ方がこのような二つの極に分離していたことは銘記されていい。なお引用文中省略した「王荆公勧学文」「真宗皇帝勧学文」はともに漢学の初歩的テキストとして愛用された『古文真宝』に収められており、この時代の書生にとっては常識であった。『学問のすゝめ』が漢学的教養の素地に重ね合せて理解されているところに、明治初期に特有の精神風土の重層性を窺い得るのである。

『西国立志編』への反応で特徴的な事実は、社会的適応の失敗が精神的価値の低さとして評価され、富や名声への希求の熾烈さとうらはらに、貧困や怠惰への露わな侮蔑が繰返し表明されていることであろう。たとえば「光陰ヲ録々トシテ徒過シ卒ニ壮年ニ及ンデ一技一能ノ取ルベキナクンバ……必ズヤ卑賤窮乏ニ陥リテ唯ニ衆人ノ侮蔑ヲ受ルノミナラズ穉児前ニ餓ヘ老親後ニ凍ヘ……襤褸ノ衣ヲ以テ脛ヲ蔽フニ足ラザルノ苦域ニ至ルベシアニ懶惰ノ影響ハ畏レザルベケンヤ」「父厳ニシテ師教フルト雖モ怠惰ニシテ学ヲ成サザルハ子ノ罪ナリ」「懶惰ニシテ学バザルトキハ困窮貧賤ノ身トナリ生涯人ニ用ヒラルルコトナシ」「光陰ヲ惜マザルノ弊ヤ身ヲ亡シ家ヲ敗ルニ至ル」というたぐいの激烈な表現がこの主題の作文の至るところに見られる。適応の失敗は個人の問題である以上に「家」の問題であり、それは対世間的には恥辱として意識されるのである。逆にこの恥の意識こそ立身出世主義の心理的発条としてかれらを絶えず鼓舞しつづけたものなのだ。しかし、「自カラ助クル」自主性を巻頭で強調した『西国立志編』のばあい、適応の失敗は個人の責任に帰着するはずである。「穎才新誌」のそれに対応する『西国立志編』の原文は「懶惰ナレバ、光陰ハ空閑ノ物トナリ、妄想ノ門開ケテ、誘惑ノ鬼速ニ入リ方寸ノ田地、忽チ悪念ノ居処トスル、豈ニ怕ルベカラズヤ」となっていて、個人の内発性を尊重する清教徒的な道徳観が、訳文の歪みにもかかわらず、その基調に認められるのである。(4)

このような『西国立志編』の受けとめ方の微妙なズレは、儒教的な禁欲主義のあり方とかかわってくるであろう。その原型は『西国立志編』の訳者中村正直その人に、すでに備わっていた。中村正直が嘉永六年二十二歳の時に記した誓詞には「百事ニ勉強シ怠惰ナラザルヿ」「頃刻モ懈怠スベカラザルヿ」というような項目があり、『西国立志編』が力説した禁欲主義を受け入れ可能にするような精神の姿勢が、彼の武士的エトスそのものの中に用意されていたことが判る。ただし、中村正直の禁欲主義は「太平御恩沢ヲ念々心頭ニ置キテ有難ク思ヒ父母ノ恩ヲ思ヒ云々」というような外発的な契機に媒介されていたわけであって、これは『西国立志編』の世界からハミ出す部分なのである。「彼は其の儒教的支那思想を以てスマイルの『自助論』を崇敬したり」(明治文学管見)という透谷の評価は適切であった。

ところで「穎才新誌」の投書家達がネガティヴな反応を示した『西国立志編』の徳目は、かれらの心性をつらぬくこの儒教的な禁欲主義の根深さを、裏側から明らかにするはずである。『西国立志編』はスティブンソン・ワット・アークライト等の発明家の伝記を第二篇の「新機器ヲ発明創造スル人ヲ論ズ」に一括し、「試ニ思ヘ、吾等ノ飲食衣服、家中ノ什物《ダウグ》ヲ始トシテ玻璃《ビードロ》ノ室中ニ光ヲ納レ寒気ヲ外ニ鎖《シメダス》モノ、微気《モユルキ》ノ街衢《マチトホリ》ヲ照モノ、蒸気行動機器《ジヨウキセンジジヨウキシヤノシカケ》ノ水程陸路《フナヂクガヂ》トモニ人物ヲ輸送《ハコビオクル》セルモノ、需用《イリヨウ》ノ什物《シナ》並ビニ耳目ヲ怡《ヨロコバ》シメ身体《カラダ》ニ適《カナフ》スル具ヲ造リ出セル機械《シカケ》ニ至ルマデ、何ニ由テ、コレヲ得タルヤ、コレ皆許多《アマタ》ノ人ノ勉力智思ニ由テ、現出セル結果効験《ミノリデキバヒ》ナリ」というように産業革命期特有の向日的な技術信仰、ないしは生産的知識の尊重を謳い上げているのであるが、「穎才新誌」の投書家達は「士堤反孫《ステブンソン》ノ行動機器ハ、十五年ノ功力ヲ以テ成就シ、瓦徳《ワット》の蒸気縮密器機ハ、三十年ノ工夫ニ由テ成就」した忍耐心に専ら共鳴したわけであって、ワットやスティヴンソンの「真証実験《ホンタウノシヨウコ》ヲ求」め、「心思ヲ用(原文は habit of attention)」いる実証精神を理解することができなかった。これはかれらの立身出世の目標が官員と政治家に集中していた限りでむしろ当然の反応だったといえよう。『西国立志編』を出版した秀英社の佐久間貞一が、

中村正直の示唆により板紙の創製に苦心経営したごとき、きわめて稀な事例にすぎない。(5)

西国立志編が伝記に託して説いているさまざまなモラルの原型は、マックス・ウェーバーが「資本主義の精神」の古典と規定したフランクリンの『リチャードの暦』や『若き商人に与う』(6)(Advice to a Young Tradesman 1748)等に求められるであろう。『西国立志編』冒頭の「天ハ自ラ助ルモノヲ助ク」という格言は、じつに一七三三年版の『リチャードの暦』に記されていたことばであった。フランクリンは「節倹」「勤勉」「正直」「時間の尊重」等、『西国立志編』に繰返し強調されている徳目を、経済的活動との関連においてとらえようとする。「節倹」や「勤勉」は資本の蓄積と、「時間の尊重」は利子の増殖と、「正直」は契約における信用と、それぞれ結びつけられる。

時は貨幣であることを忘れてはいけない。一日の労働で一〇シリングをもうけられる者が、散歩のためだとか、室内で懶惰にすごすために半日を費すとすれば、たとい娯楽のためには六ペンスだけしか支払わなかったとしても、それだけを勘定に入れるべきではなく、そのほかにもなお五シリングの貨幣を支出、というよりは、抛棄したのだということを考えねばならない。……信用に影響を及ぼすなら、どんなに些細な行いにも注意しなければいけない。午前五時か夜の八時に君の槌の音が債権者の耳に聞えるならば、彼はあと六ヶ月構わないでおくだろう。……そのようなことは君が債務を忘れていない印となり、君が注意深いとともに正直な男であると人に見させ、それで君の信用は増すだろう。(『プロテスタンティズムの倫理と資本主義の精神』岩波文庫版、三十九頁)

任意に分割され評量しうる貨幣の表象は、計画的に配分された時間の効果的使用と結びついているのである。フランクリン自身が一日の仕事と休息時間とを計画的に配分した時間表をつくり、自己反省の資料としたことは、その『自伝』に記されている通りである。しかし儒教的な金銭観を脱しきれなかった明治初年の書生達に、このような経済的合理主義を許容する余地があったかは、頗る疑問である。「光陰可惜」は孜々としてたゆまぬ勉学の継続を意味したにすぎない。(7)『西国立志編』の第十編「金銭ノ当然ノ用、及ソノ妄用ヲ論ズ」は「穎才新誌」の投書家達がまったく反応を示さなかった主題のひとつなのであった。

『西国立志編』の読者達が、そこに語られている諸徳目の根柢をつらぬく科学的実証主義や経済的合理主義への理解に欠けていたことは、かれらの禁欲主義を根深いところで規制していたはずである。たとえばフランクリンの場合、「正直」は契約における信用と不可分の関係にあった。それは原理的には貨幣を媒介として他人との関係を結ぶ商品生産者の生き方を前提にしている。いいかえれば他者との人間関係を通じて自己を確認し、拡充する生き方である。このような「正直」と二葉亭が理想にかかげた「孔子の実践躬行といふ思想」に根ざす「正直」との差異は決定的である。一方は他人から自己を閉して素朴さを維持する生き方であり、他方は他者との接触、社会的活動に向って開かれている生き方なのである。谷沢永一氏は日本における自我の特殊形態を「対象と主体との対決が行われな」い「農民的封建的自我」と規定し、しんの近代的自我との異質性を強調したが（「日本近代文学の存立条件」『近代日本文学史の構想』所収）、『西国立志編』の読者達が共鳴し、実践した「勤勉」「忍耐」「光陰可惜」等の禁欲的な徳目は、鈍重さ、内閉性、屈撓性《フレキシビリティ》の乏しさ等の色合いを帯び、まさに「伝来の農法をそのまま継続し墨守しようとだけしか考えない」農民的な思想様式につながるものなのである。『西国立志編』の禁欲主義と日本の読者達のそれとは、底辺を異にしているのである。にもかかわらず明治初期の青年が『西国立志編』によってかれらの禁欲主義を励起され、その成功を善とする価値観に鼓舞されたということは、あらためて強調しておかなければならない。伝統的な価値観がかれらに生活の指針を供給するのではなく、印刷されたメディアが自己激励の資料、成功に通ずる途のガイダンスを与えるのである。[8]

（1）『東京府統計表』第五十六新聞紙。

（2）明治十五年〜十九年度の「穎才新誌」誌代未納者の名簿によると、小学校教員一八、学校

生徒一五、私塾生一五、巡査六、地方下級官吏四、師範学校生徒一、医学校生徒一、寄留下宿四二等となる。

(3)人物論で最も人気のあるのは豊太閤とナポレオンである。

(4)スマイルズの原文は To be occupied is to be possessed as a tenant, whereas to be idle is to be empty; and when the doors of the imagination are opend, temptation finds a ready access, and evil thoughts come trooping in. となっている。

(5)島田三郎が佐久間貞一を悼んだことばに「君が渾身是れ活ける西国立志編にして独立独行の市民の好模範なれば成」(豊原又雄『佐久間貞一小伝』)とある。

(6)この翻訳にはうさぎ屋版『致富《かねため》の要訣《ひでん》』(明十二年)、『一句千金 理財の種蒔』(明二十年、ただし仏語からの重訳)がある。

(7)「勉強」ということばは明治初頭には「勤勉」と殆ど同義語であった。ヘボンの『和英語林集成』(一八七二年版)には「Ben-Kiyo ベンキャウ勉強(tsutome)Industrious, deligent active-suru, to be industrious」とある。「勉強」ということばの意味変化(＝勤勉→学習)は、『西国立志編』の禁欲主義に励起された階層が書生に限られていたこと、またそれが営利活動とは切り離されて理解されたことを示すものであろう。

(8)リースマン『孤独なる群衆』(佐々木徹郎等訳、昭三十年刊)一〇八頁以下参照。なお「成功」(第十巻第一号)所収の土肥慶蔵の回想は『西国立志編』による自己激励の典型的な例である。土肥慶蔵は東京に出て医学部の予科に入った時、政談演説や新聞の投書に自分の才能を思うままに発揮している友人達に劣等感を抱き煩悶するが、「良心」を師と頼んでその命ずるままに行動する外はないと悟り、自らの心の鏡を磨くために聖書や『西国立志編』をひもとき、古人の言行に照らして自己を激励したという。

4

『学問のすゝめ』や『西国立志編』が励起した立身出世的人間像を、文学的形象として最初に定着したのは、菊亭香水の『惨風悲雨世路日記』(明十七年刊)であろう[1]。書生風俗を戯作者の眼でとらえた魯文・藍泉のスケッチや科挙に応ずる書生を明治の時代に当て嵌めた和田竹秋や三木愛花の才子佳人式構図[2]に失望していた書生達は、この『世路日記』の主人公久松菊雄にようやくかれらの自画像を見出すことになるのである。『世路日記』は「暁鴉初メテ啼テ、太陽未ダ昇ラズ。四山朦靄ヲ帯ビテ、金星猶ホ西天ニ在リ」というような対句形式の美文や、「他日錦衣ヲ故郷ニ着ケント思フノ体軀ハ空シク異郷ノ土ニ委シテ、遊魂其止マル所ヲ知ラザルニ至ル時ハ、豈亦何人ガ為メニ悲愴哀激ノ情ヲ起サヾル者アラザランヤ」というような慷慨型のサワリを随所に鏤めているが、このような文体は「穎才新誌」の投書家達の文章感覚と過不足なく一致していた[3]。「遊学スル友ヲ送ルノ記」という類の投書に繰返し現われる紋切型の表現なのである。しかし、『世路日記』のやや空疎な美文も、「男児立志出郷関」の詩句がきわめて敏感な反応を喚起したように、明治十年代の青年を鼓舞した「精神の火薬」であるにちがいなかった。この世代に共通する立身出世の願望が、紋切型の表現に実質を補給するのである。このような受けとめ方は「東京へ遊学する途中、遠州灘の船上で、友人が購入した世路日記を借りて読んだ」(『明治すきかへし』)という笹川臨風の回想に、典型的に示されている。

『世路日記』の「世路」は、「甚哉矣。人世行路之難。然人不知所以為其難者。於是乎陥不測之険者。往々有之。」と序文にいわれているように「人世行路」の略であった。それは見知らぬ世間の只中に自己を投入し、立身出世の進路を切り開く孤独な闘いを意味したのであって、そのようなシンボルとして青年層の間に普及力を持った。「世路」の起点は遊学のための上京である。それは明治の青年たちにとってあたたかい共同体の世界を離れて、冷酷な「他人」の世界へと身を投ずる試錬の時であった。上京する友との離別は、記念写真を撮影した後、送る者も送られる者も「泣涕答ふるな」きにいたる厳粛な儀式となる(高山樗牛『光陰誌行』明十八年一月二十六日)。送別の辞には例外なく「芳巷の花、柳街の柳」への耽溺を戒めることばが付け加えられるが、これは婦女の誘惑という紋切型の表現に託して、見知らぬ都会への漠然とした不安と惧れが語られているのである。

『世路日記』の主人公久松菊雄は地方の高等小学校の教師であったが、地方教育界の沈滞と腐敗に反撥し、「自主独立の基を謀る」べく郷関を辞して都会（大阪）に向う。彼は愛弟子で恋人であるタケという少女との別れに当って「夫レ艱難ハ人生ノ砥礪ナリト。亦人将来ノ企望ハ只忍耐ニ由テ得ラルベシト。卿ヤ平素好ンデ自助論ヲ読ム。書中西哲ノ金言又思フ可シ」というような訓戒を与えているが、彼自身の生き方こそまさしく『西国立志編』の実践なのである。[4] 都会に出た菊雄は見知らぬ世間から頑なに自己を閉ざし、「日夜偏ニ勧学ノ外アルコトナ」い禁欲的な生活を送る。「驕慢不遜」の「都人士」は軽蔑の対象であり、一二の遊学者と「憂喜艱難」を頒ちあうにすぎない。しかも「故山ヲ出デショリ已ニ三歳、未ダ宿望ハナニ一ツモ之ヲ達シ得ルコト能ハズ。思ウテ此ニ至レバ毎ニ感慨ノ至リニ堪へザルナリ」というように過大な立身出世の目標と卑小な自己の資質との落差から絶えず焦燥感にかりたてられるのである。このような過度の内的緊張と孤立感に対置されるものとして、「故郷回帰」の心情がくり返し強調されていることは注目していい。

人間到ル処青山アリ、骨ヲ埋ムル墳墓ノ地ハ地トシテ無キニアラズト雖モ、其ノ志ヲ立テテ父母親友ニ別レ一身笈ヲ負ウテ故国ヲ去リ、遠ク異郷ノ地ニ来テ此ニ学ニ従事スル者未ダ其業ノ成ラザルニ先チテ、一朝病魔ノ為ニ襲ハレ独リ自ラ恨ヲ呑ミテ命ヲ羇窓ノ下ニ殞ス者其心情果シテ如何ゾヤ。他日錦衣ヲ故郷ニ着ケント思フノ体軀ハ空シク異郷ノ土ニ委シテ、遊魂止マル所ヲ知ラザルニ至ル時ハ、豈亦何人ガ為メニ悲愴哀激ノ情ヲ起サザル者アラザランヤ。

ここには主人公の友人の病死をかりて、「故郷回帰」の心情が、やや誇張されたパセティックな文体で打出されている。「世路」の帰着するところは「錦衣ヲ故郷ニ着ケ」ることにあったが、「世路」の艱難そのものが「故郷回帰」の幻想を増幅する契機にほかならぬ。「人間到ル処青山アリ」という認識はもともと、他人との人間関係の中に積極的に入り込み、それを通して自己を確認し、拡充して行く生き方に通じていたはずである。しかし、「骨ヲ埋ムル墳墓ノ地ハ地トシテ無キニアラズ」は、遊学青年のタテマエであって、かれらの心はその奥深いところで、故山に眠る祖霊のもとに魅かれている。他人だけの世界(世間)に身を置く時、逆に自己の内面に閉じこもり、それを掘り下げることに専念する内閉的な生き方を選択したかれらにとって、故郷はその孤立感を緩和する回想的社会の役割を果すのである。故郷の自然は都会の苛烈な生存競争が強いる絶え間ない内的緊張に休息と慰藉をもたらす。父の死を弔うために帰省した久松菊雄は故郷の山野を散策し「……郷ヲ出デ国ヲ去リテ長ク都府繁栄ノ土地ニ遊ビ、朝ニハ眼ヲ羅綺ノ炳爍ニ眩ジ、夕ニハ耳ヲ車馬ノ喧囂ニ聾スルコト久シカリシヲ以テ、今此ノ山色野景ノ清浄幽致ナルヲ眺メ精神大ニ活暢ヲ覚ヘテ、以テ積日ノ憂鬱モ一朝ニ之ヲ払除シタルモノノ如シ」というような感慨に耽るのであるが、このような故郷の役割は、やがて立身出世主義そのものの虚妄を自覚させる契機へと転化する。宮崎湖処子の『帰省』における故郷がそれである。豊後日田の故郷に帰りついた『帰省』の主人公はつぎのような感懐を反芻する。「今や生活の大迷宮、人世の中心なる都会に出て、歩み難き行路の難に陥り、吾才の吾を活すに足らざるを悟り、吾労力の空なるを嘆じ、翻然として前日の非を悔ひ、謂へらく、大望は臓腑に置かれし酒精の如く、のむに従ひて心思を銷す。功名富貴は波上の花に似て、追ふに従ふて益々遁ると。帰り来りて故人に対すれば、吾煩悩も一時に絶えぬ。」

故郷に帰省する船上から筆を起こした『帰省』は、立身出世の欲求に駆りたてられて故郷を離脱した青年の軌跡を辿る『世路日記』とはおそらく対蹠的な地点にある。いいかえれば立身出世をめざす青年達を取り上げた小説は明治十七年の『世路日記』から、明治二十三年の『帰省』にいたって一つのサイクルを終えたのである。このサイクルの中程には『当世書生気質』『浮雲』『舞姫』がそれぞれ位置するはずである。たとえば功名のために田の次への愛を犠牲に供した『書生気質』の小町田粲爾の生き方は、愛弟子であり恋人である少女を振切って遊学に旅立つ『世路日記』の久松菊雄の生き方にその原型を求めることができる。「独りネビッチョ除け者となつて朝夕勉強三昧」に専心した『浮雲』の内海文三の少年時代は『世路日記』が設定した「世路」のコオスをほぼ忠実に辿っている。また「我名を成さむも、我家を興さむも今ぞとおもふ心の勇み立ち」て、日本を離れた『舞姫』の太田豊太郎は「模糊たる功名の念と、検束に慣れたる勉強力」で身を鎧いつつ、欧羅巴の新大都に到着するのである。しかし、やや比喩的にいえば小説の人物としてのかれらの役割は『世路日記』の久松菊雄がその遍歴を終えた所から始まるのである。『世路日記』の読者はほぼ「頴才新誌」の投書家達と重なり合う年齢層によって占められていた。『世路日記』によって立身出世の情熱をかき立てられ、笈を負うて都会に集った青年達が出会うはずの世界が、『書生気質』であり、『浮雲』であり、『舞姫』なのである。小町田粲爾はさておき、内海文三と太田豊太郎が、外側からは官僚機構ないしは俗物的世間によって、内側からはかれらの内閉的な個性そのもののために、手痛い敗北を喫し、あるいは苦い挫折を強いられたことはいうまでもない。しかも内海文三や太田豊太郎の背後には、自由民権運動の退潮に捲き込まれ、生活の目標を見失った青年達の悲劇が累積していた。『世路日記』が提示した立身出世の設計図は、明治二十年前後の現実に曝されて、急激に色褪せて行くのである。

(1)『世路日記』は明治十七年六月の東京稗史社版、明治十八年五月の東京稗史社版改版、明治十八年十一月の文事堂版、明治十九年三月の文事堂改版、明治二十年七月の競争屋版、明治十九年七月の薫志堂版、明治二十八年十一月の偉業館版等多数の異版が出版されており、

『西国立志編』に匹敵するベストセラーであった(「東京新誌」昭二年三月)。

(2)書生を扱った明治初年の文学作品の主要なものに、仮名垣魯文の「安愚楽鍋・第一章書生の酔話」(『西洋道中膝栗毛』六編所収、明四年刊)、服部撫松『東京新繁昌記』初編(明七年刊)、高畠藍泉『開化百物語』(明八年刊)、和田竹秋『鴛鴦春話』(明十二年刊)、二世為永春水『浅尾岩切真実競』(明十六年)、三木愛花『情天比翼縁』(明十七年刊)などがある。

(3)福島中学時代に高山樗牛は「潁才新誌」を愛読し、『世路日記』を模倣して『春日芳草之夢』という習作を書いているが、これは「潁才新誌」の読者層と『世路日記』の読者層との関連を示す一つの事例であろう。

(4)『世路日記』には「満堂寂寥、更ニ人語ナク、只ダ時器ノ一隅ニ分秒ヲ刻スル音ノミ凄然タリ」というように、はじめ三〇ページ程で六回も時計の描写がくりかえされているが、これは西洋時計の輸入によって、近代的な時間感覚が、明治人の生活に浸透したことの象徴であって、「時は金なり」の観念は、時計の使用とともに定着し、一方では生活時間の合理化をもたらしつつ、他方では、不安で落ちつかない気分を毎日の生活の中に行きわたらせることになる。

明治初年の読者像

仮名垣魯文の『安愚楽鍋』に登場する民衆たちは「ひらけ」るということばを好んで口にする。たとえば「当時の形勢はおひ〳〵ひらけてきやした」(平可《なまぎき》の江湖談《うきよばなし》)という工合にである。この「ひらける」には「文明開化」の新しい状況を受けとめた民衆の側の素朴な実感がこもっている。それはたんに「啓蒙」の「啓く」を意味していたばかりではなく、維新とともに新時代が開かれる予感、閉ざされた生活圏の拡大、未知の西洋に向けられた旺盛な好奇心など、じつにさまざまな期待がかけられていたことばなのである。

コミュニケイションにおける「文明開化」は、閉鎖的なコミュニケイションから開放的なコミュニケイションへの転回を意味している。

明治新政府はタテの面では身分制度の枠組を撤去し、ヨコの面では藩体制の障壁を解体させる過程を通じて、中央集権的な国家体制の整備を急いだ。その不可欠な要件のひとつがタテヨコに分断された閉鎖的なコミュニケイション市場を全国的な規模で組織化し、その流通機能をたかめることにあったことはいうまでもない。飛脚にかわる電信、早馬にかわる蒸気車の登場は、促進されたコミュニケイション速度の象徴として人目を奪ったが、コミュニケイション拡大のもっとも困難な課題は受け手の側の態勢にあった。大衆の読み書き能力である。「いかにシムボルが中央の機関で製造されても、集団メンバーのあいだにそのシムボルの解読能力がないかぎり、共通のものとしての意味の流通は存在しえない。とりわけ、コミュニケイション通路が『文字』を中心とする時代には大衆の読み書き能力の有無が決定的な基礎条件となる」(加藤秀俊氏「明治二〇年代ナショナリズムとコミュニケイション」坂田吉雄氏編『明治前半期のナショナリズム』所収)。明治初年における日本人の識字率は男子四〇ないし五〇%、女子一五%と推定されている(R・P・ドーア「徳川教育の遺産」『日本における近代化の問題』所収)が、平がなはともかく漢語ずくめで記された新政府の布達・法令を解読しうる能力を基準に測定するならば、この数字はもっと低くなるだろう。事実、明治政府は王政復古のイデオロギーと文明開化の効能とを民衆に浸透させるためには、まことに効率のわるい方法を採用しなければならなかった。全国の神官・僧侶を教導職に任命し、三条の教憲の趣意を民衆に説き聞かせた「説教」がそれである。この「説教」は文字コミュニケイション(神官・僧侶等の有識者のレヴェル)に口話コミュニケイション(民衆レヴェル)が継ぎ足されたものであって、この過渡期におけるコミュニケイション状況の不均衡を象徴する畸型的な産物にほかならない。民衆の意向を無視したこの官製のコミュニケイションは結局惨めな失敗に終わった。開化期の民衆はお上から「開かれる」ことに甘んじていたわけではなく、かれら自身で「ひらける」ことを望んでいた。増大する「文明開化」の情報量を消化・吸収しうる学習能力の獲得は、切実な生活的要求でさえあった。このころの新聞には民衆の学習意欲のたかまりを物語る記事がしばしば現われているが、任意にその一例をぬき出してみよう。

埼玉県下秩父の白久村に居る山中右助の孫暉之助は小学校へもよく通ひ休暇の日には町へ出て近世史略を買つて帰ると親父が見てこんな分らない書を銭を出して買つて来るとはとんでもない馬鹿野郎だとて大きに叱られ暉之助がいふには祖父さんが疝気で寝ておいでだから退屈だと思つて買つて来ましたといふので祖父さんに見せると祖父は大きに悦こび其本を読んで聞かせたので親父も感心し始めて本といふものは善物だと心付きましたが当時は親が子供のために閉口する事がまゝ有ります。（「読売」明十年四月五日）

小学校に通学する子供から親が逆に読書の意義を教えられる話である。口話コミュニケイションを基調とするムラの生活にもようやく文字コミュニケイションが浸透しはじめたのである。このような話が美談に仕立て上げられる背景には、福沢諭吉の『学問のすゝめ』、ないしは「邑《ムラ》ニ不学ノ戸ナク家ニ不学ノ人ナカラシメン事」を要請した明治五年の太政官布告の思想が考えられるだろう。明治の初年ほど読み書き能力の習得が美徳として肯定された時代も稀である。

ものを読む習慣を民衆に普及させた新聞の役割は、小学校のそれに劣らない。政論を中心とするいわゆる大新聞の創刊は明治五年から七年にかけてのことである(「東京日日新聞」が明治五年二月、「郵便報知新聞」明治五年六月の創刊。「公文通誌」から「朝野新聞」への改題が明治七年九月)。しかし、フリガナのない漢文調の文章で書かれた大新聞の読者層は官吏・学者・学生などの知識人で、一般民衆は疎外されていた。大新聞と漢語を理解できない民衆とを結びつけるために工夫されたものが地方の有識者によって自主的につくられた新聞解話会である。

山城国紀伊郡横大路村の梅木治三郎は早く開化にしたいとて近所のものを集めて深切に新聞の講釈をして聞かせるのはいかにも感心でござります。(「読売」明十年四月二十日)

この解話会は教導職の説教と同じく文字コミュニケイションに口話コミュニケイションを継ぎ足した形をとっているが、こちらは官製ではなく、民間に発生した自主的グループなのである。そのことは「新聞演説所」とか「新聞会同盟」とかいう多種多様な呼称によって示されている。たとえば「新聞演説所」という呼称は、福沢諭吉らが創めた演説流行の機運と無関係ではないかもしれない。

この新聞解話会のスタイル、ないしは教導職の説教のスタイルを、文体の基調として採用したのが、フリガナつきのいわゆる小新聞である。小新聞の登場は大新聞にややおくれ、明治七年から十年にかけてのことであった（「読売新聞」は明治七年十一月創刊。翌八年には後に「東京絵入新聞」と改題した「平仮名絵入新聞」、「仮名読新聞」等がそれぞれ創刊された）。これら小新聞の記者は仮名垣魯文、高畠藍泉、柴崎延房（二世春水）などの戯作者か、前田健次郎のような国学者であって、かれらの平易な口語体の文章は、大新聞の漢文体の文章に馴染めなかった一般大衆にも容易に親しめるものであった。

> 大坂本町四丁目の森田小八の娘おとらは年が十六にて……遊芸は是が出来ないといふ事はなく……芝居や寄席へも精出して通つて居り直に向ひの村上真斎といふ人は新聞が大好で近所の娘子供へも常々読んで聞かせお虎も参つては聞きだん／＼新聞へ心が移つて三味線もやめ踊りも止め三種のふりがな新聞を取寄せて見る様になり始のうちは親達も新聞などを読むと高慢になつて悪いと止てもお虎は聞入れず……親父も追々ひき込まれて此節は大阪日報攪眠新誌などを取寄せて見るから世間の様子も知れ全く村上さんのお蔭だといつて悦んで居る。（「読売」明十年四月二十三日）

十六の小娘が遊芸をやめて新聞に熱中するところに実学尊重の時代相がよく現われている。小新聞は大新聞が相手にしなかった女性読者や一般大衆を吸収して、大新聞を上回る発行部数を獲得(たとえば読売新聞は明治十年中に二万五千部の発行部数に達し全国一となった)したわけだが、この小新聞の進出は民衆に「読みもの」を提供する回路を独占してきた貸本屋の退場をうながすことになる。

近ごろ新聞雑誌が流行にて絵草紙屋にも余ほど響くとかいふが或る貸本屋の話しに凡そ悪いものは新聞屋で新聞紙が出来てからは花主《とくい》が半分に減じてしまつたと、ブツ〳〵苦情をいつて居るのはお気の毒なこと。(「読売」明十一年四月二十八日)

明治十年の暮に呼売りの新聞売り子による販売方式が禁止されたために、小新聞は瓦版的な性格をあらためて、定期刊行物《ジャーナル》としての性格を鮮明にしなければならなくなった。戯作者出身の小新聞の記者が、この読み売り禁止と相前後して、いわゆる「つづきもの」の連載に力を入れるようになったのは、決して偶然ではない。毎朝配達される小新聞の「つづきもの」の魅力から、民衆は毎日定量の活字を消化する習慣を体得することになるのである。三日から十日の間隔で戯作小説の続編をとりかえにまわってくる貸本屋の継本《つぎほん》制度などは、まったく間のびのした旧弊の遺物になってしまった。しかも小新聞の価格はほぼ貸本の見料と見合う廉さなのであった。

しかし、小新聞を読まない書生は貸本屋のよいお得意として残った。学校の寄宿舎・寮・下宿屋などを、和本の戯作小説を包んだ大風呂敷を背負って巡回する貸本屋の姿は、明治の小説や回想録にいきいきと描かれている。鷗外が『キタ・セクスアリス』や『細木香以』に貸本の読本や人情本を耽読した体験を記しているのはよく知られているし、謹厳な二葉亭にも外国語学校に出入りする貸本屋から、八犬伝や梅暦を借り出して愛読した一時期があった。明治十年に制定された駒場農学校の「生徒寄宿寮規則」では、寮内の禁止事項の第五に「小説稗史等ヲ読」むことを挙げている(安藤国秀氏『農学事始め――駒場雑話』)が、このような規則が制定されたこと自体、貸本屋の出入がひんぱんだったことを裏書きしているといっていい。

この古風な貸本屋が退場したのは、長谷川如是閑の実兄、山本笑月の証言によれば、明治十五、六年ごろのことであったらしい。「新版小説が漸く流行、洋紙本の荷も重く、同時に草双紙や読本のお好みも減つて背取りの貸本屋はボツボツ引退、代つて居付きの貸本屋が増え」(『明治世相百話』)たというのである。「居付きの貸本屋」というのは固定した店舗を構え、保証金をとって貸し出す貸本屋のことである。この新しい型の貸本屋としてよく知られているのは、『当世書生気質』が評判をよんでいた明治十八年に京橋に開業、問もなく神田錦町に進出した「いろは屋」である。南柯亭夢筆の「書生／風俗　いろは屋貸本店」(「風俗画報」二二八号〜二四三号)は、いろは屋の蔵書について「十の九分は学術書にて、稗史小説は、僅々十の一にして、其れ将た野卑賤劣なる講談速記の類は、殆んどあるなく、只だ少しく逍遥篁村、露伴紅葉等の新作小説あるのみ」と伝えているが、神田・本郷の学生街を控えていたいろは屋の顧客の九分以上は書生で、一ヶ月の貸出点数は八九千に及ぶ盛況だったという。「小川町を少し行つて右に折れて又左にちよつと入つた所にいろは屋といふ貸本屋があつた。今では本の代価を払はないでは貸してくれる貸本屋もないやうだが、その頃はその金がなくつてもドシドシ借りて来られた。『我楽多文庫』『新著百種』『国民之友』その他新刊の雑誌を読むことの出来たのは、その書店のお蔭であつた」(『東京の三十年』)と、いろは屋への懐しい思い出を記しているのは田山花袋である。花袋にかぎらず、この私設図書館の恩恵をこうむった明治の書生はおびただしい数に上ったことであろう。

「いろは屋」と並称される明治式の新貸本店は、京橋三十間堀にあった「共益貸本社」である。この店は貸本と同時に閲覧室の設備があり、菊判二段組五十二ページの和漢書目録、同型三十四ページの洋書目録を発行していたという(沓掛伊左吉氏「コレクションの中の貸本屋」「日本古書通信」二四九号)。国木田独歩の「明治二十四年日記」の一月二十六日の項に、この共益貸本社から新作十二番の「かつら姫」「鎌倉武士」を借り出した記載がある。

「いろは屋」・「共益貸本社」などの私設図書館が繁昌したのは、ほとんど唯一の公共図書館ともいうべき東京図書館が施設・蔵書ともに貧弱をきわめていたことがその一因であろう。東京図書館が明治十八年に湯島の聖堂から上野の教育博物館(現在の芸大構内)に移転したときの蔵書数は、和漢書一万二千部、洋書五千二百部にすぎなかったといわれる(『上野図書館八十年略史』)。閲覧室の定員は公称二百人であったが、じっさいには百五六十人を容れる余地しかなかった。明治二十四年の六月ごろから文学修業のために東京図書館に通いはじめた樋口一葉も、八月八日の日記に「図書館は例へいと狭き所へをし入らるゝなれば」と記している。またこれにつづけて「いつ来りてみるにも、男子は、いと、多かれど、女子の閲覧する人、大方、一人もあらざるこそあやしけれ。……多くの男子の中に交りて、書名をかき、号をしらべなどしてもて行にこれは、違ひぬ、今一度書直しこなどいはるれば、おもて暑く成て、身もふるへつべし。まして、面《おもて》みられさゝやかれなどせば、心も消る様に成て、しとゝ汗にをしひたされて、文取しらぶる心もなく成ぬべし」とも記している。このころ東京図書館では一人一回につき一銭五厘の閲覧料(当時そばのもりかけが二銭)を徴収した。あるいは一葉は十回分十二銭の割引回数券を買い求めていたかもしれない。

ここでもういちど話を明治十年代に引もどして、自由民権時代の読書風景を一べつしておこう。

文明開化時代に新聞解読の自主的グループが全国に発生したことはすでに述べたが、十年代には民権運動に関心を寄せる青年たちの学習サークルがおびただしく現われた。このころ青少年の投書雑誌として人気をあつめていた「穎才新誌」は、これら学習サークルの消息をことこまかに報道しているが、明治十四年から十五年にかけてそのめぼしいものを拾ってみると、つぎのとおりである。

高知新市町	夜学連	十四年八月六日
千葉県鶴舞村	青年学術演説会	十四年九月十七日
千葉県敷谷村	靖共社	十四年十月一日
神田美土代町	青年自由演説会	十四年十月十五日
上総大多喜村	討論会	十四年十月十五日
岩手県渋民村	蛍雪社	十四年十月二十二日
千葉望陀郡	興村会	十四年十一月五日
山口県山口	忠告社	十四年十二月二十四日
宮城米谷駅	交誼社	十五年一月十四日
高崎	金鼎会	十五年三月十一日

鹿児島県川辺	青年同盟研修社	十五年三月十一日
横須賀	開智社	十五年三月十一日
和歌山中学	修辞会	十五年四月二十九日
長崎	青年蠖屈社	十五年五月七日
栃木県茂木町	豎悌社	十五年五月七日
広島県丸河南村	中立龍山会	十五年七月十五日
広島県福山	青年談話会	十五年八月十九日
水戸	強励会	十五年十一月十一日
仙台	青年懇談会	十五年十一月十一日

この学習サークルの実態はどのようなものであったか。高知新市町の夜学連を例にとってうかがってみよう。

高知県下高知新市町の夜学連は最初結合せしも固より有志家の鼓舞誘導に出でたるにあらず純然たる平民の自ら奮ふて組成せしものにして其の目的たる只に書を読み文を学ぶのみならずして久しく平民社会を支配せる卑屈矇昧の夢を警醒し天与の権利を伸張して以て早く国会の開設を見るの美域に進まんとするにあ りて此頃は会議を起し先づ議長書記夫れ〳〵の事務係を設けかつ議事則学則等を議定し志和某翁を教員に聘せ

しょしなれば会員は日々増加し中にも容易き著書訳書は勿論左氏伝八大家読本日本外史或は社会平権論抔を能く講読する者ありてすでに理髪店の中岡寅太郎の如きは不日高知演説組合へ加入し人間同等の真理を演説せんと頗る奮発し居る由。(「穎才新誌」二一九号)

高知の新市町は隣接する鉄砲町や紺屋町と同様に武士ではなく町人が住んだ一画である。士族の青年を中心に盛り上った自由民権の機運は、やがて平民の青年の政治意識をめざめさせることになったのであろう。読書会のテキストとしてあげられている『社会平権論』はハーバート・スペンサーの原著、松島剛の翻訳で明治十四年五月にその第一巻が出版された。板垣退助によって天賦人権の教科書といわれた書物である。高知出身の田岡嶺雲は『数奇伝』の中でこの『社会平権論』が士族の青年の間で愛読されたことを記しているが、理髪店の職人までが天賦人権論を自主的に学習しようという意欲を示していることは、民権運動発祥地の出来事とはいえ、やはり注意されていい。

政治意識の昂揚を目標にかかげた青年の学習グループは、読書会と併行して政治演説の練習を行なったばあいが多かった。そのことはグループの名称に「○○演説会」というような形式がすくなくないことに示されている。

一方青年層の政治参加を極度に警戒した明治政府は明治十五年七月につぎのような布達

を各府県におくった。

学校生徒ニシテ学術演説ヲ為スハ教育上不都合ノ儀ニ付相成ラズ。最モ公衆ヲ聚メズシテ之ヲ為スハ不都合ト認メザル分ニ限リ、特ニ差許シ候儀苦シカラズ。此旨相達候事。

青年の学習運動はこの布達が発せられた明治十五年を境に下降線を辿りはじめる。北村透谷の盟友、石坂公歴が透谷をもふくめて三多摩の自由党系青年を組織した読書会は、明治十七年秋から十八年の初頭にかけて開かれている(色川大吉氏「自由民権運動の地下水を汲むもの」『明治精神史』所収)が、その時期はまさにこの全国的な学習運動の退潮期にあたっていたわけである。

学習サークルがつぎつぎに解体してゆく十年代の後半に、もういちど青年たちの政治的情熱をたかめる役割を果たしたのは、『経国美談』や『佳人之奇遇』などの政治小説である。とくに要所要所に漢詩をちりばめ、華麗な四六調の美文を駆使した『佳人之奇遇』は、ひろく書生たちの間で朗誦された。

佳人之奇遇の華麗《はで》な文章は協志社にも盛に愛読され、中に数多い典麗な漢詩は大抵諳記された。敬二が同級で学課は兎に角詩吟は全校第一と許された薄痘痕の尾形吟次郎君が、就寝時近い霜夜の月に、寮と寮との間の砂利道を『我所思在故山《わがおもふところこざんにあり》…

月横大空千里明《つきはたいくうによこたはつてせんりあきらかに》、風揺金波遠有声《かぜはきんぱをうごかしてとほくにこゑあり》、夜蒼々《よるさう〳〵》兮望茫々《のぞみばう〳〵》、船頭何堪今夜《せんとうなんぞたへんこんやの》情《じよう》』と金石相撃つ鏗鏘《かうさう》の声張り上げて朗々と吟ずる時は、寮々の硝子窓毎に射すランプの光も静に予習の黙読に余念のない三百の青年ぶる〳〵と身震ひして引き入れられるやうに聞き惚れるのであつた。（徳富蘆花『黒い眼と茶色の目』）

この同志社の寄宿舎に見る風景は、『佳人之奇遇』が、密室における孤独な黙読をたてまえとする近代小説とは異質な何かを具えていたことを示唆している。それは公衆の面前で朗誦された叙事詩の享受方式に近い。近代小説の読書が、密室のなかで作者のエゴの手触りをたしかめて行く孤独な作業であるとするならば、学校・寄宿舎・私塾・結社等の精神共同体の内部で、声高らかに朗誦された『佳人之奇遇』は、メンバーの連帯感を強化し、ナショナリズムの情念を励起する強力な磁性を帯びていたのである。

明治維新に引きつづく約四半世紀は、日本人の読書生活が大きな変革を迫られた時期であった。その変革の過程をつらぬく契機は、ほぼつぎの三つに要約されるのではないかと考える。

1　均一的な読書から多元的な読書へ（あるいは非個性的な読書から個性的な読書へ）。

2　共同体的な読書から個人的な読書へ。

3　音読による享受から黙読による享受へ。

この三つの契機は分かちがたくからみ合っているけれども、その根底には飛躍的に増大する情報量（木版印刷から活版印刷へ！）と、共同体のきずなから解き放たれて自我にめざめて行く近代人とのダイナミックな相互作用がある。それはリースマン流の表現をかりるならば、両親や教師から授けられた規範《ノルム》に従って生きることを善と考えていた伝統志向型の人間にかわって、活字をとおして自己の信念を築き上げ、未知の世界へと孤独な冒険を開始する内的志向型の人間が登場する過程ということになるだろう。

幕末から明治初年にかけて幼少年時代をすごした人たちの回想録を披いてみると、かれらが始めて書物の世界に接したときの驚きとよろこびとが、祖父母・両親・兄姉への追憶とひとつにとけ合った印象深い数ページにめぐり合うことがしばしばある。かれらは明治国家の未来像をはるかに望みながら、絶えず鼓舞され、激励された世代であり、伝統的な世界観を克服する役割を引きうけて勇み立っていた世代であった。それだけに間もなく失われようとする父たちや兄たちの教養圏の残照を幼少年期に垣間見た体験は、その記憶にあざやかに刻印されたのである。かれらの読書体験のおどろくべき等質性は前代の教養圏が把持していた洗練された秩序の名残りをとどめている。一つの時代に別れを告げ、しかもその時代に繋がれていた臍帯を共有するという感覚は、かれらの世代特有のものであった。

かれらの読書の記憶は肉親の声の記憶とともにはじまる。漢籍の素読、または草双紙の絵解きである。素読の口授は祖父・父・兄の役割であった。たとえば渋沢栄一（一八四〇年生）のばあい。

五才の春から親しく父の口授の下に、習ひ始めた「三字経」といふのは、其頃汎く世に行はれたもので「人之初。性本善。性相近。習相遠」などと韻を踏んで、倫理・道徳、天文、歴史、文学を極めて平易に説いた、三十枚程の本であつた。「三綱君臣義。父子夫婦従……。蚕吐糸犬守夜……」朗々として誦する父が句読は、今尚ほ耳底に在る心地がする。（渋沢栄一『伝記資料』第一巻）

草双紙の絵解きを聞かせるのは祖母・母・姉の声である。たとえば江見水蔭（一八六九年生）のばあい。

自分の祖母は非常に小説好きであつた。……それで自分の五六才の頃には、能く祖母から草双紙の絵解きをして貰つたので。『八犬伝』なんかは馬琴の原書ではなく『犬廼草子』や『かなよみ八犬伝』の方で、早くから馴染であつた。此他『白縫物語』だの『雲龍九郎』だの『児雷也』だの『妙々車』だの『一休草紙』や『釈迦八相記』や、そんな種類の本の挿絵を見て、時には仮名の拾ひ読みなどして喜んでゐた……。（『自己中心明治文壇史』)

この炉辺の媒体、家庭的な文字教育ないしは文学教育が、父＝素読型と母＝絵解き型という二つの型を共存させていたことは、伝統的な社会が育くんだ独得の穎智でなければならなかった。一方は漢語の勁い響きを反復することによって規範《ノルム》への馴化を訓え、他方は七五調のなだらかなリズムに乗せて規範《ノルム》から逸脱した世界の所在を開示する。儒教的な秩序はその反世界としての幻想の領域を黙認することによって平衡が保たれる仕組だが、この近世社会特有の抑圧と解放のメカニズムは家庭教育のあり方をも規制していたのである。子供にとって漢籍の素読にともなう苦痛は、草双紙の放恣な夢想が補償を与えてくれるであろう。(田岡嶺雲は父から『小学』の素読を授けられたとき、「訳も判らず難しい者とは思つたが、漢籍を習ふといふ虚栄の誇りの為めに、左程厭とは思はなかつた」が、草双紙の拾ひ読みは「又なく楽しみであつた」と語っている――『数奇伝』)。そしてまた漢籍の素読が進めるあまりにも早すぎる社会化の過程は、空想の材料を豊富に供給する草双紙の絵解きによって適度に緩和されるのである。

この幼年期における素読と絵解きの読書体験は、青少年期における漢学塾での四書・五経・左伝・史記・八家文などの学習、貸本屋から借りた読本・人情本・実録ものの耽読に引きつがれて行く。坪内逍遥(一八五九年生)、片山潜(一八五九年生)、森鷗外(一八六二年生)、徳富蘇峯(一八六三年生)、正岡子規(一八六七年生)、幸田露伴(一八六七年生)、田岡嶺雲(一八七〇年生)等の人々はこの型の読書体験の持主である。

しかし、明治十年代の半ばすぎに少年期に達した人たち、いいかえれば正規の小学校教育を受けた第一世代に属する人たちになると、その読書体験はようやく多様化の兆しを見せはじめる。かれらが少年期に達したときには、漢学塾の役割は正規の学校教育に比べて相対的に低下していたし、すでに触れたように旧式な貸本屋の退場は決定的になっていた。しかも、このころ大量生産の方式により木版印刷を圧倒し去った活版印刷は、木版本とは比較にならない低廉な価格で書籍・雑誌・新聞を市場に奔流させることになったのである。内務省の統計によれば明治十四年には書籍の出版点数が五九七三、新聞雑誌数が二五三であったが、明治二十年には書籍が九五四九、新聞雑誌が四九七となっている。七年間で約二倍弱の増加である。木版本と活版本の価格のひらきを示す実例を二三挙げてみると、明治十二年出版の草双紙『高橋阿伝夜刃譚』は木版八編で一円、明治十八年刊の活版改装本は三十六銭である。明治十六年に以文会社から出版された木版本の『漢書評林』は二十五冊で十円、同じ年に東京印刷会社から出版された活版本は五十冊で四円五十銭、明治十八年に鳳文館から出版された木版本の『史記評林』二十五冊は六円、同年に東京印刷会社から出版された活版本五十冊は三円五十銭の価格である。

木版印刷の時代には三都や好学の家庭はともかく、一般家庭の蔵書は貧しく、その種類も限られていた。家族めいめいの蔵書が区別されていることは稀で、家族共有がふつうだったのである。

私の少年時代には、子供の読みものは少かったし、ことに倉敷の町には、小学校の教科書の取次店いがい、本屋というものはなかった。義兄の林家が、明治の初年に「書肆」をやっていたことは前に述べたが、当時は本屋というものは、ひとかどの知識人がやったものとみえ、後に私の郡の郡長をつとめた森田（森田思軒の父）という人も笠岡で「書肆」をやっていた。ところがこういう木版時代の本屋が消滅したあとに、田舎ではまだ活版時代の新しい本屋は生れていなかった。それで小学校のころ、私は新聞の広告を見て、博物の書物がほしくなり、わざわざ東京の冨山房（？）から取りよせたこともあった。なにか特別の家でもないかぎり、どこの家庭にも蔵書というほどのものはなく、私のところでも『論語』や『孟子』『唐詩選』とか『日本外史』といったたぐいのものがいくらかあったにすぎなかった。懇意な家に『八犬伝』があったので、一と冬『八犬伝』を借りて来て、毎晩、父がおもしろく読んでくれるのを、母は針仕事を、姉は編物をしながら、家内じゅうで聞いたことがあった。（『山川均自伝』）

ここには明治二十年代における地方小都市の読書環境がいきいきと描かれている。山川家は旧幕時代に蔵元を業としていた旧家でありながら、家庭の蔵書は『唐詩選』『日本外史』ていどのものしかなかったのである。しかし、山川少年が冨山房から博物の本を取りよせていることは、家族ぐるみの蔵書から個人の蔵書が独立する芽生えとして注意していいであろう。山川均が「同志社にはいって、私ははじめて読書ということを学んだ」と述懐しているように、地方出身の青年たちは遊学のため都会に出たときに、はじめて書物への渇望をいやすことができた。かれらは貧しい読書環境のもとにおかれている同胞や郷里の友にあてて、自分が読んだ新刊の書籍・新聞雑誌を郵送する労を惜しまなかった。新聞雑誌も一度で読みすててしまうには、余りにも貴い知識の糧であり、情報源だったのである。

山川均の父親が家中のものに『八犬伝』を読んで聞かせるといった団欒図は、明治初期にはきわめてありふれた家庭風景のひとつであった。そこでは書物は個人的に読まれるものとしてより、家族共同の教養の糧、娯楽の対象として考えられていたのである。山川均のばあいは郷里を離れて京都の同志社に入学したときに、この共同的な読書環境の拘束から解き放たれ、広大な活字の世界のただ中にたった一人で入り込んで行くことになる。それは彼に限らず、立身出世を夢みる明治青年に共通した運命にちがいなかった。かれらは維新の変革によって自信を失った親達とはべつに、新しい生き方、価値観を自分自身で模索しなければならない。かれらの人生の方向を決定したものは、両親から授けられる教訓ではなく、一冊の書物なのである。国木田独歩の『非凡なる凡人』の主人公桂正作は、没落士族の子弟であるが、たまたまスマイルズの『西国立志編』を読んで発奮し、独立独歩の精神にめざめることになっていた。明治青年と書物との出会いの意義は、この桂正作の生き方にもっとも典型的なかたちであらわれている。

音読から黙読へ――近代読者の成立

1

現代では小説は他人を交えずひとりで黙読するものと考えられているが、たまたま高齢の老人が一種異様な節廻しで新聞を音読する光景に接したりすると、この黙読による読書の習慣が一般化したのは、ごく近年、それも二世代か三世代の間に過ぎないのではないかと思われてくる。こころみに日記や回想録の類に明治時代の読者の姿をさぐって見るならば、私達の想像する以上に音読による享受方式への愛着が根づよく生き残っていたことに驚かされるのである。

無政府主義の指導的理論家として知られている石川三四郎(明九年―昭三十三年)は、戦後執筆した『自叙伝』の中で、少年の頃祖母の寝物語に聞かされた楠公記や大岡政談から受けた感銘を記し、つづいて父と兄との睦まじい読書風景に触れて、文明開化の風潮が中仙道筋にあたる地方豪家の知的雰囲気を革めてゆく状況を興味深く語っている。

父なども兄にいろいろな本を読ませて聞くことを楽しみにして居り、例えば昔の漢楚軍談とか三国志とか言うものを読ませて居つたのを記憶しています。後には福沢諭吉の『学問のすゝめ』という書物を東京から買つて来て読ませたこともありました。

(同書、上、三二頁)

この漢楚軍談や三国志は貸本屋から借りたものかもしれない。この時代には大部の読本や軍記物を所蔵している一般家庭は異例に属し、それだけに貸本屋や知人から借り出した際には、家族こぞって読書の娯しみを頒ち合うのが、ふつうの事だったらしい。山川均(明十三年—昭三十三年)の『ある凡人の記録』にも、このような小説の読まれ方が示されている。

私の少年時代には、子供の読みものは少かったたし、(中略)木版時代の本屋が消滅したあとに、田舎ではまだ活版時代の新しい本屋は生れていなかった。それで小学校のころ、私は新聞の広告を見て、博物の書物がほしくなり、わざわざ東京の冨山房(?)から取りよせたこともあった。なにか特別の家でもないかぎり、どこの家庭にも蔵書というほどのものはなく、私のところでも『論語』や『孟子』『唐詩選』とか『日本外史』といったたぐいのものがいくらかあったにすぎなかった。懇意な家に『八犬伝』があったので、一と冬『八犬伝』を借りて来て、毎晩、父がおもしろく読んでくれるのを、母は針仕事を、姉は編物をしながら、家内じゅうで聞いたことがあった。ところが一二年すると、久しぶりにまた『八犬伝』でもというので、また借りて来ておさらえをするというありさまだった。(『山川均自伝』一五七〜一五八頁)

一葉の日記には明治二十四年から二十五年にかけて、彼女が母親の滝子に小説を読み聞かせている記事が数ヶ所現われる。ちなみに二十五年三月は一葉の処女作『闇桜』が桃水の紹介により「武蔵野」誌上に発表された月にあたる。

日没後母君によしの拾遺読みて聞かせ奉る。(明治二十四年九月二十六日)

此夜小説少しよみて母君に聞かし参らす。(明治二十五年三月十二日)

夕飯ことに賑々しく終りて、諸大家のおもしろき小説一巡母君によみて聞かしまいらす。(明治二十五年三月十八日)

日没後小説二、三冊よみて母君に聞かし参らす。(明治二十五年三月二十四日)

石川三四郎の家は本庄の戸長、山川均の家は旧幕時代に蔵元を業としていた倉敷の旧家、一葉の亡父は警視庁の官吏、いずれも知的雰囲気には事欠かぬ中流の家庭である。それでなお、小説は個人的に鑑賞されるものとしてより、家族共有の教養の糧、娯楽の対象として考えられていたらしいのである。そして、このような団欒の形式を私達は漸く忘れ去ろうとしている。

この読み手と聞き手とからなる共同的な読書の方式は、日本の「家」の生活様式と無関係ではないと考える。それは夙にラフカディオ・ハーンが「日本人の生活には内密といふことが、どんな種類のものも殆んど全く無い。(中略)そして紙の壁と日光との此の世界では、誰も一緒に居る男や女を憚りもせず、恥づかしがりもせぬ。為す事は総て、或る意味において、公に為すのである。個人的慣習、特癖(もしあれば)、弱点、好き嫌ひ、愛するもの憎むもの、悉く誰にも分らずには居らぬ。悪徳も美徳も隠す事が出来ぬ。隠さうにも隠すべき場所が絶対に無いのである。(1)」と指摘したところのプライヴァシイの欠如を基調としている。ごく近年まで小説の読書を批難の眼で見るとまでは行かないにせよ、好ものとして迎え入れようとはしない家庭が少なくなかったが、それは小説自体の影響力とはべつに、小説とともにひとりの世界に閉じこもることが、ハーンの言うような家庭全体の連帯感を疎外する行為を意味したためではあるまいか。儒教道徳の規制が厳しかった明治初年には小説の地位はいわば「玩具」同様に貶しめられ、事実草双紙のごときは、家族全体で娯しむ室内遊戯のように読まれたのであった。長谷川時雨(明治十二年―昭和十六年)の『旧聞日本橋』は、明治十年代から二十年代にかけての下町中流家庭の日常生活を刻明に記録した興味深い書物であるが、それによると、夕食後奥蔵前の大火鉢のある一室に、家中の女・子供・女中が集って、行燈で影絵を写したり、きしやごはじきをしたり、縫物をしたりして団欒のいっときを過す、祖母がその音頭をとり、ときには修身談を聞かせる、そういう雰囲気のなかで草双紙が読まれたという。幼年時代、祖母・母・姉などから受けた草双紙の絵解きに、捨てがたい郷愁を感じている明治人は少なくない。

音読の習慣はまたこの時代のリテラシイの水準が低かったことと結びついている。これは中流以下の階層、とくに婦女子の読者の読書状況を考える場合、見逃せない事実である。明治初年における民衆の読み書き能力がどの程度のものであったかを具体的に伝える資料はきわめて乏しいが、一例を挙げて見ると、明治二十一年、石川県で行った全壮丁の教育程度の調査[2]では、壮丁四五八三人の中、往来物の読み書きができる、いいかえれば自主的に読書できる能力を備えるものが一八六九人、約四一パーセントという比率である。明治五年の新学制を通過して成年に達した最初の世代が、このような低い率を示しているのである。女子の教育程度は男子のそれより更に低く、そのことはたとえば明治二十年の学齢児童就学率が、男子約六〇パーセントに対し、女子はその半ばにもあたらない約二八パーセントという数字に端的に現われている。幕末仙北町の寺子屋で第一の才女といわれた石川啄木の母は生涯に四五通の平仮名の手紙を残しているにすぎないし[3]、甲州の農民の娘であった一葉の母は、漸く仮名のにじり書きで帳付けができる程度であったという。(4)『当世書生気質』の芸妓田の次が朋輩の投げ出す「いろは新聞」を「小声ながらに読」んでいるように教育程度の低い婦女子がひとりでものを読むときには、小声の拾い読みがふつうであるが、この読書能力の貧しさは、他人が読むのを耳から聞く、安易で間接的な享受方式に馴化させることになる。もともと近世の貸本読者、とくに人情本の読者のばあい、このような享受の態勢は珍しいことではなかった。たとえば、『英対暖語』には紅楓お房の姉妹にその情人峯次郎が人情本『其小唄比翼紫』を蚊帳の中で読み聞かせている場面がある(5)し、『春暁八幡鐘』には深川の芸妓達が昼間の退屈しのぎに貸本を読み合う場面があり、(6)『処女七種』には舟宿の主婦が妹に人情本の朗読をせがまれる場面がある。(7)春水の作中におびただしく挿入されているこの種の読書の場面は、人情本読者の実態を如実に伝えているばかりでなく、反面、春水が自作の読み方、娯しみ方の手引きを読者に提供していることを示している。そして、これは春水の聴覚的なスタイルの秘密を解く鍵の一つとなるであろう。(8)

商業主義化した出版企業と結びつき、貸本屋の回路を通じて大量に流布された近世後期の戯作小説は識字者の限界を超えて、その周辺に潜在的読者をつくり出す。柳田国男は独得の含畜に富む表現で音読による享受方式は口承文芸の伝統をひくものであると語って

深川芸妓の読書風景(『春暁八幡鐘』より)

いる[9]が、ここにいう潜在的読者は口承文芸によって文芸への関心を育てて来た民衆の間に記録文芸が浸透してゆく過程に現われるものと考えてもいい。それは読みものへの関心と欲求を備えながら、自主的に読書する意欲と能力には乏しい読者であり、端的に言えば、ひとりで読み解く努力を惜しみ、耳から聞いて娯しもうとする読者である。この潜在的読者の獲得にもっともめざましい働きを挙げた近世小説のジャンルは、主として婦人読者をその対象に選んだ人情本であると考える。人情本の読者は歌舞伎・音曲・噺・講談等、民衆演芸の複製・縮冊・再現を紙上に求める読者[10]であり、森山重雄氏のことばをかりるならば「なじみの視聴覚的な予備状況によって地ならしされている」[11]読者なのである。民衆演芸的要素を多量に取り込んでいる人情本の場合、作者と読者の関係は、高座の演者と聴衆の関係にその原型を持つことになる。為永春水は乾坤坊良斎と組んで高座にのぼり、自ら『梅暦』を口演したと伝えられているが[12]、この事実は春水の作品が小説としてより、円朝の口演速記に近いものとして理解されるべきことを示唆するものであろう。

ところで活版印刷術の導入により、廉価な出版物が木版印刷の時代とは比較にならない規模で供給され始めた明治初年は、識字者とそれを上廻る潜在的読者層というアンバランスが拡大再生産された時期にあたる。また、めまぐるしい文明開化の世情は、おびただしい量の情報の消化を民衆に要求する。村の有志が村人を集めて新聞記事を読んで聞かせる「新聞解話会」や、僧侶・神官が新聞や三条の教憲にもとづいて民衆に文明開化の情報と、王政復古のイデオロギーを説いて聞かせた「説教」は活字コミュニケイションに口話コミュニケイションが継ぎ足されたものであって、この過渡期におけるコミュニケイション市場の不均衡が産出した畸型的な機関に外ならない。小学校に通う子供に新聞を読んでもらったことが刺戟になって親が新聞をとって読み始めた、そういう類の記事[13]が一種の美談として、新聞を賑わす時代だったのである。一方、明治十年頃を境に貸本の戯作小説は、小新聞の「つづき物」にその読者を譲り始める。毎朝配達される新聞の便利さが、三日毎に大風呂敷を背負って継本に廻る貸本屋を旧弊の遺物にかえたのである。そして、小新聞が家庭内に浸透して行った時、それはやはり声に出して読まれ、耳で聴かれるものであったらしい。つぎにあげるのは、商家の娘が若い番頭に「つづき物」の朗読をせがむ場面である。

　其帳合は晩にして奥へ来て新聞を読んで聞しておくれ昨日の続きが出てゐるからと急き立てるを三之介は押とめ読でお聞せ申しもしませうが貴嬢《あなた》は兎角に色咄や情死《しんぢう》ものがお好で為になる咄を聞きなさらぬ故新聞を買ふのも無益であります（岡本起泉『花岡奇縁譚』初編下、明十五年）

『当世書生気質』にも同様の場面が挿入されている。第十五回、花魁の顔鳥が客の吉住に読売新聞を読んで聞かせて貰う箇所である。

家族が一室に集って小説をともに娯しむ享受形態は、茶の間に置かれた一台のラジオに家族全員が聴入り、夕食後のいっときを過すという享受形態を連想させる。携帯に便利なトランジスター・ラジオが発明され、テレビが茶の間の主役になりかわった昭和三〇年代に入ってから、この共同的なラジオの享受形態は解体し、ラジオは個室や寝室に持ち込まれ、そこで個人的に享受されることになった。それに伴って、ラジオ放送の内容もアナウンスの技術も変化し、たとえば深夜放送のアナウンサーは囁くようにたったひとりの聴手に向って語りかけ、仮構された私的なコミュニケイションの場が成立する。ラジオにおける享受形態の変化が昭和三〇年代の約十年間に進行した顕著な現象であるのに比べて、小説における共同的な享受形態から個人的なそれへの推移は、はるかにゆるやかなテンポで進行したにちがいない。いいかえれば、小説の場合、共同的な享受形態と個人的なそれとは、かなり長期間にわたって共存しえたはずである。

(1)ラフカディオ・ハーン『知られざる日本の面影』大谷正信訳。
(2)「文」石川県通信、明治二十二年三月二十五日。
(3)石川啄木『日記』明治四十二年四月十三日。
(4)和田芳恵氏『一葉の日記』
(5)岑「……寝て居て、私が本を読んで聞せよう。ふさ「ヲヤ嬉しいねへ。もみ「何の本でございますヱ。岑「ァひよくの紫といふ人情本《もの》サ……ふさ「ヲヤそれぢやアはじめツから巻末《しまい》まで読でお聞せなさゐヨ。もみ「ヲホ、、、お房さん、左様お言ひでも、一冊も聞いてお在《いで》の間に寝てお仕まひだらう……（『英対暖語』第八回）
(6)憂事と嬉しきことを睦しく朝夕かたる恋の中裏其中にしもとり別ていと睦しき一構美人の揃ひし二階の風情……是より嬢どもは顔をあらひ、髪を撫上、種々用をなしながら雑談の体と見るべし……●「オヤそれだね昨日よみかけた後を読んでお聞せな。ヨウ後に何ぞ来ると奢るから……■「アレサおゐらも聞たいから読んでおくれヨ後に急度御馳走をするから▲

「もの好きな嬢だノウこれよりか黄金菊の二編目を読うぢやアないかト中本を出す●「マアそれよりか其大きい本をお読なねへ▲「ハイ〳〵左様ならよみませうドレ〳〵ヱ、引何所まで読んだつけかヲ、此条だ〳〵（『春暁八幡鐘』第十七章）

(7)おとよ「オヤそりやア読本とやらだねえ。おろく「あゝ好文士伝と云ふ為永の新作だよ……おとよ「オヤ夫れじやア面白いねえ。姉さん私にも些と読んでお聞せな。おろく「あゝその代り読み賃に嘉喜餅でも焼くなら。おとよ「かき餅でも何でも焼くから。おろく「そしてお茶も拵へるのだよ。おとよ「オヤ大そう高い読賃だねへ。ホ、、、おろく「それだつて読むにやア息が切れるものを。そして当世《いき》な所やまた婀娜な所があると直きに身に引き比べて恍惚《のろけ》たがるから困るよ。それだから余程読賃を余計に為ないぢやア合はないね……（『処女七種』第二十五回）

(8)春水の人情本のスタイルが音読を前提にしていたことは、句読点の切り方に端的にあらわれている。たとえば『春色梅児誉美』第一齣で、米八が丹次郎の隠宅を訪ねるくだり、「わちきやア最《もふ》。知れめへかと思つて胸がどきどきして。そしてもふ急いで歩行《あるひ》たもんだからア、苦しいトむねをたゝき……」の二つの「。」は米八が息を切らしてものをいう様子を模写するための句切りであって意味上の句切りではない。

(9)「……以前の人は声を出して本を読みました。それで一人が読むと他の多くの者が面白く聴き、平がなさへ読めぬ者までが、一同に今いふ文学を味ふことが出来ました。是は文字の教育が普及せぬ以前、人が暗誦をして口から耳へ承け継いで居た名残りと私たちは見て居り

ます」。（柳田国男「女性生活史」㈣、「婦人公論」昭十六年四月）
（10）三馬の滑稽本が可楽の落語と交渉を持つことは周知の通り。なお洒落本と浮世物真似等の演芸との交渉については本田康雄氏「会話体の洒落本の成立に就いての試論」（「国語と国文学」昭三十四年十一月）、合巻と歌舞伎との交渉については鈴木重三氏「合巻物の題材転機と種彦」（「国語と国文学」昭三十六年四月）をそれぞれ参照。
（11）森山重雄氏「江戸小説の問題点」（「国語と国文学」昭三十六年四月）。
（12）「関根只誠翁曰く予が若年の頃髫かに天保十一年の十月頃歟と覚ゆ下谷山下の床店にて為永春水乾坤房良斎と割看板にて書き出しに春水留に良斎真中に世話講談人情話と認めてあるを見たり（中略）春水は訥弁にて是も七十余の老人ゆへ音色も低く誠に聞苦しかりし殊に梅暦を講ぜしかば題と人と相適はず一層索然たる趣ありし（下略）」（春のや主人「為永春水小略伝」「中央学術雑誌」明十九年二月一日）
（13）たとえば「読売」明治十年四月五日、同明治十年四月二十三日。

2

明治初年、なお広範囲にわたって温存されていた、一人の読み手を囲んで数人の聞き手が聴き入る共同的な読書形式は、日本の「家」の生活様式――プライヴァシイの欠如、民衆のリテラシイの低さ、戯作文学の民衆演芸的性格等の諸条件にもとづいていた。ただし、この場合、声に出して読むことは読みものへの欲求を潜在的に持つ複数の聞き手を同時に満足させる有効な伝達手段にはちがいなかったが、そのことは直ちに読み手の側に音読それ自体に興味と関心を集中するだけの強い内的動機が働いていたことを意味するものではない。実語教・往来物の習字に国語学習の目標を置いた寺子屋教育の段階では、文章を読誦し、その律動感に陶酔しうる能力は埒外にあった。文章のリズムを味到する感受性、文章を朗誦し耳から聞くことによろこびを見出す能力の有無は、漢籍素読の体験の有無とかかわってくるのである。

ここで叙述を整理するために「音読」そのものを二つの型――ひとつは伝達手段として、また理解の補助手段としての「朗読」と、もうひとつは文章のリズムを実感するために音吐朗々と誦する「朗誦」――に分けて考えたい。第一の型「朗読」は主として民衆の側に見出され、家族ぐるみの共同的な読書形式に適応性を示す。戯作小説・小新聞の「つづき物」・明治式合巻・講談の速記等の文学スタイルにこれは対応している。第二の型「朗誦」は漢籍の素読を受けた青年達――いわゆる書生の側に特徴的であり、学校・寄宿舎・寮・政治結社等の精神的共同体の内部に叙事詩的な享受の場をつくり出す。これに対応するのは漢詩文・読本・大新聞の論説・政治小説等の文学のスタイルである。以下第一節では触れなかったこの第二の型について大略の見取図を画いてみたい。

士族や地方豪族の子弟は、早いものは五才、おそくも十才前後までに漢籍の素読を始めている。幕末から明治初年にかけて幼少年期を送った人々の例を二三挙げてみると、

植木枝盛（安政四年―明治二十五年）十一才のとき、土佐の藩校文武館に入学し、四書五経の句読を授けられる。（植木枝盛自伝）

森鷗外（文久二年―大正十四年）慶応二年、五才にして藩儒米原綱善について漢籍の素読を受け、翌年津和野藩校養老館に入学する。（年譜）

徳富蘇峯（文久三年―昭和三十二年）八才の時、論語の素読を外祖父から授けられる（これより先、母から大学・論語の手ほどきを受けている）。（蘇峯自伝）

嵯峨のやおむろ（文久三年―昭和二十二年）五才の頃、父から四書の素読を受け、父が上野戦争に参加したかどで入獄してからは、兄と叔父に代り、孟子の二巻まであげる。（嵯峨のやおむろ伝聞書）

幸田露伴（慶応三年―昭和二十二年）七才の時徒士町の金田という漢学の先生について孝経の素読を始め、お茶の水師範附属小学校に入学後も素読を続ける。（少年時代）

正岡子規（慶応三年―明治三十五年）六才のとき論語の素読を始め、八九才の頃外祖父から孟子の素読をうける。（筆まかせ）

田岡嶺雲(明治三年―大正元年)十才頃、父から小学の手ほどきを受け、やがて小学校教師の自宅に通って国史略、日本外史、十八史略等の素読を受ける。(数奇伝)

新学制が明治五年に施行されてからも、父兄の間では漢学尊重の気風が根づよく残っていたから、子弟を小学校に通学させるかたわら、家庭や塾で漢籍の素読を習わせることが多かったらしい。「教師の自宅へ通つて、科外に漢籍の稽古をする事が競争的に行はれた」(『数奇伝』)。幸田露伴は朝暗いうちに起きて、蠟燭の光の下で大声を揚げて復読をすませ、それから登校するのを日課としていた。この厳しい訓練によって露伴は「文句も口癖に覚えて悉皆暗誦して仕舞つて居るものですから、本は初めの方を二枚か三枚開いたのみで、後は少しも眼を書物に注が」[1]ない程に熟達したという。

漢籍の素読はことばのひびきとリズムとを反復復誦する操作を通じて、日常のことばとは次元を異にする精神のことば――漢語の形式を幼い魂に刻印する学習課程である。意味の理解は達せられなくとも文章のひびきとリズムの型は、殆ど生理と化して体得される。やや長じてからの講読や輪読によって供給される知識が形式を充足するのである。そして素読の訓練を経てほぼ等質の文章感覚と思考形式とを培養された青年たちは、出身地・出身階層の差異を超えて、同じ知的選良《エリート》に属する者同士の連帯感情を通わせ合うことが可能になる。しかも漢語の響きと律動に対する感受能力の共有を前提に、漢詩文の朗誦・朗吟という行為が、あたかも方言の使用が同じ地域社会に棲息するもの同士の親近感を強化するように、この連帯感情を増幅する作用を示すのである。

立身出世を夢想して全国から東京に蝟集した青年達は、一旦漢学塾に籍を置くものが多かった。「官学校——陸海軍兵学校、法律学校——へ入学するには漢学の必要があった」（片山潜『自伝』）からである。また漢学塾は賄料が廉かったので、書生達は下宿代りに入塾し、そこから志す学校に通学したのである。[2] 田山花袋は『東京の三十年』で書店有隣堂の小僧を勤めていた少年の頃の想い出に、兄が修業に出ていた漢学塾の窓の下に佇んで「湧くやうな読書の声」を羨しく悲しく聞いたことを記しているが、明治十年代の東京市内には、中村敬宇の「同人社」、三島中洲の「二松学舎」、杉浦重剛の「称好塾」、向山黄村の「黄村塾」、岡鹿門の「岡塾」、芳野世経の「芳野塾」等を始めとして、「漢学の塾は……到る所にあつた」（同上）。「湧くやうな読書の声」はこの私塾ばかりでなく、書生の下宿にも高らかに響きわたっていた。「読売新聞」明治十年三月十三日号の投書に、

　日本の人が在来の書籍を読むのは西洋の様に文法もなくコンマも無くセミコルンも無くフールストップも無く其読声も銘々勝手に奇妙稀代な節をつけウーンヱヱンと志女寿の都々一の様に長いもありヱ、外史氏曰ヱ、外史氏曰ヱ、外史氏曰と一ツことを五度も十度も読もあり中には順礼声どうぞや声祭文かたり声阿房多羅経ごゑなどもあり

明治書生の読書風景（『明治文化史』生活篇より）

万歳が来たかと疑はれるもあり機関の呼立かと思ふもあり是らはまだ〱聞いて辛抱もできるが書生の下宿などでは節々夜る《ママ》人が寝た時分に大声を発して読み他人の安眠を妨げる類は少し心を用ひて貰ひたいもの又読書の仕方は真宗の坊さんがお文を読様に句読をして少し早めに読のがいゝと思はれます。

この書生達のリクリエーションのひとつに愛読する漢詩文や馬琴の読本の吟誦・暗誦があったことはふしぎではない。明治八年、新潟から上京して、大学予備門入学の準備をすすめていた市島謙吉は「其の頃東京の書生社会では馬琴の小説——『八犬伝』や『弓張月』や『美少年録』などを読むことが流行」していて「『八犬伝』中のサワリ文句は多く書生間に暗記され、信乃浜路別れの一節などを暗誦が出来ないと、友人間に何となく肩身が狭く感ぜられた(3)」と回想している。またやや時代は降るが正宗白鳥は年少の頃「馬琴や山陽の文体には快感を覚え、詩を朗吟するやうに音読したりした(4)」という。漢文崩しの格調高い文体で綴られていた政治小説も、馬琴の読本同様愛誦に堪えうる性質の文学であった。とくに要所々々に漢詩を鏤ばめ、華麗な四六調を駆使した『佳人之奇遇』の美文が、ひろく書生達の間で吟誦され、人気を博したことはよく知られている通りである。同志社三百の寄宿生が予習の手を休めて『佳人之奇遇』中の漢詩の朗吟に「引き入れられるやうに聞き惚れる」『黒い眼と茶色の目』に描かれた印象的な場面はあらためて引用するまでもないであろう。また杉浦重剛の称好塾に学んだ江見水蔭が回想しているように(5)、「軟派の小説」には見向きもしなかった漢学塾の書生も『佳人之奇遇』や『経国美談』のスタイルには共鳴し、好んで吟誦したのである。すでに触れたように漢詩文のリズムに対する感受性を共有する書生達のばあい、朗誦や朗吟はパセティックな集団感情を励起するきっかけとなり得る。このような享受の場の原型は『経国美談』や『佳人之奇遇』などの政治小説の名作が現われる以前に用意されていた。田岡嶺雲が土佐自由民権運動の下部組織ともいうべき「社」の内部で「嗚乎三千五百万の兄弟よ」と書き起した国会請願の檄文や、波蘭滅亡の歌などを郷党の青年達が挙って愛吟したと語っているのはその一例である。[6] 政治小説は学校・寮・寄宿舎・私塾・結社等の精神的共同体の内部で集団的共同的に享受される方式を通じて、自由民権のムードを昂揚させる触媒としての役割をヨリ有効に発揮しえたはずである。そしてそれは公衆の面前で朗誦された叙事詩の享受方式に近い性質を帯びてくるのである。

(1)幸田露伴「少年時代」全集第二十九巻、二八〇頁。
(2)漢学塾の実態は片山潜『自伝』、安部磯雄『社会主義者となるまで』、篠田鉱造『明治百話』等にくわしい。
(3)市島謙吉「明治文学初期の追憶」(「早稲田文学」大十四年七月)。
(4)正宗白鳥「昔の日記」(「近代文学」昭二十一年一月)。
(5)江見水蔭『自己中心明治文壇史』二九頁。
(6)田岡嶺雲『数奇伝』五八頁。

3

『孤独なる群衆』の著者として知られるD・リースマンはコミュニケイション史の観点

から文化の発展段階を三つに分けている。[1] 第一には口話コミュニケイションに依存する文化、第二は印刷された文字のコミュニケイションに依存する文化、すなわち活字文化、第三はラジオ・映画・テレビ等の視聴覚的メディアに依存するいわゆる大衆文化である。リースマンの問題意識は活字文化によって形成された内的志向型《インナーデレクテイッド》の人間にかわって、映画・テレビ等の映像文化によって鋳出された他人志向型《アザーデレクテイッド》の人間が登場する過程の追求にその焦点が合わされているのであるが、さしあたりここでとり上げたいのは、彼が第一と第二の過渡期、活字が口話コミュニケイションを複製する手段として併用されていた時代を考えているということである。

リースマンはピューリタニズムとの関聯において黙読の習慣の成立を把えようとする。印刷術の発明された十五世紀から、ピューリタニズムのもとに個人的、内面的な読書の方式が一般化する十八世紀までは、活字文化の前期ないしは準備期として規定されるのである。「じつにグーテンベルグが出た後でさえ、現代の読書の方式が一般化するまでには長い時を要した。書物は独りで読まれる時ですら、声をあげて朗読された。そのことは文字が発音通りに自分勝手に綴られた(ジョンソン博士の辞書が正字法を統一するまでは)ことにも示されている。印刷された行をななめに、頭を梭のように素早く動かしながら、黙ったままで脚光を浴びない《アンイルミネーテイッド》内密な読み方をすることを学んだのは——これはいかにも彼等然としている——清教徒《ピューリタン》である。このように比較的時代がくだってから始めて印刷された書物が外への扉と同じく内への扉を開いたのであり、他人の存在という喧騒から孤独へと人を誘ったのである。(2)」黙読によって書物が享受される時代に、音読の習慣が卓越する時代が先行することは、リースマンのような社会学者ばかりでなく、読者層の問題に関心を寄せる文学史家の側からも指摘されている。たとえばイギリスのばあい、エリザベス時代には、詩はもちろん、散文でさえ朗読による実演を顧慮して書かれたのであり、活字の機能を完全に駆使した文学のスタイル——散文の小説は、十八世紀初頭ジャーナリズムの発生とともに漸くその姿を現わすのである。(3)一方、十七世紀には読書といえば、それは殆ど例外なく声に出して読むことを意味していた(句読点の切り方は構文ではなく、発声にもとづいていた)。(4)またドイツのばあい、父親や母親が、子供達に本を朗読して聞かせている場面は、市民の家庭風景を描いた十八世紀の通俗画が好んで取扱う画題のひとつであったという。(5)

日本のばあい、活版印刷術の移入に先立つ木版整版印刷の期間が、ほぼこの音読の時代に対比しうると考える。そして活版印刷と木版印刷との交替期にあたる明治初年は、リースマンのいう口話コミュニケイションの段階から活字コミュニケイションの段階への過渡期、それもその最終期であったと規定されよう。印刷された文字は自律的な媒体《メディア》としての機能を充分に発揮しえず、口話コミュニケイションの複製ないしは再現の手段としての役割をなお兼帯していた時代なのである。このことは、いいかえるならば、活字が個人的なコミュニケイション様式として作用する一方、家族共同体・地域共同体・精神的共同体等、集団を単位とするコミュニケイション様式として作用する場合も少なくなかったことを意味している。家族共同体における戯作小説や小新聞、地域共同体における新聞解話会、精神的共同体における政治小説は、それぞれこの集団的・共同的な享受方式のあり方を典型的に示しているものであろう。

この音読から黙読へという享受方式の移行過程を、同時代人のひとりとして、大まかながらかなり正当に認識していたのは坪内逍遥である。明治二十四年四月「国民之友」誌上に掲載された「読法を起さんとする趣意」はいわば逍遥の文学的経歴の曲り角——小説改良から演劇改良へ——で書かれた論文であるが、ここで注目したいのはその文学享受の理論としての性格である。

逍遥はこの論文の冒頭で、上古の時代は印刷術も無く用紙も乏しく著作の流布に困難をきわめたために「朗誦朗読の必要」が起ったと述べ、ホーマーやヘロドタスの名を挙げつつ「節奏文」(韻文)が「無調の文章」(散文)に先立って現われたのは、この朗読という発表形式と関聯していると説明する。続いて逍遥は自問自答の形式をかりて論をすすめながら、現代は上古とは異なり、教育が普及し、印刷術が発達した結果、「一篇の文章の忽ち化して数万の印刷物となり同時に億万人に黙読せらるる世」になったとし、「昔人こそ耳をもて他人の作を読みもしたりけめ今人は目もて読み得べき便宜を得」ている以上、学習の方法、あるいは他人への伝達の手段として理解されていた従来の朗読法が、無意義なものに化しつつあることを指摘する。ここで逍遥は「人性研究法」の一端に応用しうる新しい読書術＝「論理的読法」を提唱するのである。その原則は「文章の深意を穿鑿し(批評《クリチシズム》)否むしろ其文の作者若くは(院本ならば)其人物《カラクタル》の性情を看破し(解釈《インタルプリテーション》)自家みづからが其作者若くは其人物《カラクタル》に成代りたる心持」で読むことにあり、それは音読の際はともかく「黙読の際には必ず用ゐざる可」からざる原則なのであった。この原則の上に立って表現過程に重きをおくものが「美読法」である。それは黙読による享受方式が支配的になる大勢を前提に、今まで習慣化していた享受方式である朗読を一旦否定し、あらためてそれを演劇的表現につながる朗読法として再生させたものなのである。したがって、それは「原作者の本意をして朗読の間に活動せしめ」るものでなければならず、「文の情と相応相伴して緩急の句読(pause)に注意し声の抑揚高低弛張(emphasis)に注意し哀傷奮激等の情を其声の色にあらはさんとする心得」を必要とする(「美読法」を適用しうる文章として逍遥は言文一致の文章と「傑作」の脚本をあげている)。形式から入って内容に到達する

「素読」とはまさに逆の行き方なのである。

この「論理的読法」は文章の形式美の翫味よりも、形象の把握に力点を置いているかぎりで、正当な散文享受の姿勢を読者に示唆しているものといえよう。また作者ないし作中人物に同化して、その思想・感情を追体験する「論理的読法」に堪えうる文学作品は、当然のこととして、作者の強靭な自己表現の意欲に貫かれた厳しい性格造型が要請されなければならない。逍遥は期せずして「近代」の小説読者の享受態勢を規定していたわけである。では現実に明治二十年前後の文学近代化の動きと、読者の享受相の変革とはどのようにからみ合い、又切り合っていたであろうか。

(1)D. Riesman; *The Oral Tradition, the Written word, and the Screen Image*. 1955; *Books-Gunpowder of the Mind*. (Atlantic Monthly 1957. 2 所収「アメリカーナ」誌に邦訳あり)
(2)*The Oral Tradition, the Written word, and the Screen Image*. 1955.
(3)I. Watt; *The Rise of the Novel*. 1957. p. 190.
(4)Q. D. Leavis; *Fiction and the Reading Public*. 1932. p. 218.
(5)L. L. Schucking; *The Sociology of Literary Taste*. Eng. tr. 1944. p. 72.

4

明治二十二年四月、新著百種の第一編として刊行された紅葉の出世作『二人比丘尼色懺悔』をめぐる数々の批評の中に、翌五月京童子と名乗る一投書家が「出版月評」に寄せた文章がある。京童子は『色懺悔』の文章を「古雅の分子その多分を占めいくたびもくりかへし読む程にますますその味はひの深さを覚ゆ」と称揚したあとで、「左れど文章きれ〴〵の句多く之を読むをり口に上りかぬるは遺憾なり因より小説は謡にもあらず浄瑠璃にもあらねどさらばとてかゝるきれ〴〵の句のみにては誦読の際読者に快楽を与ふること少かるべしと思ふなり」と幾分かの不満を洩らしている。「文章きれ〴〵の句多く」という印象は短句を矢継ぎ早にたゝみかけてゆく紅葉新案の文体に対する反撥と思われるが、それは小説の文章が「誦読の際読者に快楽を与ふる」ものでなければならないとする認識を前提にしている。

ここに現れているのは音読による享受方式と不可分に結びついた文章感覚である。文章の形式美のみを切り離して心ゆくまで翫味しようとする鑑賞の姿勢である。このような姿勢は文章の向う側にある観念と形象の動きを迅速的確に捕捉する読解作業へと導くものではない。そしてまたこの種の文章感覚に対して適性を発揮する文章は、単純透明な表現を志向する散文ではなく、たぶんに韻文的装飾を凝らした美文でなければなるまい。京童子のばあい、「小説は謡にもあらず浄瑠璃にもあらず」と言いながらも、じつは小説の文章の軌範をこれらの語りものの線に引寄せて理解していることは明瞭であろう。当時の常識を代入するならばそれはほぼ「流麗を固有とした」馬琴の文章に相当するはずである。

『色懺悔』の雅俗折衷体にすら不満を抱いた京童子のごとき、保守的読者が言文一致体で書かれた小説に接してその「格調の乏しき、韻律の欠如」に反感を持ったことは想像に難くない。言文一致運動の主唱者のひとり山田美妙は、機会あるごとに、文章のリズム(彼の用語では「語調、声調、音調」)の問題をとりあげ、このような読者の素朴な反感に対して弁駁を試みている。その反論は二つの方向からなされた。一つは散文を韻文のように読む鑑賞方式への批判であり、もう一つは韻文のリズムとは異質な次元に立つ散文のリズムの確認である。美妙の言文一致論が包含するこの一種の読者論は、明治二十年前後における作者対読者の関係を側面から明らかにすることになるだろう。

明治二十年六月に執筆されたという『贋《にせ》金剛石』序文の中で美妙は夙くも新らしい鑑賞方式の提唱を試みている。すなわち、従来わが国で書物の「読方」と「通常の談話態《はなしぶり》」とが別途に考えられていたのは誤りで、この言文一致体で書かれた小説は「通常の談話態」

に従って読んでほしい。その方が面白く読まれるというのである。この朗読法の改良意見は「言文一致論概略」(「学海之指針」明二十一年二月〜三月)でさらに周密を加える。美妙は古文の優美な音調を盾に取って俗文の陋しさを責める非言文一致論者の批難は謬っている。それは「音調を主眼」とする詩歌を基準として文章を考えているもので、文章は「音調を主眼」としないと説き、ついで「俗文は口で言ふ儘に書き倣してある物」だから「日常の会話のやうに読むのが当然」であるとする。このような鑑賞方式改良の主張は「文と語調」(「以良都女」明二十二年十二月〜二十三年一月)のやや混濁した解説を間にはさんで、「吾々の言文一致体」(「しがらみ草紙」明二十三年五月)において、韻文リズムとは異なる散文リズムの確認へと発展する。この論文は直接には鷗外の「言文論」への反論として書かれたものであるが、彼が言文一致の原則として掲げた十三ヶ条の中、最後の三ヶ条が散文リズムへの言及を含んでいて注目される。

(十一)　文を誦して渋つて其意を尽さぬのは渋滞です。文を称して渋らず其意を尽し得るのは不渋滞(仮称)不渋滞と楽調とは猶異なるべきものです。

(十二)　其情を尽しても其声は必ずしも楽調ではありません。不渋滞で真意は誦しても猶楽調ではありません。

(十三)　散文から起る発音(読誦)の最上は不渋滞です。韻文から起る発音(唱誦)の最上は楽調です。

美妙は読者の享受過程に立脚して散文のリズムを規定しようとする。読者の内面において「意」が理解され、「情」が喚起される、(意を尽し、情を尽す)ためには、誦読という行為の円滑な進行(誦して渋らず)が必要にして望ましい条件なのである。読誦のつまずき(渋滞)は理解を鈍らせ、感動を妨げる。そのような躓きをもたらさない、文章の流れ、なめらかさ、一定の歩度、そこに美妙は散文リズムの徴表(不渋滞)を求めようとする。つまり散文のリズムは「意」及び「情」を濾過するフィルタアの問題として処理されているのであって、「意」及び「情」のさまざまな様相に応じてそれ自身微妙な変化を遂げる有機体としては把えられていない。(2) このような内容形式を統一的に理解することなく、別箇に切り離して考察する態度は、日本の詩の律格について少なからぬ創見を披瀝した『日本韻文論』にさえ現われている。内田魯庵が『韻文論』に加えた批判「美妙は詩に声調ありと説て声調を起すの想なるものありしを知らず」(「詩弁—美妙斎に与ふ」「国民之友」明二十四年一月三日)は、詩と韻文の定義をめぐっての誤解が双方にあるにしても、美妙の理論的欠陥を衝いたものとして正当であり、二、三の語を組替えるならば、これは散文リズムの規定の不完全さを指摘したことばとしても有効である。

言文一致論に対し傍観者的態度を持していた鷗外ですら「夫れ韻文は之を歌ひ之を誦せ

むために作るものにて猶耳に待つことあり散文は読ませむためにて唯、目と心に待つのみ」(「言文論」)といい、散文が原則的には黙読によって享受されるべきであるという理解に達していたのだが、美妙は必ずしも音読への拘泥から脱し切れていたわけではなかった。美妙のいう「読む」は「吟ずる」と対立する概念ではあっても、黙読を意味していなかったことは、「文と語調」に見る通りであった。すくなくとも美妙のばあい、散文のリズムは読者の「声」の問題に外ならなかったのである。

言文一致体の文章が「話コトバを用いて書く」、あるいは「話コトバのまゝに書く」という意識から転じて、「話すように書く」という意識のもとに創出されたとき、いいかえれば言文一致体の「言」が「話コトバ」一般ではなく、作者の主観を潜りぬけ、作者固有の口調を帯びた「話コトバ」に限定されたとき、それは始めて近代の小説文体としての資格を獲得したのであった。[3] 作者は韻律や格調の粉飾を洗い流して、彼じしんのいわば「裸の声」でじかに読者にむかって語りかける。それは作者の個我の自覚、内面の衝迫が要求し、選び取った方法でなければならない。このばあい、散文のリズムが読者の「声」の問題としてよりも、先ず作者の「声」の問題として提起されたのは当然であろう。このような問題意識は逍遥から二葉亭へとつらなる系列のうちに辿ることができる。そして二葉亭の『浮雲』や『あひびき』が、鑑賞方式の改良をこちたくあげつらった美妙の実作以上に読者に対して享受の姿勢の変革を迫る実効性を具えていたことは、文学史上の一つの皮肉《イロニイ》といえるかもしれない。

(1)山田美妙「馬琴の文章略評」(「新小説」明二十二年四月十日)参照。

(2)ハーバート・リード『散文論』参照。「リズムはもっとも深いものだ。リズムは語によってではなく思想によって生れ、思想に伴う本能と情緒との何らかの集合によって生れる。思想が生ずると同時にリズムが或る形をとる」(田中幸穂氏訳同書、二六頁)。

(3)阪倉篤義氏「『話すやうに書く』といふこと」(「国語国文」昭三十二年六月)参照。

5

高瀬文淵君には、私は二十五年頃いろいろ御世話になつたが、その文淵君の口から、私は二葉亭氏の偉い人格であるといふことを常に聞いた。『君長谷川君には是非一度逢つて置きたまへ。日本には実に珍らしい人物だ』かう言つて、文淵君は『浮雲』第三編の『都の花』に載せられたあたりを、節のついたおもしろい調子で読んで聞かせて呉れた。(「二葉亭四迷君」坪内逍遥、内田魯庵編『二葉亭四迷』)

田山花袋が二葉亭を回想した文章の一節である。文淵は花袋が『東京の三十年』の中で、

「氏から鼓吹された文学的感化は、それは実に予想外に深かつた」と語っている人物であるが、ここでは文淵が花袋に、二葉亭の『浮雲』を「節のついたおもしろい調子」で朗読して聞かせていることに注意したい。文淵には「散文小説は尚高座の講談の如きか。其情激揚して演者或は詩中の人となることはあれども、其性質たる到底談話の領域を脱せざるを奈何せむ」(「文学意見」)というような見解があり、明治二十六年に発表した言文一致小説『若葉』を、花袋に読んで聞かせたことがあったという。

このエピソオドは、ふつう黙読によって『浮雲』を読み慣わしている私たちに、ある示唆を与えてくれる。『浮雲』という作品は、高座で語られる人情噺のイキで、うけとめるのが本来の読み方なのではあるまいか。すくなくとも『浮雲』の文体が、語る文体、声を伴った文体であることを、もういちどあらためて確認する必要がありはしないか。

十川信介氏は、「『浮雲』の世界」(「文学」昭四十年十月)で、円朝ないし落語の形式に付随する「語り」の要素が、『浮雲』の前半に持ちこまれている徴表として、(イ)作者が直接作中に顔を出し評を下す、(ロ)話の段落に作者が出て来て挨拶する、(ハ)読者に共感を求めたり、呼びかけたりする感動詞の多用、の三点をあげている。『浮雲』の前半では、作者は「冷やかな傍観者」であり、それ故に「当事者に成り変つ」て、読者に挨拶したり、説明を加えたりする「演技」、作中人物に扮する「演技」が必要だったというのだ。

	地の文の行数	擬声語・擬態語の数	十行につき擬声語・擬態語の数
浮雲第一篇	587	140	2.4
〃 第二篇	754	144	1.9
〃 第三篇	634	65	1.0
武蔵野	148	7	0.5
胡蝶	199	12	0.6
牡丹燈籠 1〜8 回	243	71	2.9

いずれも岩波文庫版による．ただし『浮雲』は旧版．『胡蝶』・『怪談牡丹燈籠』は 43 字詰．『浮雲』は 42 字詰．

しかし、十川氏が触れなかった「語り」の徴表として、もうひとつ、『浮雲』における擬声語・擬態語の多用をあげておかなければならない。たとえば第一回で文三が園田家に到着するところの文章である。

高い男は玄関を通り抜けて縁側へ立出ると、傍の坐舗の障子がスラリ開いて、年頃十八九の婦人の首、チョンボリとした摘ツ鼻と、日の丸の紋を染抜いたムックリとした頬とで、その持主の身分が知れるといふ奴が、ヌツト出る。

いうまでもなく、擬声語・擬態語は、音声表象をかりて、対象の実態を感覚的に伝達しようとするときに選ばれることばであって、それは文章よりも、はなしことばの中にとり入れられたときに、より効果的に作用する。円朝の『怪談牡丹燈籠』でお露の亡霊が出現するサワリの部分で、駒下駄の「カランコロン」の響きが、妖異の雰囲気を巧みに誘い出す効果を発揮していることは、よく知られているとおりだ。『浮雲』は『牡丹燈籠』ほどではないが、同時代の言文一致小説の中では擬声語・擬態語の頻度が、きわめて高いのである。

『浮雲』の第一篇から第三篇にかけての擬声語・擬態語の頻度の減少は、十川氏のいう傍観者から共犯者へという、作者の位置の転回と呼応している。しかし、第三篇でさえ、美妙の『武蔵野』や『胡蝶』にくらべれば、擬声語・擬態語の頻度は高いのである。

山田美妙は言文一致体小説の第二作『風琴調一節』(「以良都女」明二十年七月〜九月)の「緒言」で、「一口に言へば円朝子の人情噺の筆記に修飾を加へた様なもの」と述べている。また第一作の『嘲戒小説天狗』(活版非売本我楽多文庫、明十九年十一月〜明二十年七月)では、登場する小説家が「落語家仕入か乃至は焼直の小説をエンヤラヤツと作て本屋をおだて込み」というように戯画化されていた。たとえば『武蔵野』のつぎの個所が、「円朝子の人情噺の筆記に修飾を加へ」たところに趣向があることは、明瞭であろう。

目をねむツて気を落付け、一心に陀羅尼経を読まうとしても(口の上にばかり声は出るが)、脳の中には感じが無い。「有に非ず、無に非ず、動に非ず、静に非ず、赤に非ず、白に非ず……」其句も忍藻の身に似て居る。

これに呼応する個所は、『牡丹燈籠』の第八回にある。

……萩原は蚊帳を釣て其中へ入り彼の陀羅尼経を読まふとしたが中々読めなひ嚢謨婆

誐嘞帝嘞囉駄囉、娑誐囉捏具灑耶、怛陀孽多野怛儞也陀唵素嚕閉、跋捺囉嘞底暱誐嚇

阿左跛隷、阿左跛隷、なんだか外国人の譫言のやうで訳がわからない……

この呼応は、美妙が言文一致の文体を創始するにあたって、二葉亭と同じように、円朝の口演速記を下敷にしたことを物語るひとつの傍証であるが、美妙のばあい、高座から聴衆に語りかける円朝の姿勢が、文体そのものの中に取りこまれているとは、必ずしもいえないのだ。「妶にチト艶いた一条のお噺があるが、之を記す前に、チョッピリ孫兵衛の長女お勢の小伝を伺ひませう」(第二回)というような『浮雲』に見る作者の挨拶めいた語り口は、美妙の言文一致体小説では、意識的に切りすてられている。そのことは「通常の談話《けなし》態《ぶり》の様に読」(『贋金剛石』序)む読み方を、読者に要請した美妙の態度とかかわっていると考える。そのかぎりで『胡蝶』や『武蔵野』は『浮雲』の第一篇に見るような戯作調の残存をまぬがれているのである。

しかし、じつは二葉亭が美妙よりも一層忠実に、円朝の語り口を取りいれようとしたところに、『浮雲』後半の緻密な内面描写が約束されることになったのだ。十川氏は前半の戯作調にやや否定的な評価をくだしているが、二葉亭が『浮雲』後半の文体を獲得するためには、円朝の語りの形式を、通過することが前提とされなければならなかったのである。

鶴見俊輔氏は、円朝の文体の特色を「明治以後の文章語の世界では失われることの多かった『身ぶりとしての言語』」に求めている。(1)たとえば『真景累ケ淵』で按摩宗悦が、深見新左衛門の肩をもむ条りで、言葉として状況からきりはなしてしまえば、それほど指示機能を持たぬ「こんな」「この左の肩」というような粗雑な言葉が、一回的、特殊的な状況の中にたくみにはめこまれたときには、魔力をふるって、その状況の特殊な実質に手をふれさせるというのである。先に触れた「カランコロン」の駒下駄の音が、亡霊のイメエジを喚起する一種の身ぶりとして、鶴見氏によって指摘されていることはいうまでもない。また『塩原多助一代記』の多助と青の別れの場面では、「くりかえし、しどろもどろのくどいくどきかたが、かえって、人間には誰一人もってゆきどころのない主人公の悲しみの実質をそのままつたえる」というのである。

R・P・ブラックマーは、『身ぶりとしての言語』のなかで、『ハムレット』の「ながらうべきか……」の独白にある〈眠ること〉という言葉のくり返しが、〈死ぬこと〉のくり返しと呼応しながら、言葉そのものの意味より、「身ぶり」そのものとして、観客に不安と戦慄を喚起するといっている。この『ハムレット』の独白に見る「身ぶり」や、『塩原多助一代記』の「身ぶり」をおもわせるものが、『浮雲』の前半に現われていることに注意したい。

それよりかまづ差当りエート何んだツケ……さう〳〵免職の事を叔母に咄して……嘸《さぞ》厭な顔をするこツたらうナ……しかし咄さずにも置かれないから思切ツて今夜にも叔母に咄して……ダガお勢のゐる前では……チョツゐる前でも関はん、叔母に咄して……ダガ若し彼娘《あれ》のゐる前で口汚くでも言はれたら……チョツ関はん、お勢に咄して、イヤ……お勢ぢやない叔母に咄して……さぞ……厭な顔……厭な顔を咄して……口……口汚なく咄……して……アア頭が乱れた……（第四回）

お政に失職を打ち明けようとする決意と、お勢の軽蔑を買いはしまいかという危惧とが、文三の心中で葛藤している。この葛藤は、「叔母」と「お勢」という言葉が、交互にくり返しあらわれることで直接的に表現される。言葉の中絶は文三の躊躇と不決断を、言葉の反復はその執着と拘泥を、長句から短句への推移は、思考のテンポの変化を、それぞれ実感させる。これは表象と観念のモザイクによって、文三の内面風景を再現しようとする分析的な心理描写の手法ではなく、懐疑し、逡巡する文三の心理的起伏を、言葉の抑揚、テンポ、リズム等の直接的、実態的な効果を駆使して、読者の感情の共振を喚起しようとする、いわば言葉の「身ぶり」を最大限に活用した手法なのである。この手法をさらに発展させた作品としては、広津柳浪の言文一致体小説『残菊』（明二十二年十月）があげられるだろうし、いささか芝居がかってはいるが、『金色夜叉』の熱海海岸の場面で、貫一が執拗にくりかえす「今月今夜」のセリフも、この手法の一変種といえるだろう。音読よりも黙読に馴れた私たちのばあい、この手法には拒絶反応ができあがってしまっている。

もうひとつ、第九回から実例をあげる。

無念々々、文三は恥辱を取ツた。ツイ近頃《ちかごろ》と云ツて二三日前までは、官等に些とばかりに高下は有るとも同じ一課の局員で、優り劣りが無ければ押しも押されもしなかツた昇如き犬自物《いぬじもの》の為めに恥辱を取ツた、然り恥辱を取ツた。シカシ何の遺恨が有ツて、如何なる原因が有ツて。

想ふに文三、昇にこそ怨はあれ、昇に怨みられる覚えは更にない。然るに昇は何の道理も無く何の理由も無く、恰も人を辱しめる特権でも有てゐるやうに、文三を土芥の如くに蔑視《みくだ》して、犬猫の如くに待遇ツて、剰へ叔母やお勢の居る前で、嘲笑した侮辱した。

ここには本田昇から侮辱されて、憤懣を鬱積させ、内攻させている文三の心理が、彼の内語をなぞって行く語り手の声によって増幅されている。それは「何の遺恨が有ツて、如何なる原因が有ツて」、「嘲笑した侮辱した」のくり返しに、端的にあらわれているといえよう。この文三の内語と軽妙な揶揄の調子をこめた作者の声を重ね合わせる手法によって、『浮雲』後半の心理描写は奥行きを加えているのである。

円朝がさまざまな登場人物を、その身分、性格、おかれている状況に応じて高座で演じ分けて見せたように、二葉亭は文三の内面の声、内面の劇を演じてみせる。第二篇における昇対文三、お勢対文三の生彩に富む応酬も、このような二葉亭の演技者的役割から、導きだされたものなのである。

ここで思い合わされるのは、外国語学校におけるグレイと二葉亭の出会いである。グレイのロシア文学の朗読は、「身振声色交りに手を振り足を動かし眼を剝き首を掉つて其脚色の光景を髣髴せしめ」たという。(2)グレイがその肉体をかりてじかに再現したロシア文学の人間像が、二葉亭の文学に及ぼした影響の深さについてはあらためて説くまでもあるまい。グレイの朗読に感銘した二葉亭は、本を借りて帰り、おもしろい一節々々を黙読してみたが、「ノヴエルチーがなくなつた為かも知れぬが教師が読んだ時程興味がなかつた」(「予の愛読書」)という。「予の愛読書」ではこれにつづけて義太夫も上手な太夫が活かして語ったのはおもしろく、下手な太夫が殺して語ったのは詰らぬと述べているが、教場から帰って黙読する二葉亭の耳は、なおグレイの声の残響を聞くかのように感じながら、彼じしんでは、それを完全に再現しえぬもどかしさにとらわれていたのではなかったか。

二葉亭が円朝の噺から学びとった「身ぶりとしての言語」は、たぶんこのグレイの朗読を絶えず想起することによって、『浮雲』の文体のなかに生かされたのである(美妙はこのような文学体験を持たなかった)。

はじめ「だ」調で言文一致体小説を書いた美妙は、短篇集『夏木立』の出版後、「です」調に切りかえる。「だ」は下流にたいする語法で、語気が荒っぽく感じられるので、「です、ます」の中流の語法をえらんだというのであるが、「です、ます」は語り手の位相は定まっても、語り手が作中人物に同化し、語り手の声と作中人物の声とを重ね合わせることによって、心理的起伏の微妙な推移を立体的に再現する方法は望めなくなる。美妙はこの陥穽に気づかなかった。あるいは二葉亭のような内面的リアリズムを不得意とした美妙が、おのずから選んだ道であったかもしれぬ。

一方、二葉亭に課された課題は何であったか。グレイの朗読にしても、円朝の噺にしても、複数の聴衆を対象に演じられた声だったわけで、福田恆存がいうようにかれらの語り口を学んだ『浮雲』は、深刻な内面心理を語るばあいに、「読者と共通の場でたがひに顔を見合せながら明るみのうちに話を進めねばならぬとすれば、作者はどうしても事実から逃げて、それを滑稽めかして語」(『批評家の手帖』)らなければならなくなるのである。この滑稽めかした声、演技された声、誇張された声は、ツルゲーネフの翻訳『あひびき』では影を潜めることになるだろう。

(1)同氏「円朝における身ぶりと象徴」(「文学」昭三十三年七月)。

(2)グレイの朗読は「自家みづからが其作者若くは其人物《カラクタル》に成代りたる心持」で読まねばならぬとした逍遥の「論理的読法」に対応している。

6

二葉亭は「予の愛読書」の中で、散文のリズム(文調)に触れてつぎのように語っている。「日本文で文調を出したいと思うて、文章を書く時には文調が恐ろしく気になつた」。この「文調」は美妙が「吾々の言文一致体」で「声調の便利が新語格よりも旧語格の方に備つている」と述べた際の「声調」とは意味合いを異にしている。二葉亭にとって日本在来の文章(美妙のいう旧語格)の文調は「どうも変化が乏しく抑揚頓挫が欠けているやうに忠はれ」(同)たのであった。このような認識はグレイの朗読から知ったゴンチャロフの「文調」の魅力にもとづいている。美妙のいう「声調」が外在的リズムであったとすれば、二葉亭の求めた「文調」は作者の詩想と密着した内在的リズムでなければならず、グレイの朗読が増幅してみせたゴンチャロフの「文調」はその具体的な実現なのであった。

文章によつては或程度までは朗読の巧拙に拘らず文章其物の調子があつて、従て黙読をしても其者に調子が移つて、どんなに殺して見ても調子丈けは読む者の心に移る文

章がある。（同）

ここには音読によってはじめて顕在化するのではなく、黙読によっても触知しうる散文リズムの隠微な形式が示唆されている。それが読者の内面にもたらす共振作用に、二葉亭は文学の観念と形象へと導く具体的な手がかりを見出したのである。二葉亭が翻訳にあたって露西亜文学の「文調」を日本文をかりて「再顕《レプロデユース》」することに、苦心経営したゆえんもここにある。

> 艶麗の中にどつか寂しい所のあるのが、ツルゲーネフの詩想である。……彼の小説には全体に其気が行き渡つてゐるのだから、これを翻訳するには其心持を失はないやうに常に其人になつて書いて行かぬと、往々にして文調にそぐはなくなる。……実際自分がツルゲーネフを翻訳する時には、力めて其の詩想を忘れず、真に自分自身其の詩想に同化してやる心算であつた……（「余が翻訳の基準」）

二葉亭はツルゲーネフの詩想に同化する、すなわち逍遥の「論理的読法」を異国の文学に応用する困難な作業とともに、「変化に乏しく抑揚が欠けている」日本在来の文章にかわって、ツルゲーネフの「文調」を「再顕《レプロデユース》」しうる柔軟にして繊細な文体を創出するというきわめて大胆な実験を自らに課したのである。この実験の成果は同時代の読者によってどのように迎えられたであろうか。『あひびき』について語った蒲原有明のことばに拠って考えてみたい。

有明にとって『浮雲』は読みづらく重苦しい調子の作物であったが、それとは対照的に『あひびき』の透明で音楽的な「インプレッシオン」は「到底忘れることは出来ない」ものであった。

そのころは未だ中学に入りたてで、文学に対する鑑賞力も頗る幼稚で『佳人之奇遇』などを高誦して居た時代だから、露西亜の小説家ツルゲーネフの翻訳といふさへ不思議で、何がなしに読んでみると巧に俗語を使つた言文一致体――その珍らしい文体が耳の端で親しく、絶間なくささやいて居るやうな感じがされて、一種名状し難い快感と、そして何処か心の底にそれを反撥しやうとする念が萌して来る。余りに親しく話されるのが訳もなく厭であつたのだ。（「『あひびき』に就て」『二葉亭四迷』所収）

「耳の端で親しく、絶間なくささやいて居るやうな感じがされ」たという有明の反応は、「黙読をしても、其者に調子が移つて、どんなに殺して見ても調子丈けは読む者の心に移る文章」を目標に定めて、詩想に密着した文調の再現をめざした二葉亭の意図とほぼ正確に対応している。有明は作者と読者の内密な交流がもたらす快よい戦慄とかすかな反撥について語る。読者は他人を交えることなく孤独で作者と向い合い、かれが囁やく内密な物語に耳を傾ける。このような秘儀に参与する資格を許された読者こそ、「近代」の小説読者ではなかったろうか。有明の回想では触れられていないが、この作者と読者の心理的距離が消失する感覚をつくり出した要件として、『あひびき』の視点が「のぞき」という、一人称のうちでももっとも刺戟的な効果を持つ視点であったことをつけくわえておきたいと思う。作者とともに密会の場面を覗きみる読者は共犯者の立場に身を置くように仕組まれているのである。初期の言文一致体の小説は事件を作者じしんの口を通して読者に語りかける一人称の形式をとったものが多いが、美妙の『ふくさづつみ』にしても、嵯峨の屋の『初恋』にしても、柳浪の『残菊』にしても身の上話もしくは懺悔譚の素朴な体裁に従っていて、『あひびき』の精妙な視点とは格段のひらきがある。たとえば『初恋』のばあい末尾に近く「嗚呼皆さん」という呼びかけ語が端的に示すように炉辺を囲んで老人の懐旧談に聞き入る数人の聴き手が想定されているわけであるが、『あひびき』の視点は、本来的に黙読する孤独な読者を要請しているのである。

有明が幼稚な鑑賞力で高誦したという『佳人之奇遇』は美妙が排斥した「吟ずる」読み方で読まれたのであった。それは蘆花が『黒い眼と茶色の目』でいきいきと描き出しているように、学校・寄宿舎・私塾・政治結社等の精神的共同体の内部で集団的・共同的に享受された。このような享受の場は自由民権運動の敗退とともに失われて、享受の単位は家庭ないしは個人に縮小する。美妙が読者に要請した「通常の談話態《はなしぶり》」のように読む読み方は『小説神随』が提示した「親子相ならびて巻をひらき朗読するに堪へ」る改良された戯作、その具体的実現としての硯友社文学に対応するであろう。新聞小説であり、家庭小説である。硯友社文学の優勢のまえに『あひびき』の読者が少数者であったことは否むべくもない。しかし、近代読者の系譜はじつにこの少数者の中から辿られる。それは漢文崩しの華麗な文体のリズムに陶酔して政治的情熱を昂揚させる書生達でもなく、雅俗折衷体の美文を節面白く朗読する家長の声に聞き入る明治の家族達でもない。作者の詩想と密着した内在的リズムを通して、作者ないしは作中人物に同化を遂げる孤独な読者なのである。『佳人之奇遇』の読者の類型が、その朗誦に自習のペンを休めてうっとりと聞き惚れる同志社三百の寮生の姿(『黒い眼と茶色の目』)に求められるとするならば、『あひびき』の読者は本を小脇に林の中を逍遥しながら自然のささやきに耳かたむける孤独な読者なのである。

有明に加えてもう一人の『あひびき』読者の姿を記しておこう。

「片恋」は「うき草」ほど私を打たなかつたが、その中の「あひびき」の自然描写はこれがまた私には驚異であつた。こう云う自然そのものの足音や、ささやきまでも聴きとれるやうな、美しい描写は、とうてい人間わざとは思われなかつた。私は、その頃としては思ひ切つた美装の「片恋」をかかえて、中学の裏手のお寺へつづく林の中を、ひる休みに独りでよく彷徨した。そして自分をツルゲーネフの作中の人物になぞらえ、始業のラッパの鳴るまで、夢見るような気持ですごした。（青野季吉「明治の文学青年」）

大正後期通俗小説の展開——婦人雑誌の読者層

1

昭和改元を目前に控えた大正十五年十二月、大宅壮一は文芸評論の処女作「文壇ギルドの解体期」を「新潮」に発表した。いわゆる円本時代の開幕と時を同じくして書かれたこの論文は、プロレタリア文学の擡頭と文学の大衆化現象とを等分に睨み据え、大正文壇の死期を宣告してみせた巨視的な文壇論であった。彼は大正文壇の特質を規定して、徒弟制度によって支えられたギルド組織であるとし、このギルドを崩壊させた内部要因のひとつに婦人雑誌の進出を数え上げている。(1)

欧州戦争勃発後洪水の如く押寄せて来た好景気の波は、多くの成金を作ると共に、中産以下の階級の懐中を潤し、我国のヂャーナリズムのために厖大なる市場を供給した。

殊に近年に於ける最も著しい現象ともいふべき婦人の読書慾の増大は、ヂャーナリズムにとつては、広大なる新植民地の発見にも似たる影響を与へた。かくて婦人雑誌の急激なる発展は、支那を顧客とする紡績業の発達が、日本の財界に及ぼしたのと同じやうな影響を我国の文壇に与へた。そして流行作家の収入は婦人雑誌の発展に比例して暴騰した。

「婦人雑誌の急激なる発展」がもたらした流行作家の生活向上は、私小説・心境小説の鍛練道を弛緩させ、「だらけた作品」の量産を促すというのである。待合と芸者とカフェーと女給と花牌《かるた》と将棋と麻雀と玉突と野球——これらの「モダン相」を模様化した「だらけた作品」が氾濫するというのである。このような大宅の文壇観測が、佐藤春夫の「文芸家の生活を論ず」(「新潮」大十五年九月)の通俗版であったことはいうまでもないが、ここでは彼が大正後期の文学大衆化現象をもっぱら婦人雑誌の発展という側面から把えようとしている点に注目しておきたい。

大正十五年は大衆文学史の重要な時点である。この年の一月には白井喬二を提唱者とする二十一日会から「大衆文芸」が創刊され、七月には「中央公論」が大衆文芸研究の特集を企画する。八月には大仏次郎の『照る日くもる日』(「大朝」)、吉川英治の『鳴戸秘帖』(「大毎」)の連載が始まり、白井喬二の『富士に立つ影』、矢田挿雲の『太閤記』はそれぞれ報知新聞に連載中というように、大衆文学の名作雄編が出揃ったのもこの年である。しかし、大衆文学が広範な読者を獲得したことはまぎれもない事実であったにせよ、それは文壇外の問題であって、文壇内の問題ではなかった。綜合雑誌や文芸雑誌には短編の心境小説を発表し、新聞や婦人雑誌には通俗長編を執筆する——これが文壇棲息者に一般的な生活方式であって、かれらが鬻物の大衆小説にまで手を伸ばすことはきわめて稀なケエスであった。婦人雑誌の発展を重視した大宅の文壇観測はこの二重の売文生活を余儀なくされた文壇人の後めたさを何程か反映している。

女性読者層の拡大という現象を大宅壮一より一年半ほど前に指摘した論文に、青野季吉の「女性の文学的要求」(掲載誌未詳、大十四年六月、『転換期の文学』昭二年二月所収)がある。青野は「文学に親しむ読者の範囲はいはゆる隔世の感があるほど拡張され」たが、その事実は「特に婦人の読者の方面において顕著であ」り、「今日では実に婦人雑誌、家庭雑誌が、文学作品の主要な発表機関である如き状態」になりつつあると観察する。青野論文からやや遅れて、片上伸は純文学の読者と通俗文学の読者の実態を論じ、通俗文学の読者は「そのうちの大部分は女性であるところの、広い意味のインテリゲンツィヤである」(「作者と読者」「新潮」大十五年三月)と規定する。

青野・片上・大宅らが軌を一にして、文学の大衆化現象に注目し、大正文壇の動向を左右する切実な要因として、女性読者層の拡大という事実をとりあげていることは、かれらがいわゆる外在的批評の観点を、文芸批評に導入しようとした人びとであったことと無関係ではない。大正十五年における青野季吉はプロレタリア文学批評の最前衛であったと見做されているが、彼が片上伸の『文学評論』(大十五年十一月)を批評した文章の中に、つぎのような言及がある。

文学を社会現象として眺め、文学の社会的意義を究めるためには広い意味の文学構成上の一つの要素として、読者の問題をどうしても閑却することは出来ない。特に読者階級に大きな変質が行はれるところの現在のやうな時期に於て、一層それが重大な問題となる。この問題の重要さに思ひついてゐた者はなくはないであらうが、氏ほど具体的に提出した者はない。(「片上氏の『文芸評論』」『転換期の文学』所収)

大正末年における片上伸と青野季吉とは、一方は古参、一方は新進というキャリアの差はありながら、相互に影響を与え合ったと思われるふしがあり、大宅壮一の「文壇ギルドの解体期」はこの二人の読者論を踏まえつつ、ややジャーナリスティックなスタイルで、女性読者の問題を提出したということができる。

かれらの読者論は大正文壇と女性読者層の拡大(ないしは通俗小説の進出)との相互作用に焦点を据えたかぎりで、久米正雄・中村武羅夫の間で交された心境小説・本格小説論争を補完する性格を持っていた。純文学と通俗小説を巧みに書き分けながらも、読者意識を殆ど欠落させていた久米と中村の論争はもともと読者の側から照明を当てる余地が残されていたわけであった。きわめて大まかな図式を描くならば、久米・中村論争は大正の末年には、青野・片上・大宅らの読者論ないし文壇論と、作家主体に問題を収斂させた佐藤春夫の「文芸家生活論」とに分極化したと看ることも可能であろう。

(1)大宅壮一は『文学的戦術論』(昭二年五月)の序文で「硯友社以来の『文壇』を『ギルド』といふ言葉で評したのはこれ(註「文壇ギルドの解体期」)が最初だつたと思ふ」と述べているが、じつは白柳秀湖の「商業主義に同化した文壇」(「新潮」大十五年七月)がすでに「『文芸春秋』だの『不同調』だのといふものによつて中世・ギルド組織の下地を作つたり云々」という表現を使っている。

2

大宅壮一のいう「婦人雑誌の急激なる発展」の実態はどのようなものであったか。そのアウトラインを素描してみることにしよう。大正後期に発行されていた主要な婦人雑誌にはつぎのようなものがあった。

女学世界　（明三十四年創刊）　博文館
婦人画報　（明三十八年〃）　はじめ東京社、のちに婦人画報社
婦人世界　（明三十九年〃）　実業之日本社
婦人之友　（明四十一年〃）　婦人之友社
婦女界　（明四十三年〃）　はじめ同文館、のちに婦女界社
淑女画報　（明四十五年〃）　博文館
家庭雑誌　（大　四年〃）　〃
婦人公論　（大　五年〃）　中央公論社
主婦之友　（大　六年〃）　東京家政会、のちに主婦之友社
婦人倶楽部　（大　九年〃）　大日本雄弁会講談社
女性　（大　十一年〃）　プラトン社
女性改造　（大　十一年〃）　改造社
令女界　（大　十一年〃）　宝文館
若葉　（大　十四年〃）　〃

これらの婦人雑誌の発行部数について二三のデータを挙げてみると、「婦人倶楽部」の編集長を勤めたことのある橋本求氏は、大正十三年ごろ「主婦之友」が全雑誌中の首位を占

めて二十三、四万部、ついで「婦女界」が二十一、二万部、「婦人世界」が十七、八万部であったと語っている。(1)大正十四年度における婦人雑誌新年号の総発行部数は約百二十万部であったともいう。(2)「婦人公論」は「中央公論」が十二万部刷っていた大正八年ごろ、七万部を印刷していたといい、(3)「婦女界」は大正二年ごろ、一万二、三千部にすぎなかったのが、大正十五年秋には二十五万部に達したという。(4)「婦人倶楽部」は大正九年十月の創刊号が四万部、昭和二年新年号は十五万部を印刷したという。(5)また「婦人世界」の昭和二年五月号は創刊二十周年を記念して六十万部の大部数を増刷した。(6)以上のデータから、大正の末年には婦人雑誌の大手五、六誌(「主婦之友」「婦女界」「婦人世界」「婦人公論」「婦人倶楽部」)がすくなくとも十万の桁の発行部数を擁していたことが推測される。

この厖大な婦人雑誌の発行部数を消化したのは、大正中期から飛躍的な発展をみせた新中間層であったらしい。南博氏編『大正文化』は大正期における新中間層の規模を三つの方法で推計しているが、(7)そのひとつ、第三種所得税納税者実数からの推計によれば、明治三十六年には五〇〇～五〇〇〇円の年収がある「中等階級」が全世帯に占める比率は二・三八％にすぎなかったものが、その後しだいに増加して大正六年には五％に達したという。世界大戦がもたらした好景気は六年から七年までの間に約二十五万世帯の中間層の増加を促し、大正十四年には八〇〇～五〇〇〇円の年収がある「中等階級」の割合は一一・五％

にまで伸びてくる。この年の全世帯数は約一二〇〇万[8]であるから、「中等階級」の実数は約一四〇万ということになるわけで、この数字は婦人雑誌の新年号発行部数一二〇万とほぼ見合っている。しかも婦人雑誌の定期購読が可能な所得の下限は、ほぼ年収八〇〇円前後で一線を引くことができるのである。東京府内務部社会課が公表した「中等階級生計費調査」[9](大十一年)は月収六十円以上二百五十円以下の家庭を対象に、大正十一年十一月分の家計簿を提出させ、集計整理を加えたものだが、それによると、六〇円以上八〇円以下の月収がある官吏の家庭のばあい、修養費の支出が平均二円二〇銭、公吏が一円四〇銭、警察官が二円五五銭、小中学教員が二円三七銭、銀行員会社員が一円四七銭、市電従業員が二円一〇銭、職工が一円四七銭ということになっている。六〇円以下の月収では警察官の家庭の修養費平均が四六銭、市電従業員が五六銭であるから、新聞の購読が漸くというところである。この推測を婦人雑誌の家計記事によって裏づけてみよう。「婦人世界」大正十四年十二月号の「月収七十円前後の家計予算」という記事に四つの実例が紹介されている。米沢のある会社員の家庭では月収七二円二五銭、うち修養費及び娯楽費が二円九一銭。その内訳は「新聞八十銭、婦人世界及本代で娯楽は田舎なのですから活動に行く位なものです」とある。島根県のある教員の家庭では月収七二円、うち図書費が七円、内訳は新聞代一円二〇銭、雑誌代が主人物二、主婦物一、子供物一で計一円八〇銭、図書代一円五〇銭となっている。山口県のある会社員の家庭では月収七一円、うち読書費三円、内訳は地方新聞一種、雑誌が主人のもの二種、ほかに修養書籍と「婦人世界」ということになっている。千葉県のある軍人の家庭では月収六三円、うち修養費三円、内訳は新聞一種、雑誌三種である。この家計の実例と東京府の生計費調査とでは、年度の差、都会と地方の差を見込まなければならないが、大正末年には年収八〇〇円前後の中間階層のばあい、新聞と主人用の雑誌のほかに、主婦がすくなくとも婦人雑誌を一種は購読する余裕を持っていたことが示唆されている。

大正期高等女学校の学校数・生徒数・卒業生数

	学校数	生徒数	卒業生数（本科生のみ）
大正 2	213	68,367	10,163
3	214	72,139	13,992
4	223	75,832	15,042
5	229	80,767	15,896
6	238	86,431	16,759
7	257	94,525	18,457
8	274	103,498	19,984
9	336	125,588	24,030
10	417	154,470	27,985
11	468	185,025	32,635
12	529	216,624	37,096
13	576	246,938	42,466
14	618	275,823	52,845
昭和元	663	296,935	59,169
2	697	315,765	64,206

（帝国統計年鑑による）

大正後期における女子中等教育の充実は、新中間層の拡大と相俟って婦人雑誌の発展を促進した有力な要因のひとつであった。第一次大戦中の好景気がもたらした生活水準の向上と教育要求水準の高度化を背景に、中等高等教育の拡充が要請され、「中学校令」「高等学校令」「大学令」がそれぞれ改正・制定されたのは大正七年から八年にかけてのことである。従来高等教育の準備教育にすぎなかった中学校は「高等普通教育機関」としての完成教育が期待され、新中間層の増大に見合った中堅層養成の役割を担うことになる。[10]学校の増設・生徒数の増加はとくに高等女学校の場合に目覚ましく、大正七年から十五年にかけて学校数は約二・五倍、生徒数は約三・二倍に増加する(同じ期間に中学校の学校数は一・五倍、生徒数は二・一倍の増加)。大正十四年度には高等女学校卒業者は同年齢の女子人口の約一〇%に達したのである。このころの婦人雑誌が十月の結婚特集と対に新卒業生をテーマとする三、四月の特集を競って企画したのも、この魅力ある新読者層の開拓を意図する営業政策の現われにほかならなかった。

大正時代のいわゆる「新しい女」を産み出した基盤は、この中等教育の機会に恵まれた新中間層の女性群であった。彼女らは良妻賢母主義の美名のもとに、家父長制への隷属を強いられていた従来の家庭文化のあり方に疑問を抱き、社会的活動の可能性を模索しはじめる。[11]男性文化に従属し、その一段下位に置かれていた女性文化の復権を要求しはじめる。婦人の家庭からの解放を説き、女性の社会的進出と婦人参政権の獲得を繰返し取り上げた「婦人公論」が、そのオピニオン・リーダーであったことはいうまでもない。

女性の職業的進出は大戦後の世界的現象であった。我国では西欧諸国のように戦場にかり出された兵士にかわって女性の労働力が動員されるという事態は見られなかったが、戦中から戦後にかけてタイピストやバスの車掌などの新しい職種が生れ、今までの芸者にかわる新しい接客業としてカフェー・レストランの女給が急激に増加する。「婦人公論」はともかく、家庭の主婦を主な読者対象とする「主婦之友」までが、大正七年三月に「婦人職業号」という特集号を企画している如き、女性の職業的進出が社会的話題となったことを示している。この特集号の「婦人職業案内」という記事は婦人に適する新職業として二十七の職種を数え上げた。女医・歯科医・薬剤師・鉄道院事務員・タイピスト・婦人記者・速記者・自動車運転手・モデル等である。教員や看護婦などの従来からの職場にも女性の進出はいちじるしかった。たとえば看護婦は大正三年の一四五四七人が、大正八年には三五五八一人、大正十三年には四二三六七人に増加する。(12) 小学校の女子教員の男子教員に対する比率は、明治四十五年の三七・五%が、大正六年には四一・五%、大正十一年には四七・五%に上昇する。(13) 大正十二年には東京市中に女事務員が約一五〇〇〇、電話交換手が約八五〇〇、女店員が約四五〇〇、タイピストが一七七四、小学校教員が一五九八、高等女学校教員が八四七、いたことになっている。ほかに女給が五〇〇〇、劇場・演技場のテケツ係などが約一五〇〇いる。数はすくないながら活動女優・自動車運転手・写真師・ガイド・記者・速記者・探偵・車掌などの新職種に従事する女性も現われている。(14) これらの職業婦人のばあい、婦人雑誌の浸透度はどのようなものであったか。

大正十三年に東京市社会局が公表した「職業婦人に関する調査」は教師・タイピスト・事務員・店員・看護婦・電話交換手などを調査対象に選んでいるが、その読書調査の項では調査人員九〇〇のうち、新聞を購読しているもの八〇〇、雑誌を購読しているもの七四七。雑誌購読者延べ一一八四のうち、婦人雑誌購読者八四一という数字が挙げられている(15)(この調査と併行して実施された女工の生活調査では調査人員一三二四のうち、婦人雑誌を読むもの五四四、約四一%の比率である)。かりに重複分をも含めるならば約九三%の高い購読率を示しているのである。なお彼女らの学歴は教師のばあい中等卒二六・五%、タイピストが三八・五%、事務員が二一・六%、店員が一七・九%である。

青野季吉は前掲の論文で婦人雑誌の読者層を規定して、

残された(註　上流階級、下層階級以外の)婦人社会の部分は、中小資産階級、いはゆる中小ブルジョアジーの家庭の女性である。この女性の層は一般の婦人雑誌及び家庭雑誌の読者を構成する層であつて、それは同時に文学愛好者を構成する層と見て差支ない。この層に属するものとしては、中小資産階級の所謂家庭婦人を主として挙げることが出来るが、かの教員、事務員、タイピストの如き職業婦人も、この中に入れて観察してもよいであらう。彼女等は厳密には中小資産階級に属さぬことは勿論であるが、その出身の故か、又はその教養の故に、小ブルジョアジーの観念を観念としてゐる場合が多いのであつて、その意味では彼女等の思想的習性も、感情的要求もまつたくその社会と同一のものである。

と述べているが、この観察は職業婦人がその学歴と社会的自覚の高さとから、婦人雑誌読者層のいわば選ばれた読者であるという補足を加えるならば、静態的にはほぼ肯定することが出来ると思う。

(1)『講談社の歩んだ五十年・明治大正編』六〇九頁。
(2)中村孝也『野間清治伝』
(3)木佐木勝『木佐木日記』一六頁。
(4)都河竜「『文芸家の生活を論ず』を読みて」(「新潮」大十五年十月)。
(5)『講談社の歩んだ五十年・明治大正編』四七〇頁、『同・昭和編』四四頁。
(6)「朝日」昭和二年四月十四日広告。
(7)同書一八三頁以下。有業人口統計からの推計では大正九年に「新中間階級」に属する就業者の全就業者に占める比率は五〜七%、文部統計からの推計も大正九年に中等教育を受けたものの比率五〜七%と推定されている。
(8)第二回国勢調査(大正十四年)によれば内地人口五九七三六八一二、世帯数一一九九九六〇九。

(9)この調査は、

イ、東京市及接続町村に御住居の方。

ロ、家族数二名以上八名以下の御家庭。

ハ、月収六十円以上二百五十円以下の御家庭。

ニ、世帯主又はその他の御家族の勤労所得が生活費の主要部を占むる俸給生活者又は工場労働者。

ホ、下宿人又は同居人を有せざる世帯。

を対象に、約五〇〇〇の家計簿を配布、うち一〇二七を回収・整理を加えたものである。

(10)『現代教育学5、日本近代教育史』一七〇頁以下。

(11)南博編前掲書二五五頁以下。

(12)『帝国統計年鑑』による。

(13)『文部省年報』による。

(14)東京市社会局『職業婦人に関する調査』一六頁以下。

(15)その内訳はつぎの如くである。

	新聞			雑誌		
	読むもの	読まざるもの	計	読むもの	読まざるもの	計
教師	一三一	一	一三二	一二五	七	一三二
タイピスト	二五	一	二六	二五	一	二六

事務員	店員	看護婦	交換手	計
二五八	一四五	二八	二一三	八〇〇
三四	二三	一二	二九	一〇〇
二九二	一六八	四〇	二四二	九〇〇
二三九	一二二	三二	二〇四	七四七
五三	四六	八	三八	一五三
二九二	一六八	四〇	二四二	九〇〇

3

第一次大戦後、急激に拡大した新中間層は百万を越える厖大な婦人雑誌読者層の中核を構成していた。しかし、大宅壮一がいうところのこの「広大なる新植民地」の獲得を狙う婦人雑誌・家庭雑誌は、震災前後で二十誌以上を数えたから、各誌の販売競争はしだいに激化する。東京進出の新方針を打ち出した大阪系の朝日・毎日と、これを迎え撃つ報知・時事との間で深刻化した景品つきの紙数拡張競争(大正十二年)と似たような事態が、婦人雑誌の業界では一足先に発生していたのである。[1] 大正十一年十月に創刊された改造社の「女性改造」が競争誌の「婦人公論」に制圧され、程なく廃刊に決した(大正十三年十一月)のは、そのひとつのあらわれにすぎない。

このころ読者の系列化・組織化という営業政策を強力に推進して、発行部数を飛躍的に増加させたのは、石川武美の経営する「主婦之友」である。(2)「主婦之友」は大正十一年の新年号からはじめた月二回発行の新企画が挫折すると、それにかわる読者動員の方策として文化事業部の創設を発表した。同年三月のことである。その要領は四月号の社告に文化運動と言わず「文化事業と名づけましたのは、思想の開発と共に、其の生活の改造を計り得る実際方面の事業をも伴ひたいからであります……大体左の数ヶ条を講演会音楽会開催の必要条件と致します。一、聴衆は五〇〇人以上の見込あること、一、会場及び会衆の世話は其の土地の主催者が引受けること……」とあるとおりで、第一回の講演会はこの年の三月七日に横浜で開かれ、ついで甲府・京都・大阪の各地で引つづき開催された。講師の顔ぶれには賀川豊彦・三宅やす子らの名が見えている。この種の読者組織としてはすでに「婦女界」誌の「大日本婦人修養会」があったが、「修養」というシンボルにかわって「文化」という新しいシンボルを打ち出したところに、時代の要請を敏感にとり入れた石川武美の計算があった。しかも彼の独創は「文化」的な講演会・音楽会と、実用的な展示会を巧妙に組合せたことに現われている。読者からの一般公募による第一回の家庭手芸品展覧会は大正十三年四月、上野松坂屋の池の端別館で開かれ、この展覧会はついで静岡・北海道・京都・大阪の各地を巡回した。北海道と関西の展覧会ではこれと併行して毛糸編物の講習会と講演会・音楽会が催され、講演会の講師には田川大吉郎・久布白落実・三宅やす子・市川房枝らが、音楽会には曾我部静枝・関鑑子らが加わった。この展覧会・講演会・音楽会を主体にした地方読者組織の方式は、生活に密着した実用記事を売りものに、中流以下の家庭主婦を対象に選んだ編集方針と相俟って、創刊当時一万部の「主婦之友」が七八年後には二十万部を越える大部数を擁することになったのである。

「主婦之友」が口火を切った読者系列化の方式は「婦女界」「婦人倶楽部」などの競争誌にも影響を与えた。たとえば「婦女界」は大正十三年ごろから「愛読者訪問競争」という新企画を採用し、座談会を開いて編集者と読者の交歓をはかり、地方読者を開拓しようとする。「婦人公論」がこの種の企画にふみ切ったのはかなり遅く、昭和六年四月、嶋中雄作が細田源吉や三宅やす子らと同行して、講演と座談会の自動車行脚を試みたのが最初である。(3)

読者組織の充実とともに読者拡大の方策として婦人雑誌の経営者が重視したのは、いうまでもなく創作欄の拡充であった。とりわけ菊池寛・久米正雄らの流行作家の起用に成功した「婦女界」のばあいに、それは大きな成果を収めた。「主婦之友」とは対照的な行き方である。「婦女界」の「愛読者訪問競争」ではこのころ連載中の菊池寛の『新珠』がしばしば話題にとりあげられているが、(4)主幹の都河竜じしんも「小説『新珠』は非常な評判で、ために雑誌の発行部数も月々増して行くといふ状況であったので、聊か其の謝意を表するために、中途から幾分か増額(註　稿料のこと)することにした[5]」というように『新珠』の牽引力を率直に認めている。

創作重視の傾向をもっとも端的に示すものは原稿料単価の高騰であろう。佐々木邦が「主婦之友」の大正七年三月号から連載したイギリスのユーモア作家シムスの翻訳「主婦采配記」の稿料は一枚一円であった[6]。菊池寛が大正九年十月の「婦人くらぶ」創刊号に発表した短篇「姉の覚書」は十八枚で三十円の稿料であった[7]。大正八年ごろの「中央公論」のばあい、創作の稿料は一枚一円ないし一円五十銭が標準だったというから[8]、このころの婦人雑誌の稿料は必ずしも高いとはいえない。「婦女界」が柳川春葉や小栗風葉に支払った稿料は一枚二円であったというが[9]、このあたりが大正前期における婦人雑誌の稿料の上限であったろう。しかし、震災前後から婦人雑誌の稿料は急激に上昇する。久米正雄が「主婦之友」の大正十一年一月から十二月にかけて連載した『破船』の稿料は一万円の契約であった[10]。『破船』は約七二〇枚の分量だから、一枚当り十四円弱ということになる。小杉天外が大正十二年一月から十三年六月にかけて「婦人世界」に連載した『片仮名祭』の稿料は、一回につき六百円であった[11]。菊池寛が「婦女界」の大正十四年三月から十五年十二月にかけて連載した『受難華』の稿料は、一枚三十円ないし四十円であったと推定される。[12]「中央公論」では大正十四年新年号に掲載された葛西善蔵の「血を吐く」十一枚に八十八円支払っており、[13]大正末年の婦人雑誌の稿料は綜合雑誌の四〜五倍ということになる。文芸雑誌(たとえば「新潮」)の稿料が、綜合雑誌のそれよりも一段低かったことはいうまでもない。このような原稿料の騰貴は婦人雑誌の発行部数の増加によってもたらされたものにちがいないが、反面婦人雑誌の編集者が通俗連載小説の読者動員の能力を高く評価していたことの証左でもある。

(1)「主婦之友」大正十年七月号は半襟の景品を付けたが、東京雑誌協会加盟の婦女界社・実業之日本社(婦人世界の発行先)から、規定に抵触する旨の抗議がなされ、「主婦之友社」では五百円の違約金を支払ったことがある(「誌上倶楽部」「主婦之友」大十年九月)。
(2)『主婦之友社の五十年』九一頁以下。
(3)『婦人公論の五十年』一二六頁。
(4)たとえば徳島市の愛読者座談会では、記者が最初に開けて読む記事について質問したところ、三十名中十三名が『新珠』を挙げたという(「婦女界」大十三年六月)。
(5)都河竜「『文芸家の生活を論ず』を読みて」(「新潮」大十五年十月)。
(6)『主婦之友社の五十年』六七頁。
(7)『講談社の歩んだ五十年・明治大正編』四六七頁。
(8)『木佐木日記』二七頁。

(9)都河竜前掲論文。
(10)「久米正雄氏との一問一答」(「新潮」大十三年十月)。
(11)小杉天外『日記』(近代文学館蔵)。
(12)都河竜前掲論文。佐藤春夫「文芸家の生活を論ず」(「新潮」大十五年七月)。
(13)『木佐木日記』四四九頁。

4

瀬沼茂樹氏は久米正雄の『蛍草』(「時事新報」大七年三月~六月)や菊池寛の『真珠夫人』(「大毎」「東日」大九年六月~十二月)が出現したころに、家庭小説の転回が劃期づけられると述べ、その史的背景としては、婦人の社会的地位の向上が、家庭婦人を「徐々に封鎖的な家庭生活から社会生活へ解放する途をつけ」たことが考えられるとしている。(1) 久米や菊池の長編は、同時代の批評家の命名法では家庭小説と呼ばれることは殆どなく、通俗文学ないしは通俗小説に分類されていた(2)(たとえば宮島新三郎『大正文学十四講』)のであって、そこにおのずから柳川春葉や菊池幽芳らの作品との異質性が意識されていたわけである。また『蛍草』や『真珠夫人』を「新しい通俗小説」の嚆矢とする史的評価は、すでに昭和初頭

久米正雄『蛍草』: 大正 7　(竹久夢二装幀)

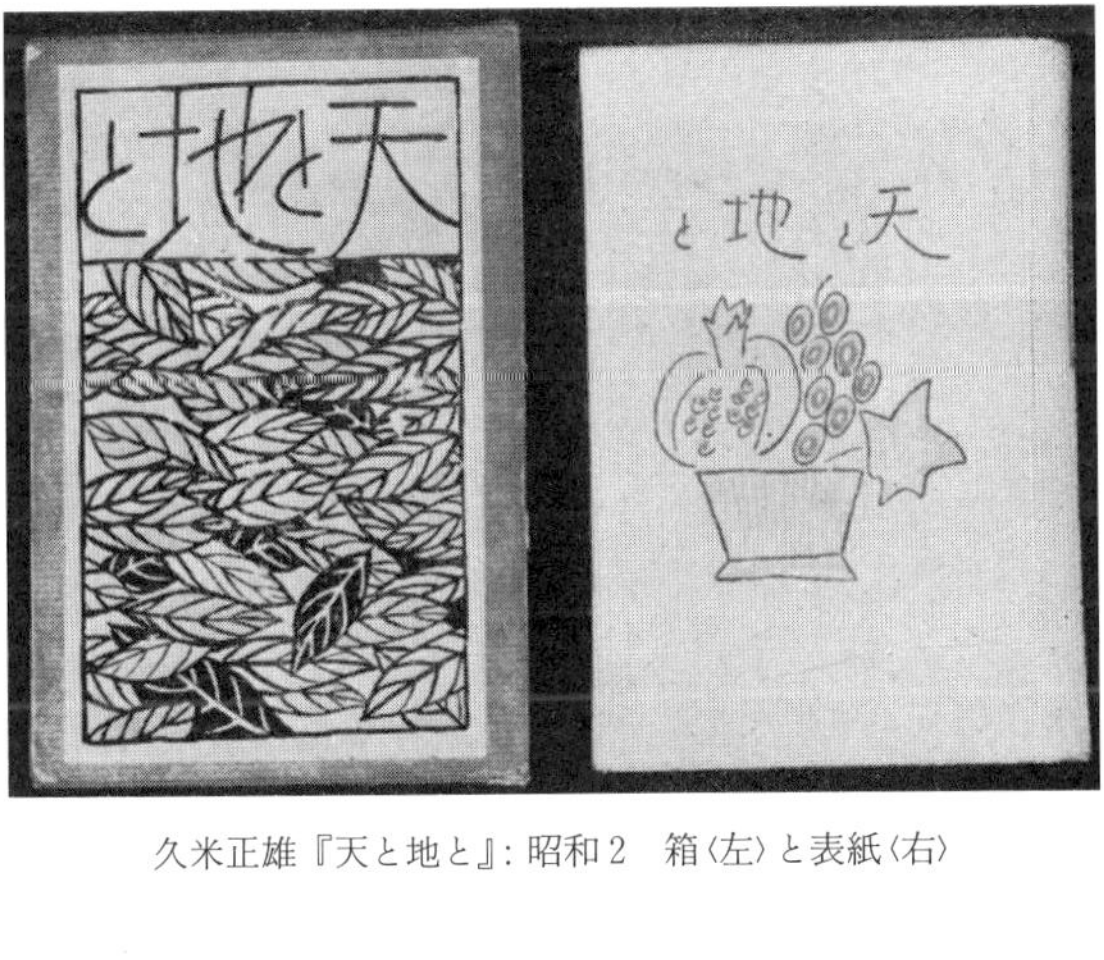

久米正雄『天と地と』: 昭和 2　箱〈左〉と表紙〈右〉

に固定していたと思われるふしがある(3)。

しかし、婦人雑誌は新聞と同じく通俗長編の媒体ながら、本来ヨリ保守的な性格を持つ。『蛍草』や『真珠夫人』が新聞小説の新生面を開拓した大正八、九年ごろ、婦人雑誌の創作欄は、なお既成作家の勢力圏内に委ねられていたのである。つぎに主要五誌の大正九年度連載小説を一括表示してみよう。

婦人公論
・岡本綺堂『小坂部姫』(四月〜十二月)
・久米正雄『空華』(一月〜十二月)

婦女界
・武田仰天子『老女村岡』(一月〜十二月)
・大倉桃郎『嫁ぐ頃』(一月〜十二月)
・小栗風葉『思ひ妻』(一月〜十年十二月)

主婦之友
・渡辺霞亭『金扇』(一月〜十二月)
・佐々木邦『珍太郎日記』(一月〜十二月)
・岡本綺堂『吉祥草』(一月〜十二月)

婦人倶楽部（大正九年十月創刊）
・半井桃水『晴の仇討』（十月〜十年五月）
・近松秋江『ゆく雲』（十月〜十年一月）
・岡本綺堂『最後の復讐』（十月〜十二月）

婦人世界
・小杉天外『三代地獄』（一月〜十年十二月）
・上司小剣『宝玉』（一月〜十二月）

このほか徳田秋声が「婦人之友」に『闇の花』を、菊池幽芳が「婦人画報」に『恋を裏切る女』を連載中である。これら執筆者の年齢は武田仰天子が最年長で六七歳、半井桃水が六一歳、渡辺霞亭が五七歳、小杉天外が五六歳、菊池幽芳が五一歳、徳田秋声が五〇歳、岡本綺堂が四九歳、上司小剣が四七歳、小栗風葉が四六歳、近松秋江が四五歳、大倉桃郎が四二歳、佐々木邦が三八歳、久米正雄が三〇歳で最年少（いずれも数え年）である。このうち仰天子・桃水・霞亭・天外・幽芳・風葉らは明治二十年代から新聞小説の執筆をはじめた超ヴェテランであり、純然たる大正作家は久米正雄と佐々木邦の二名にすぎない。古色蒼然の景況というべきであろう。しかし、六年後の大正十五年度には、この勢力図は一変する。

婦人公論
・里見弴『大道無門』（一月〜十二月）
・白井喬二『金襴戦』（一月〜十二月）
・宇野千代『阿真夫人』（一月〜三月）
・前田河広一郎『忘れぬ男』（四月〜六月）
・加藤武雄『濤声』（七月〜九月）
・相馬泰三『他人になりきるまで』（十月〜十二月）

婦女界
・菊池寛『受難華』（十四年三月〜十五年十二月）
・久米正雄『天と地と』（十四年三月〜十五年十二月）
・三上於菟吉『鴛鴦呪文』（一月〜昭和二年七月）
・細田民樹『愛人』（九月〜昭和二年十二月）

主婦之友
・井手訶六『十字路の乙女』（一月〜昭和二年三月）
・谷崎潤一郎『友田と松永の話』（一月〜五月）
・大倉桃郎『舞袖しぐれ』（一月〜六月）

・佐々木邦『文化村の喜劇』(六月～十二月)
・生田蝶介『聖火燃ゆ』(八月～昭和二年十二月)

婦人倶楽部

・佐々木邦『主権妻権』(十四年十月～十五年九月)
・山中峯太郎『相思怨』(十四年十月～十五年四月)
・馬場孤蝶『荆棘の路』(一月～四月)
・中村武羅夫『美貌』(一月～十二月)
・加藤武雄『愛染草』(一月～昭和二年二月)
・吉屋信子『朱楽の人々』(四月～十一月)
・東健而『笑ひの農園』(十月～昭和二年七月)

婦人世界

・加藤武雄『狂想曲』(一月～十二月)
・北大路春房『香炉の夢』(一月～昭和二年五月)
・本浦直一(懸賞当選)『家庭円満の巻』(一月～五月)
・大泉黒石『かつら姫』(七月～十二月)
・橋爪健『美難』(九月～十二月)

大正十五年は、武田仰天子・半井桃水・渡辺霞亭・小栗風葉ら、通俗小説の老大家が相ついで物故した年である。菊池幽芳は大正十二年に国民図書会社から全集十五巻を出したのを契機に第一線を退き、この年には三十余年間奉職した大阪毎日を辞している。小杉天外が通俗文学の分野でもすでに過去の人となっていたことはいうまでもない。大震災を間に挟む六年間にこの世界の新旧交替は慌だしく進行し、菊池寛と久米正雄とが霞亭や幽芳にかわって第一人者の座を獲得する。制作の量ではむしろかれらを凌いだ中村武羅夫と加藤武雄とは、震災前後から通俗文学の世界に進出した新人(?)であった。時代小説の分野では、桃水・仰天子流の講談調髷物は大きく後退して、白井喬二や三上於菟吉らの清新な大衆文学が登場する。『女工哀史』めく織物工場の場面を設定した白井の『金襴戦』と、組織と愛情の問題を幕末の伝奇に仮託した三上の『鴛鴦呪文』は、その傾向性が注目され、大衆文学の婦人雑誌進出を劃期づける作品となった。女流作家が婦人雑誌に姿を見せはじめたことも注意されていい。宇野千代・吉屋信子・三宅やす子・山田順子ら、あいつぐ女流新人の起用は、婦人読者の歓心を買う営業政策のあらわれであったとも受けとれる。さらに里見弴の『大道無門』や谷崎潤一郎の『友田と松永の話』のばあい、かれらが短篇を偏重する文芸雑誌や綜合雑誌の創作欄の枠組をハミ出す構想力の持主であっただけに、婦人雑誌からの依頼を逆手にとり、純文学的な中篇・長篇の発表舞台として、その連載方式

を利用したものと考えていいかもしれぬ。(4)

このような執筆者の新旧交替・文壇人の進出・ジャンルの多元化・創作欄の拡充等の一連の現象が、青野季吉をして「今日では実に婦人雑誌・家庭雑誌が、文学作品の主要な発表機関である如き状態」と言わしめることになったわけであるが、この文壇と出版ジャーナリズムとの相互侵蝕作用が加速度化される大正の後半期に、通俗小説そのものはどのように変質して行ったであろうか。純文学から通俗文学に転向し、通俗小説の新機軸をつぎつぎに打ち出した菊池寛の活動を中心に、その実態を考察してみよう。

(1)同氏「家庭小説の展開」(「文学」昭三十二年十二月)。

(2)通俗小説という名称の初出は未詳であるが、佐藤紅緑は「所謂通俗小説」(「不同調」大十五年八月)で、「十二年前に相馬御風氏が提唱した文字です」と述べている。

(3)「久米正雄氏が『蛍草』を書き、菊池寛氏が『真珠夫人』を書き、加藤武雄氏、三上於菟吉氏などが、盛んに通俗小説を書くやうになつて来て、同時に婦人雑誌や娯楽雑誌が、ヂャーナリズムとコンマーシャリズムの上で、異常な発展を遂げるに及んで、今日の新しい通俗小説の勢力を作ると同時に、大をなすに至つたのである」(中村武羅夫「通俗小説研究」『日本文学講座・大衆文学篇』昭八年所収)。

(4)このばあい、谷崎の『痴人の愛』や荷風の考証随筆などを掲載した純文芸誌的性格の濃厚な婦人雑誌『女性』の存在も見のがすことができない。

5

すでに触れたように菊池寛の『真珠夫人』が新しい型の新聞小説として劃期的な成功を収めた大正九年という時点で、婦人雑誌の文芸欄は一、二の例外はあるにせよ、なお既成老大家の隠然たる勢力が温存されていた。その作品の実態も時代ものならば講談調の翻物、現代ものならば『己が罪』『生さぬ仲』式の家庭小説といった紋切型《ステロタイプ》のくりかえしにすぎなかった。婦人雑誌の編集者は新聞小説の分野ですでに声価の安定した大家に、惰性的に執筆させるという安易な企画になずんでいたのである。この年、小杉天外が「婦人世界」に連載をはじめた『三代地獄』をとりあげてみよう。この作品の主題は題名から察せられるように、三代にわたる血統の宿命である。ゾライズムを標榜し、遺伝の問題をお家芸に売り込んだ天外にとって、それはあまりにも手擦れた主題にちがいなかった。東京の南郊、丸子玉川辺の豪農、鹿村家を中心に展開される物語は、天外の長編の悪い癖で相当に錯雑しているが、主筋と見なされるのは当主善太郎の妾お澄の一人娘、奈美子と大学生牧山年郎の恋愛である。この恋愛は奈美子がじつは年郎と同胞という出生の秘密が明るみに出されることによって破綻を来し、絶望した奈美子が単身京都に赴いて得度を受けるところで物語は終る。泉岳寺での逢い引きに奈美子が人力車に乗って出かけるというような風俗的な古風さもさることながら、亡友から託された資産を横領した祖父銀蔵が米つき臼に転落して非業の死を遂げ、姦通の秘密を告白した妾のお澄が発狂するという陰惨な解決に、因果応報の段取りが見えすいて、いかにも大時代な印象を与えるのである。お澄母娘に見るような秘密の結婚＝私生児という設定は、『己が罪』『乳姉妹』いらい、いわゆる家庭小説で使いふるされたモチーフのひとつである。それは抗い難い宿命的な力として女主人公の生き方を左右する。『己が罪』の桜戸夫妻の危機は、私生児の秘密の告白を契機に訪れるのであったし、二人の和解は罪の子の死が前提でなければならなかった。『乳姉妹』の女主人公は両親の秘密の結婚に禍いされて、陰謀の犠牲に供されようとする。出生にまつわる過去の秘密は、女主人公の自力では解決不可能な悲劇的因子として物語の中に組み込まれ、女性読者の感傷的な共鳴を誘う仕掛である。

菊池幽芳が大正七年から八年にかけて「婦人画報」に連載した『忘れがたみ』も、このモチーフを応用した典型的な作品であった。『忘れがたみ』の女主人公初代は幼稚園の保姆をつとめながら、姉の忘れがたみ登美を養育している。亡兄の墓参に谷中墓地を訪れた葉山真之助は、兄の恋人と生き写しの初代とめぐりあい、しだいに心を傾けるようになる。二人の愛は死者たちの導きと忘れがたみの登美の媒ちによって、迂余曲折の後に成就する。

過去の秘密の結婚が初代の擬似的な母性愛を契機に、現在の幸福な結婚に転生するというかたちで、明るい解決が約束されるのである。

『忘れがたみ』と『三代地獄』と、その解決の方向は明暗二様ながら、いずれも家庭小説に登場する女主人公の一般的な類型は守られている。それは血統の宿命におののき、強力な家の論理と無理解な男性の恣意に翻弄されつつ、ひたすら忍従を美徳として生きつづける被害者的女性であって、彼女らの母性ないし処女性は読者の共感と同情の糸口でなければならない。加藤武雄は家庭小説の欠くべからざる条件の第一に「常識道徳に忠実なること、新しい道徳、未来の道徳への飛躍性もない代り冒険性もないこと。即ち健全なること」を挙げているが、(1)家庭小説の女主人公の生き方は、家庭内の婦人読者にたいしていささかの慰藉とひきかえに、「家」の秩序を再確認させる鏡の役割を果していたのである。

しかし、新聞小説の分野では婦人雑誌に一歩を先んじて、このような類型にとらわれない女主人公の形象が現われはじめていたことを指摘しておきたい。菊池幽芳作『女の生命』(「大毎」「東日」大七年十一月〜)の蒼生子《たみ》、久米正雄作『不死鳥』(「時事」大八年十一月〜)の百合枝(綾子)がそれである。通俗小説固有の不自然な誇張と粉飾は免れなかったにせよ、彼女らが従来の処女型・母型の定型を破って、娼婦型の女性として設定されたことは、とにかく新しい試みでなければならなかった。たとえば『不死鳥』の百合枝はオフェリヤの代役を認められて、一躍人気女優の座に上る。自分の誕生日に六人の崇拝者を招待した彼女は、会食が終ったときに燃えさかる煖炉の中に金の婚約指輪を投げこむ。赤く熱した指輪を拾い上げた男が「恋の勝利者」という趣向である。この男たちを翻弄してかえりみない百合枝の形象が、ゾラの『ナナ』のいたってお粗末な焼き直しであったことはいうまでもない（ドサ廻りに転落した百合枝が病床で手をとり合って嘆き悲しむ結末に、『ナナ』の下敷は明瞭に現われている）。『女の生命』の蒼生子は二十五万円の遺産を相続した外国帰りの独身女性で、政界の大立物片野伯と結婚するが、伯との同衾を拒む。伯の秘書、青山青年に心惹かれているからである。彼女は片野伯の姪倭《しず》文子と青山青年を争うが、その驕慢さゆえに男から見すてられ、自から命を絶つ。積極的で娼婦型の蒼生子と、消極的で処女型の倭文子との対照は、いわば善玉対悪玉の変型であり、倭文子の側に幸福な結婚が約束されているところに、常識道徳の均衡が保たれているわけである。それはまた勝気な百合枝に内気な勝子を配した『不死鳥』の構図でもあった。

『真珠夫人』の瑠璃子は『女の生命』の蒼生子、『不死鳥』の百合枝の系列につらなる女主人公である。(2) しかし、『女の生命』や『不死鳥』に見られた処女型対娼婦型の構図を踏襲することなく、ひとり瑠璃子の存在を前面に大きく押し出したところに、『真珠夫人』の独自性が認められるのである。物語の起点に登場する瑠璃子は青年貴族杉野直也に清純な思慕を寄せる美少女にすぎない。船成金荘田勝平の奸計から窮地に追い込まれた父の唐沢男爵に向って、彼女が勝平への復讐を誓う場面に第一段の転回がある。被害者的女性から加害者的女性への顚倒である。勝平の名義上の妻となった瑠璃子は身体を許さずに老醜の夫を翻弄する。勝平は葉山の別荘で彼女を手ごめにしようとするが、瑠璃子を思慕する白痴の息子が現われて格闘となり、勝平は心臓麻痺の発作で死ぬ。この復讐の成就が第二段の転回である。未亡人として莫大な遺産を相続した瑠璃子は彼女のサロンに群がる男性に君臨し、「女性を弄ぶ」すべての男性に挑戦する。しかし、崇拝者のひとり、青木青年を義理の娘の美奈子が慕っていることを知った彼女は、青木の求愛をしりぞけ、美奈子の恋の成就を願う母親の役割に目覚める。第三段の転回である。瑠璃子の真意を曲解した青木は逆上して彼女を刺し、投身自殺を遂げる。かつての恋人杉野に看取られながら息を引取った瑠璃子の肌襦袢には杉野の写真が秘かに縫い込まれてあった。「美しき妖婦として、群がる男性を翻弄して居たときにも、彼女の心の底深く、初恋の男に対する美しき操は、汚れなき真珠の如く燦然として輝いて居たのであつた」——これが破局のあとに添えられた作者じしんの種明かしである。

清純な美少女、復讐を誓うユーディット、娼婦型の驕慢な未亡人、継娘を庇護する義母《はは》、この四つの役割を瑠璃子はつぎつぎに演じ分けて行く。従来の家庭小説が複数の扁平《フラット》な登場人物に分割していた諸類型は、瑠璃子ひとりに複合された趣きである。しかし、それは複合ではあっても、統一ではなかった。三度の転回毎に瑠璃子の心理と行動は不自然な飛躍を余儀なくされているのである。プロット構成の誤算といいかえてもいい。『真珠夫人』のプロットは独立した幾つかの中編を継ぎ合せたような印象を与え、長編としての流露感と一貫性に欠けている。あるいは幕間の長い四幕の戯曲として構想されている。それは短編作家から長編作家へという転換を強いられた菊池寛の苦渋を物語るものかもしれない。この弱点は同時代の批評家からも夙に指摘されていたのであった。「『真珠夫人』は彼の出世作でもあり、豊富な材料に懸命にぶつかつてゐるが、あまりにヤマやカケヒキが多くて聊か新派悲劇めいてゐる。そこへ行くと『受難華』などは落ついて居て拵へものといふ感じが少ない」(橋爪健「菊池寛論」「新小説」大十五年三月)。作者じしんもこの最初の長編のできばえに必ずしも満足していなかったと思われるふしがある。(3)

通俗小説としては致命的なプロットの欠陥を内蔵するにもかかわらず、『真珠夫人』が従来の家庭小説の枠組を破った劃期的な作品であったことはいうまでもない。真珠夫人は錯雑した血縁関係の網の目から解放された女性である。『女の生命』の蒼生子の奔放な性格と不幸な最後とは、曲馬団の娘という宿命的な出生によってあらかじめ暗示されていたが、瑠璃子の死については「恐らく何の悔をも懐」くことがなかったろうとの推測が加えられている。すくなくとも菊池寛は真珠夫人の悲劇を過去の因縁の所産としてではなく、彼女じしんの行為と決断の結果として描こうとしたのである。「家」の宿命にまつわる陰湿さから自由な女性として設定しようとしたのである。瑠璃子から荘田勝平の許へ嫁ぐ決意を打ち明けられた唐沢男爵は「親の難義を救ふために子が犠牲になる。親の難義を救ふために、娘が身売をする。そんな道徳は、古い昔の封建時代の道徳ではないか」と手きびしくたしなめる。封建道徳の否定を口にしながら、父親の発想は「家」の次元にとどまっている。瑠璃子の答はどうか。「妾が戦はなければならぬ相手は、荘田勝平と云ふ個人ではありません。荘田勝平と云ふ人間の姿で、現れた現代の社会組織の悪です。金の力で、どんなことでもが出来るやうな不正な不当な社会全体です」。瑠璃子が挑戦しようとする社会悪の根源は「金の力」と「男性本位の道徳」であった。「男性は女性を弄んでよいもの、女性は男性を弄んでは悪いもの、そんな間違つた男性本位の道徳に、妾は一身を賭しても、反抗したいと思つて居ますの。今の世の中では、国家までが、国家の法律までが、社会のいろ〳〵な組織までが、さうした間違つた考へ方を、助けて居るので御座いますもの」――『真珠夫人』で男性読者の立場を代弁しているとも見られる「ワキ」役の渥美につきつけられた瑠璃子の抗議である。荘田勝平、ひいては男性全般への復讐の動機が、個人や家の次元を越えて社会悪への挑戦というかたちをとって語られているところに、大正版金色夜叉としての『真珠夫人』の新しさが肯定されるわけである。しかし、反面それは彼女の内面の声を伴うことなく、「家」の問題を巧妙に消去した幻想として語られた。観念的な生硬さの印象は否定できないのである。しかもこのような傾向性は物語の結末近く「母」ないしは「処女」としての瑠璃子の役割が強調されるにいたって、稀釈され、相殺されてしまう。菊池寛もまた家庭小説の根づよい呪縛からまったく自由ではあり得なかったのであった。

(1)「家庭小説研究」(『日本文学講座・大衆文学篇』所収)。
(2)『不死鳥』の百合枝が男性をサロンに集めて、かれらの心を試したり、『女の生命』の蒼生子が老齢の片野伯と寝室を別にするといった類想は、『真珠夫人』でもとりあげられている。
(3)改造社版『菊池寛全集』第一巻の自序に「長編小説としては『新珠』『受難華』『明眸禍』などは、作者自身やゝ満足してゐる作品である」と述べられている。

6

『真珠夫人』一作で通俗作家の地歩を確立した菊池寛は、婦女界社主幹都河竜の懇請に応じて、翌十年五月から「婦女界」の姉妹誌「母の友」に『慈悲心鳥』を書き、ついで十一年三月から、再び「大毎」「東日」二紙を舞台に『火華』を発表する。

『慈悲心鳥』は一人の女性をめぐる二人の男性の葛藤をプロットに構えた作品である。その冒頭に生田川説話を紹介してあらかじめ作品の構図を明らかにしてみせた作者は、『真珠夫人』で試験済みの復讐のモチーフを再度導入し、古代説話を近代説話に蘇生させようとする。女主人公の静子は二人の壮士の求愛に思い悩んで生田川に身を投げた古伝説の芦屋処女をそのままに、可憐で自主性に乏しい女性として設定された。彼女の転機はかつてライヴァルであった検事から、夫が汚職を追求され、破滅したときに訪れる。遺児を養育する母としての役割が、彼女に人間的な自覚をもたらすのである。

『慈悲心鳥』は発表当初から代作の疑いを持たれた曰くつきの作品であった。(1) 菊池寛の恩顧を受けた小島政二郎は、修業時代の川端康成が下書きを書いたと言い切っている。(2) その真偽はともかく、新しい女性像の造型に意慾を示した『真珠夫人』に比べて、母型の女性を主人公に設定し、家庭小説の定型に後退した『慈悲心鳥』の低調さは否定できない。婦人雑誌に発表された最初の長編であるだけに、菊池寛は女性読者の反応を意識しすぎたのであろうか。この時点では発表の機関として、新聞をヨリ重視していたのであろうか。通俗作家としての彼の抱負はむしろ第三作『火華』に托されたおもむきである。

『火華』は社会小説を志向する通俗小説の新傾向を先導した作品であった。家庭小説の

菊池寛『慈悲心鳥』: 大正 10〈左〉と菊池寛『真珠夫人』: 大正 10〈右〉

上司小剣『東京』: 大正 10

呪縛から解き放たれた作中人物は、ややおぼつかない足取りながら、陰湿な屋内から明るい街頭に向って歩みはじめる。物語の主役は華族の若様でもなければ、富裕な青年でもなく、一介の工場労働者である。家庭小説でお馴染みのシンデレラ——若主人に救済される幸運な小間使も、この物語ではほんの端役として登場するにすぎない。家格と名誉に執着する貴族にかわって、冷酷な資本家が敵役を振り当てられる。作者お得意の復讐のモチーフはこの資本家に対する労働者の憎悪に結びつけられた。

『火華』の主人公川村鉄造ははじめ蒲郡の旅館の風呂番をつとめていたが、東京から保養に来た南条製作所社長の令嬢美津子から辱しめられ、復讐を誓って上京する。その後、南条製作所の機械工に就職した鉄造は、ベルトにまきこまれて片腕を失い、僅か七十円の見舞金で街頭に投げ出される。憤激した鉄造は南条家へ直談判に乗り込むが、応対に出た美津子からダイヤの指輪を恵まれるめぐりあわせとなり、再度の屈辱に甘んずる。鉄造の失職と前後して「資本主義の罪悪に目覚め」た熟練工佐分利をはじめ三人の仲間も社長から不当解雇を云い渡される。佐分利が指導するストライキに鉄造もすすんで参加する。会社側はストライキに対抗して工場閉鎖の非常手段に訴えたため、職工達は動揺し、鉄造を押し立てて、南条家へ復職嘆願に行く。仲間から裏切られて逆上した佐分利は南条邸に放火し、日本刀をふりかざして美津子を襲撃する。格闘の末、佐分利を倒した鉄造は片腕に美津子を抱きかかえて、火炎に包まれた二階から飛び降りる。美津子は救われたが、下敷になった鉄造は程なく絶命する。――この筋書からも察せられるように、『火華』は通俗小説特有の誇張と歪曲を免れていない。工場閉鎖に動揺する労働者は無智で卑屈な賤民の集団としてしか描かれていないし、「明智にして鉄腸の士」佐分利はかれらから裏切られたときにもっとも愚劣な狂者に一変する。ブルジョアへの復讐を誓ったはずの鉄造は美津子の驕慢な魅力に圧倒され、その温情主義に籠絡されて、安手なヒロイズムを発揮するのである。「佐分利と云ふ人は気の毒だね。新しい時代を生む犠牲者だ」「あの片腕の男、あれは現代の英雄だね」――『火華』の結末で北海道への逃避行の途上にある恋人たちが語り交すセリフである。この傍観者的な浅薄さに、『火華』の「社会性」なるものの正体が露わにされている。

『火華』は佐分利や鉄造の口をかりて「資本主義の罪悪」を告発させ、ブルジョアへの憎悪を吐露させながらも、かれらを集団から孤立し、脱落した反抗者として描くことによって、結局は体制温存の方向につながる安全無害な読み物にすぎないことを証明してしまったわけであった。『火華』が掬い上げようとした大正社会の現実は、賤民の集団としての労働者、裏切りのヒロイズム、労働者と令嬢のロマンス等の幻想にすりかえられてしまう。しかもそれらの幻想は通俗小説の新意匠として模倣者を続出させたのであった。たとえば久米正雄の『嘆きの市』(「主婦之友」大十二年一月〜)は破産した富豪の令嬢が最後の舞踏会の夜にほんの気紛れからパートナーに誘った労働者に心惹かれて行くという、いわば裏返しのシンデレラ物語であったし、中村武羅夫の『群盲』(「読売」大十二年九月〜)は大震災のなまなましい記憶を下敷に、暴徒と化した労働者の放った火で横浜が全滅するという結末になっていた。また三上於菟吉の『白鬼《しろおに》』(「時事」大十三年)の冒頭では鉄拳をふるって出版社のストライキを未然に制圧する「裏切者」の贋英雄が描かれた。

しかし、『火華』の出来ばえはともかく、ブルジョア文学者をもって目され、プロレタリア文学の擡頭を冷眼視した菊池寛が、大正九・十年の大争議時代に触発されて、労働問題を通俗文学の素材に導入しようとした意慾的な姿勢は、それなりに評価しておく必要がある。その理論的裏付けが『火華』と相前後して書かれた「文芸作品の内容的価値」のアクチュアリティ尊重論であったことはいうまでもない。

『火華』の連載完結から約半年後、千葉亀雄は「高級芸術と通俗小説との一線」(「新潮」大十二年三月)の中で、「技巧が芸術的だ、取扱ひ方が微妙だと云つても、所詮は一つの高級心理の遊戯に過ぎな」い高級芸術(純文学)のあり方に疑問を投げかけ、「より多くより広く社会と民衆の生活に没入して居」る通俗小説への期待を表明した。通俗小説が純文学よりもはるかに広範な読者を動員している現状は、必ずしも「民衆の芸術好尚が劣悪な為」

ではないというのである。『蛍草』を時事新報に起用して久米正雄を純文学作家から通俗作家へと転生させたこの辣腕の新聞編集者の発言は、遠くはいわゆる民衆芸術論の系譜を引き、近くは菊池寛の「文芸作品の内容的価値」を何程か反照させているであろう。芸術至上主義の解毒剤として素材のアクチュアリティを処方し、そのアクチュアリティの根拠を一般読者の健全な生活感覚に求めようとした菊池の提言は、千葉によって純文学対通俗小説という文脈に代入されたのである。ここに有島の「宣言一つ」から、菊池の内容的価値論を経て、広津の散文芸術論へとつらなる大正期文学論争の主線から、通俗文学尊重論の支線が分岐する。それは中村武羅夫が「心境小説にあらざれば小説にあらざるが如き、現在のやうな逆な小説界の現象は、殊に私などの如き本格小説を念とする者から見れば一層残念なのである」(「本格小説と心境小説と」)と慨嘆し、片上伸が「通俗小説が、純文学作品と対比せしめられるやうな心持から問題になつて来たのも、一つは、純文学作品といふものに対する……飽き飽きした心理に発してゐる」(「作者と読者」)と指摘したように、頽廃し風化した心境小説への不満を裏返しにした形で現われた。同時にまた菊池寛の『火華』をはじめとして、上司小剣の『東京』第二部・労働篇(大十一年)、中村武羅夫の『群盲』など、震災前後の通俗小説が社会小説への意向を示し、素材のアクチュアリティへの関心を昂めて行ったことも、通俗小説評価の機運を誘導したと考えられる。心境小説の頽廃と通俗小説の社会小説化とは、大正文壇というメダルの表と裏の関係にあるのである。
今年に入つてから急に通俗文芸のことが論ぜられてゐる。今までは多くの作家が通俗文芸を書いて来たが、今や通俗文芸とは何であるかについて研究さるべき時代が来たのである。……(芸術小説に対し)通俗小説はその時代の主流が反映されてゐる。……今の社会現象のうち最も顕著なものは経済思想の普及であつて、従つて階級思想の発生であり、労資双方に於ける生活不安である。さうした社会相は今や通俗小説の主要な題目とされてゐる。菊池寛氏の「火華」中村武羅夫氏の「群盲」久米正雄氏の「冷火」にしてもさうした一面が見える。(尾関岩二「通俗文芸の一面」「新潮」大十四年七月)
このような文壇内部からする通俗小説評価の機運を逆手にとって、プロレタリア通俗小説の提唱を試みたのは、前田河広一郎であり、加藤一夫であった。「文芸春秋」の創刊にあたって「菊池寛無用論」をつきつけたことのある前田河は「単なる知識者の道楽遊び」にすぎない「創作」からの絶縁、「万人を動かすだけの思想力」を持った「通俗」小説への方向転換を宣言する(「通俗小説への向上」「読売」大十四年一月三十一日〜二月一日)。また加藤は「社会的、経済的、政治的現象をよく見きはめ、普通人にはちよつと気づかぬ世相を、そして批判を、芸術でもつてよくわかるやうに見せつけ、しかもそこに新しい時代の感情が盛」り込まれているような通俗小説の創作をプロレタリア作家に要請し、「従来の無価値な通俗小説を一蹴」すべきであると説く(「新しき通俗小説」「東朝」大十四年五月五日〜六日)。

いわば芸術大衆化論の素朴な萌芽ともいうべき加藤や前田河のプロレタリア通俗小説待望論が、既成文壇の対岸に姿を現した大正十四年に、当の菊池寛は『火華』に見られた社会小説への志向を放擲して、ブルジョアの結婚生活の諸相を巧みに描き分けた『受難華』の制作に没頭していた。青野季吉のことばをかりるならば(3)「個人の唯物的基礎からさらに立入つて、社会の唯物的基礎へ捜索をすすめ」るという可能性はまったく見失われ、菊池寛は「愛憎の世界の種々相の通俗な描写」に専念することになるのである。

(1)鈴木享『菊池寛伝』三二六頁に「先日友人久米の処へ来た某婦人雑誌記者が、小生の「母の友」の小説は代作ならずや云々と申せしとのことにて、小生は甚だ憤慨いたし居り候」という都河竜宛の菊池寛書簡が紹介されている。

(2)「眼中の人」(「新潮」昭四十二年六月)。

(3)「菊池寛論」(昭九年六月、筑摩版『現代日本文学全集』第二十七巻所収)。

7

『火華』のあと、菊池寛は大正の末年までに五本の通俗長編を執筆した。『新珠』(「婦女界」大十二年四月〜)、『陸の人魚』(「大毎」「東日」大十三年三月〜)、『受難華』(「婦女界」大十四年三月〜)、『第二の接吻』(「東朝」「大朝」大十四年七月〜)、『赤い白鳥』(「キング」大十五年一月〜)である。このうち『受難華』は『半自叙伝』に「自分の初期の長篇小説の中では上作で、今でも読み返しても、はずかしいと思うところはない」と語られているように、作者の自讃作であった。「『受難華』は『忠直卿行状記』よりも遥かに見事な小説である」と言い切った小林秀雄の「菊池寛論」も想起される。

『受難華』には『真珠夫人』の瑠璃子のような強烈な個性は登場しないし、『火華』の鉄造に見るような階級的な復讐の意志も扱われてはいない。主要な登場人物は平凡きわまるブルジョアの女性達である。しかし、「三組の現代男女の恋愛図」(小林秀雄「菊池寛論」)をカット・バックの手法で交錯させ、筋の展開に映画的なテンポを導入した独得な構成法は、風俗的なタッチの的確さと相俟って、相応な成果を収めているのであって、この『受難華』にいたって、菊池寛は通俗小説の技術を完全に体得したおもむきである。第二次大戦中まで書きつづけられた数十編におよぶ昭和期の通俗長編の原型を、この『受難華』に求めることもできよう。

菊池寛は『受難華』の作因について「『受難華』は、女学生が卒業するに当って、もし結婚したら一年後に、その結婚についての報告を取り交そうと云うのが発端である。これは、その頃読んだ英文の猥本に、三人の処女が結婚生活に入る時に、お互に一年後に会って、結婚生活の報告をしようと云う約束をして、それを実行して、お互いに性生活を語り合うと云う筋から借りたのである」(「半自叙伝」)と述べている。彼はとくに触れていないが愛情の危機という状況を設定して三人の女性の恋愛模様を描き分ける構図は、おそらく『新珠』のそれの応用でもあろう。が、好色な華族が三人の姉妹をつぎつぎに誘惑する『新珠』のプロットが継起的であるとするならば、三組の結婚生活の危機と和解の過程をとりあげた『受難華』のプロットは同時的に進行し、さらに巧妙さを加えている。『受難華』の導入部で提出されるのは結婚以前の愛情の問題である。婚約者との秘密の結婚(照子)と妻子ある男性との交際(寿美子)がそれである。照子の場合は婚約者の客死により、寿美子の場合は男性の側の理性的な断念によって一先ず問題は解消する。つづいて展開される三組の結婚生活は、妻の過去の秘密(照子)、夫婦の教養の不一致及び妻の不貞(寿美子)、夫の放蕩及びその過去の秘密(桂子)から、それぞれの危機がもたらされる。ここで結婚以前の愛情の問題が伏線として生きてくるわけである。この三組の危機は調停者の登場(照子)、平凡な夫婦愛の自覚(寿美子)、妻の出産(桂子)というような契機によって回避され、和解が訪れる——。大宅壮一は三上於菟吉の通俗小説を「モダン家族合せ」と命名し、「貴族群」「資本家群」「貧民群」の「順列」及び「組合せ」によってプロットが構成されているという指摘したが、(1)『受難華』もまた、結婚生活のさまざまな局面を模様化した「順列」及び「組合せ」であったということができる。もっとも菊池寛じしんはこの模様化したモデルを、彼一流の文芸効用論で補強しうると考えていた。「文芸と人生」(大十五年一月)で彼はいう。

一生の幸不幸が定る配偶者を選ぶ場合でも、正しい相手を知ることが、いかに必要であるか。女性は男性を、男性は女性を、そして正しい恋愛や結婚生活はどんなものかといふことを本当に知らないから、一生の破滅を来たし、結婚生活の破綻を招くといふことになるのだ。が、学校では一向さういふ人生の真実を教へてゐない。それかといつて実人生に於て、男性が女性を研究することは不可能である。殊に女性が男性に近づく場合にいかに多くの危険が伴ふか。だが文芸といふものを通じてなら、いかに多くの男女性を、正しい恋愛を、結婚生活を知ることが、いかに簡単であるか。しかも何等の危険も伴はない。云ひかへれば文芸は人生の実験室である。少しの危険も伴はないで人生の真相を示す案内記である。

「少しの危険も伴はないで人生の真相を示す」という云い廻しに隠されている矛盾撞着を無造作に乗り切っているところに、非凡な常識家菊池寛の面目が躍如としている。彼が通俗小説で描こうとした「人生の真相」は模様化され、図式化された真相であった。人生の「案内記」ではあっても、人生そのものではなかった。彼は未熟な青年子女に安全無害な人生案内記としての文芸を提供することに、通俗作家としての役割を見定めようとしていたのである。この文芸効用論のもっともみごとな実践のひとつが『受難華』なのであった。

中谷博氏の「菊池寛論」(「早稲田文学」昭九年八月)は、『受難華』と昭和期の代表作『無憂華夫人』とを対比し、『無憂華夫人』に見られる「華族生活の徹底的罵倒」は『受難華』の「ブルジョワ生活」肯定を裏返したものだと分析している。『受難華』に登場する三人の女性の中で、もっとも才気に溢れ解放された性格の持主である寿美子の描き方に、「ブルジョワ生活」を支持する作者の姿勢が表われているというのである。寿美子の夫の林は慶応の理財科を中途退学し、プライドをプラウドと言いちがえても平然としているような資産家の馬鹿息子である。心に染まぬ結婚を強いられ、夫の無教養に愛想を尽かした寿美子は、いったんはかつての愛人の許に走ろうとするが、物語の結末では彼女の聡明な決断が結婚生活の破局を回避させる。「愛人と結婚する、それは人生の輝しい幸福の第一だ。しかし、それが出来なかつたとしても、そのために人生その物迄壊してしまふことは、あまりに勿体ないことだ。恋愛以外にも生活はあり、生活のあるところ、何処にでも欣びはあるのだ」。この寿美子の独白にはかつて「文芸作品の内容的価値」を「生活第一、芸術第二」ということばで締め括った菊池寛じしんの肉声が裏打ちされているが、愛情か生活かという二者択一は生活の優先という形で解決されるのである。ここにいう生活はまさに「ブルジョワ生活」そのものだ。あるいはそのステロ版としての「文化生活」といいかえてもいい。その舞台装置は帝劇であり、三越であり、帝国ホテルであり、銀座の洒落たカフェである。姑の束縛から自由で、快適な別居生活を営むに充分な経済的余裕である。それは愛情という価値をすべてに優先させた『真珠夫人』の世界とはあまりにも異なった風景でなければならなかった。逆に快適なブルジョア生活の秩序を峻拒して、敢えて愛情という価値に賭けた作中人物のばあい、どのような運命が待っているであろうか。『陸の人魚』の主人公北川は政略結婚を拒否して、結核を患う麗子と「死と破滅とが待つてゐるかもしれない」新婚旅行に旅立つ。俗物の恋敵を誤って溺死させてしまった『第二の接吻』の村川は倭文子とともに芦の湖に投身心中を試みる。かれらの情死行はその愛情の成就を阻害し、蹂躙した俗物的な社会に対する美化された抗議として描かれているけれども、反面、それは常識道徳と社会秩序を脅かす危険な情熱への社会的制裁を意味している。この二重性は大正後期に頻発し、社会的話題を呼んだ一連の情死事件(たとえば有島武郎と波多野秋子)に対する大正社会の二様の反応[2]——讃仰と指弾とをそれぞれ反映しているといえよう。

『受難華』と『陸の人魚』『第二の接吻』とでは、解決の方向はまったくうらはらながら、その基調をなしているものは、ともに「ブルジョワ生活」の肯定を指し示しているのである。つぎに引用する一九二〇年代から三〇年代にかけてのアメリカの婦人雑誌に掲載された通俗小説の内容分析は、このような両者の関係にきわめて有益な示唆を与えてくれる。

「ホーム・ジャーナル」では、ヒロインのモデルは地味な中流階級の美徳(忠実・貞節・しとやかさ等)によって支持されており、愛情は一般にその美徳への報酬とされている。「トルー・ストーリー」では道徳律に背いた者は非常に苦しむ結果になっている。一方では安全と保証という肯定的なシンボルが卓越し、他方では否定的な懲罰のシンボルが優先する。この両者の差異は、中流階級の読者にとって非常に重要な意味を持つところの社会的地位の喪失という強迫観念と、これに反して肉体的、道徳的な面で充足した小市民的世界が危機にさらされるかもしれないという強迫観念との対照である。シンボル操作の次元は異にするものの、価値として奉ずるところのものは同一である。(3)

家庭の幸福を犠牲に供してまで愛情をつらぬこうとしなかった『受難華』の寿美子の良識、良識がもたらしたものは、夫婦の和解という安全と保証のシンボルであった。一方、良識に反して危険な情熱に身を委ねた『陸の人魚』と『第二の接吻』の恋人たちは、その代償として社会的懲罰を引き受けねばならない。一方は快適な「文化生活」、安息所としての家庭という幻想を新中間層の読者に提供し、他方はそれらを脅かす有害な情念の昇華を約束するのである。

大正期における菊池寛の通俗小説は、女性解放の観念を通俗文学の世界に導入した『真珠夫人』、素材のアクチュアリティを求めつつ、結局は似而非《えせ》社会小説に終らざるをえなかった『火華』、快適なブルジョア生活の秩序の肯定を謳い上げた『受難華』――この三つの作品を重要な結節点として展開された。これらの作品が打ち出した新しい類型は、程なく通俗文学の世界の共有財産に登録されるであろう。彼がかちえた異常な成功が、おのずから大正後期における通俗小説の主線を方向づけたのである。では彼の作品系列が描き出す展開と屈折の軌跡は、新中間層の進出、女性読者層拡大の過程とどのように切り合いからみ合っていたであろうか。再び観点を読者の側に移動させて、この問題を考察してみることにしよう。

(1)「三上於菟吉の因数分解」(『文学的戦術論』所収)。
(2)有島武郎の情死に対する女性読者の反応の実例をあげてみる。「秋子氏は人間である限りの悩ましさを、有島氏と倶に戦い尽した愛の勝利者です。氏は凡ての因習から引離された至幸の人秋子です。……有島武郎氏は人間らしい生きた生活を存分に生活し切ったSuperiorだと思ひます」(木田やす子「至幸の人波多野秋子」「婦人公論」大十二年八月)。

(3) Patricke Johns-Heine, Hans H. Gerth: *Value in Mass Periodical Fiction, 1921-1940.* (*Mass Culture* edited by B. Rosenberg & D. M. White. 1957).

8

菊池幽芳の『己が罪』や『乳姉妹』が定式化した家庭小説は、錯雑した家庭内の葛藤に巻きこまれ、男性の恣意に翻弄されつつも、ひたすら貞淑の美徳に生きようとつとめる女性達の物語であった。読者の側では作中人物の運命を他人事ではなく身につまされる思いで辿る。作中人物をめぐる陰湿な悲劇的状況は、家庭内の婦人読者が日常肌身で感じているさまざまな心労と苦悩の凝縮され、強化された表現に外ならないからである。しかも、彼女らがはるかに憧憬の対象とも仰ぐ上流階級の高貴な女性が、自力では脱出不可能な宿命の陥穽に引き入れられて行くところに、同情と憐憫の優越した境位さえ約束されている。女性読者が家庭小説に期待し、要請したものは「家」の拘束からの束の間の心理的解放、いわば「情緒のカタルシス」なのであった。しかし、『真珠夫人』にはじまる新しい通俗小説はこのような享受姿勢の変革を促し、「代償行為」としての文学体験を開発してみせることになる。女性読者は現実にはなお家父長中心の「家」に束縛されながらも、小説の世界では女性解放の幻想に陶酔する自由を獲得するのである。婦人雑誌の読者の中核を「中小ブルジョアジーの女性」と規定した青野季吉の「女性の文学的要求」は、彼女らの社会的要求が婦人雑誌の通俗文学によって代償的に満たされているとして、つぎのような解析を試みている(1)。

……たとへば家族制度にしても、男女関係の慣習にしても、女性の社会的活動に関する制度的習慣的の拘束にしても、それの社会的意味がなくなり社会生活の現実がそれを刻々に裏切つてゐるにも拘らず、それは容易に解消されるものでもなければ、廃棄されるものでもないのである。単なる慣習として、単なる制度として、それは依然として一種の、力強い拘束力となつて残つて居る。

そこでさう云ふ拘束力を最も多く受け易い中小ブルジョアジーの女性が、その諸多の要求を実際行動において満すとすれば、その拘束力と面と向つて闘争し、それを断ち切らねばならぬ。そこに生死の困難が横つて居る。そこには生命を呑むごとき犠牲が待ち構へてゐる。この困難や、この犠牲があるに拘らず、その方法をもつてしての要求の実現に、勇敢に進んで行く女性は勿論ないではない。しかも、その数は当然の理由で増加してさへ行つてゐる。

しかし普通の女性はその勇敢さを持ち合せてゐない。勇敢と見ゆるその行動を執るに都合のいい状態におかれてゐない。彼女等はやはりその拘束力には触れないで、安易な道によつて、その内心の要求を満足して行くより外はない。この心理は普通に小ブルジョアジーの心理と名付けられるものの一つであつて、他の階級のそれに比して、鋭い対照を為してゐるものである。この安易な道についての内心の要求の満足といふ欲求が、彼女等をして文学を愛好せしめる根本動機である。彼女等の要求の生活は実に、文学のなかにおいて営まれるのである。

この階級の女性によつて愛好される文学、而して今や日本の文壇の文学に（ママ）、ほとんど全くその文学になり切らうとしてゐるのであるが、その文学が、一面においてこの階級の女性の慣習的心理たる情感性にこびながら、一面に社会的拘束に対する破壊の要求、自由の世界の描写に腐心してゐる事実は、右の関係を実証するものと云はなくてはならぬ。しかし、その破壊も、批評も、その自由の世界の創造も、決してラヂカルな色彩を持つて居てはならぬ。それは情感的要素によつて、内容に於ても表現に於ても、適度に緩和され、『詩化』されねばならぬ。それはたとへて言へば、脚光の上の焔であつても、本物の火事の焔であつてはならぬ。そこに一般には中小ブルジョアジーの、特殊にはその階級の女性の、社会的要求の満足の特別な様式が、鮮やかに描かれてゐる。

青野季吉は女性解放の欲求が昂っているにもかかわらず、それを阻害する社会的拘束はなお根づよく残っていることを指摘する。この理想と現実との落差をもっとも端的に反映しているのが、婦人雑誌の特集記事の構成である。たとえば、大正九年度における「婦人公論」の特集は「世界三大懺悔録評論」(一月)、「若し婦人が政治に参与することが出来たら」(二月)、「人間改造号」(四月)、「我国の現状に照して観たる避妊不可避論」(八月)、「悪妻愚母号」(十月)、「女子教育の社会化を提唱す」(十一月)というように、女性の社会的進出、家庭からの解放を、ほぼ一貫したテーマとしてとりあげている。しかも、それらは大正社会が当面していたさまざまな社会問題を的確に反映していた。一月号の「世界三大懺悔録評論」は前年の十月に後編の連載を完結し、社会的話題を投げかけていた藤村の『新生』に触発された企画であったし、二月号の「若し婦人が政治に参与することが出来たら」は、この年の三月に、平塚らいてう・市川房枝・奥むめお等の首唱で発会した新婦人協会の婦人参政権請願運動をその背景に考えることができる。また八月号の「我国の現状に照して観たる避妊不可避論」は、サンガー夫人の来日(三月)に呼応した企画であった。

一方、この年の「主婦之友」の特集は「運命開拓苦心の物語」「結婚に対する処女の要求」(一月)、「優良な中学校や女学校へ子供を入学させようとする親御への注意」「男子のために泣く婦人の告白」「リウマチを根治した経験」(二月)、「結婚の儀式と披露の改造法」「お産に失敗した体験」(三月)という類いで、結婚・離婚・育児・教育・病気等、すべて家庭内の問題に限定されている。しかも、それらが告白、手記、体験談などの私的なコミュニケイションの形式によっていることに注意したい。家庭の中に閉じこめられて開かれたコミュニケイションの場を持たない主婦たちにとって、それはもっとも親しみ易い形式であった。いわば身上相談のコミュニケイションに近い形式なのである。

「主婦之友」に見られる特集記事のテーマと形式とが「婦人公論」以外の一般婦人雑誌にも、ほぼ共通するものであったことはいうまでもない。「男子の誘惑にあつた経験」「継子の教育に成功した経験」「縁談のために悩む処女の告白」「愛児をなくした母の思出」といった類いの記事を身につまされて読みふける女性読者の姿勢は、たぶん家庭小説の女主人公の運命に一喜一憂する彼女らの享受姿勢につながっている。「家」の犠牲者たちの告白に耳傾ける秘密の交歓は、家庭小説の虚構世界であらためて反芻されるのである。家庭小説のストオリイは婦人雑誌の特集記事にひんぱんに現れる家庭悲劇のさまざまなシチュエイションを、職人的な技術を駆使して組合せたにすぎない。

「婦人公論」と「主婦之友」との間に開いている落差は、じつは「婦人公論」の寄稿家と読者の間の断絶でもあった。たとえば大正九年十月号の「悪妻愚母号」は、片上伸の「文芸教育の意義」、山川菊栄の「自由社会に於ける妻と母」、帆足理一郎の「所謂良妻賢母主義則悪妻愚母主義」、平塚らいてうの「婦人自身に帰れ」等の論文を収録し、自由恋愛の必要、婦人の地位向上、家事労働からの解放という主張をいわゆる良妻賢母主義への批判とからめてとりあげているが、一方、読者の懸賞当選論文の小特集「嫂と小姑」を試み、大家族にまつわる家庭内の陰湿な暗闘を紹介している。収録九編のうち七編までが嫂と小姑の不和を記したもので「鬼千疋の名に違はぬ小姑を持つ私のぐち一通りお聞き下さいませ」というようなスタイルからも、その内容は大凡察せられるというものである。そこに投げ出されているのは例外なく別居を望みながらも、それが叶えられぬ不満であり、嘆息である。このような一般読者が抱えていた重苦しい「家」の現実に対して、山川菊栄や平塚らいてうが用意した処方箋はあまりにも観念的にすぎた。

通俗作家としての菊池寛の役割は、いわばこの「主婦之友」レヴェルから「婦人公論」レヴェルまでを含む通俗小説の新領域を開発することにあった。大正女性が置かれていた閉じた現実と、彼女らがひそかに希求していた開かれた理想との断絶に、架橋することにあった。彼はどのような方法でその作業を遂行したのか。青野季吉のことばをかりるならば彼が提供した「自由の世界の描写」は、本物ではなく「脚光の上の焔」にすぎなかったが、まさにそれが幻想そのものであったが故に、新中間層の女性読者に代償的な満足を約束することが可能だったのである。しかも、彼女らが現実生活と社会的欲求との落差をヨリ痛切に意識し、新中間層特有の不安と自意識を深めて行くにしたがって、彼の成功はゆるぎないものになる。いわば『真珠夫人』を発表した大正九年には、菊池寛は「可能性における読者(2)」に向って語りかけていたわけであるが、大正末年には現実に厖大な新中間層の女性読者を獲得するのである。

(1)アメリカの社会学者ダンカンは文学の社会的機能のひとつに「代理体験」(make-believe)を挙げているが、これは青野季吉の解析とよく符合している。「代理体験の文学は、実際行動に転化されるか、意識化され論理化された経験に深められるならば、社会体制の維持に脅威を与えるようなさまざまな情念を拡散させ、行動から引離す」(D. H. Duncun, *Language and Literature in Society*. New York : 1953. p. 42)。

(2)桑原武夫氏『文学入門』参照。

9

「男性本位の道徳」に果敢な戦いを挑んだ『真珠夫人』の瑠璃子から、愛情よりも生活の欣びを選択する『受難華』[1]の寿美子へという女性像の微妙な変化は、大震災を間に挟んでの女性の生活意識の変質と無関係ではないと考える。問題小説としての『真珠夫人』から風俗小説としての『受難華』へという転回は、新中間層に属する女性の文学的要求を、菊池寛が的確に把握していたことを意味するわけである。この新中間層の女性たちの羨望の的ともなったいわゆる「新時代の女性」は、通俗文学の世界では好色な華族を翻弄する『新珠』の爛子や、軽井沢の避暑地風景を描いた『陸の人魚』などにその片鱗をのぞかせ、『受難華』の寿美子にその輪廓が浮彫りにされる。久米・加藤・中村らは菊池が先鞭をつけた「新時代の女性」像に刺戟されて、かれらなりに通俗文学の新意匠を考案したおもむきである。たとえば藤森淳三はいう、「氏(註　菊池寛のこと)が近頃の若い男女の生活の機微を捉へてゐる点は、寧ろ久米氏以上だといつても必ずしも出鱈目でないであらう。久米氏はあれでどちらかと云ふと保守的道徳家らしいところが作品から窺はれる。……たとへば『受難華』において若い夫婦が小摺合ひをしたり、すぐそのあとで接吻したりするやうなことが、むろんむかしの若い男女にだつてさうした場面がなくもなかつたらうけれども、氏の場合ふしぎにそれが新時代らしい色着けで描かれてゐるのである」(「通俗小説の作者に与ふ」「新潮」大十四年九月)と。「新時代の女性」ということばが、ジャーナリズムの慣用語として登録されたのは、震災後間もない大正十三、四年ごろのことである。それは「モダンガール」という外来語(?)におきかえられたとき、ヨリ広範な普及力を発揮した。『受難華』の女主人公寿美子の現代的な性格が前半では「新時代の女性」と表現され、後半では「モダンガール」と形容されている辺りに、両者の脈絡と交替の時期を推測することができる。大正十四年には「婦人公論」の四月号に新居格の「モダン・ガールの輪廓」が発表され、「新潮」の七月号に「謂ゆる新時代の女性に対する考察」が特集されるというように、両者は併行して使用されたらしいが、「新時代の女性」の生硬な語感は流行語の資格に欠け、間もなく耳ざわりのいい「モダンガール」にとってかわられることになるのである。この「新時代の女性」ないし「モダンガール」が、明治末年の青鞜社時代に遡るいわゆる「新しい女」とは異質な女性像であったことはいうまでもない。「新しい女」の観念を通俗文学の世界に導入した作品が『真珠夫人』であったとすれば、『受難華』は「モダンガール」の生態と風俗とを先取した作品であったということになる。大正後期における通俗小説展開の基軸のひとつは、この「新しい女」から「モダンガール」へという女性像の変貌に沿って辿られるのである。

震災前の大正女性の生活意識については、さきに触れた「職業婦人に関する調査」がきわめて示唆に富むデータを提供する。たとえばその読書調査の項に挙げられている文学書の主要なものはつぎのとおりである。

出家とその弟子	（倉田百三）	二八
父の心配	（〃）	一七
歌はぬ人	（〃）	八
愛と認識の出発	（〃）	七
静思	（〃）	五
布施太子の入山	（〃）	五
叱達太子の入山	（〃）	四
死線を越えて	（賀川豊彦）	一六
太陽を射るもの	（〃）	三
人間親鸞	（石丸梧平）	一六
老子	（大泉黒石）	五
愛すればこそ	（谷崎潤一郎）	五
宣言	（有島武郎）	四
星座	（〃）	二
新約	（江原小弥太）	三

彼岸過まで	（夏目漱石）	四
行人	（〃）	一
破船	（久米正雄）	五
慈悲心鳥	（菊池寛）	一
新生	（島崎藤村）	一
地上	（島田清次郎）	一

＊

ジャン・クリストフ	四
何処へ行く	三
人形の家	三
ナナ	三
カラマーゾフの兄弟	二
ボヴァリイ夫人	二
レ・ミゼラブル	二

註　調査人員九〇〇の中、書籍を購読するもの五一〇、うち文学書二二三。

久米正雄の『破船』はともかく、いわゆる通俗小説が殆どリストに挙っていないのは何故だろうか。雑誌の購読調査の結果では、延人員一一八四のうち、「婦人公論」一九六「婦女界」一八一、「主婦之友」一四四、「婦人世界」八六、「女学世界」四九、「婦人倶楽部」三二、「女性」三二、「婦人之友」二〇というように婦人雑誌の購読率はきわめて高く、通俗小説が読まれる可能性も大きかったはずである。しかしこのころの新聞や婦人雑誌の通俗長編は単行本で再読されるだけの牽引力に乏しく、読みすてにされる場合が多かったのではあるまいか。たとえば久米正雄の最初の通俗長編『蛍草』(春陽堂)は大正七年十一月に初版、大正九年三月に八版であり、大正十一年七月に初版を出した『破船』前編(新潮社)は十月に一〇版である。菊池寛の『新珠』下巻(春陽堂)は大正十三年十一月に初版、十四年四月に一三版である。菊池や久米の通俗小説がベストセラーに進出するのは、それが映画という新しい媒体と結びついた大正末年から昭和初頭にかけてのことであったらしい(昭和元年十二月に初版を出した『受難華』合本(文芸春秋出版部)は翌年一月末に二五版に達した)。一方、この読書調査で優位を占めている倉田百三、賀川豊彦、石丸梧平、江原小弥太らのいわゆる宗教文学は、菊池・久米らの通俗小説をはるかに上廻る版数を重ねていたのであった。たとえば大正六年六月に初版を出した『出家とその弟子』(岩波書店)は十一年一月に一五一版を出し、大正九年六月に初版を出した『歌はぬ人』(同)は十年八月までに四一版を重ね、大正十一年三月に初刷を出した『父の心配』(同)は同年九月にははやくも五〇〇〇〇部に達した。大正十年十月に初版を出した江原小弥太の『旧約』は十二月に六〇版である。

この読書調査にあらわれた宗教文学、とりわけ倉田百三の作品(文学書中三割強を占める)への高い支持は、彼女らの生活意識の基層をなしている修養主義と無関係ではないであろう。「結婚生活の準備について」という質問に対して、彼女らの過半数は異口同音に修養ないしは人格の完成を強調する(回答例四八のうち二五)。「常に新刊の書籍を読み、頭脳の退歩を防ぎ、物質的準備は今の所考へなし」という回答例が端的に示しているように、経済的条件はすくなくともタテマエとしては殆ど問題にされていないのである。

この生活調査が実施された大正十二年は、明治末年からはじまった修養書のブームが一段落した時期に相当している。新渡戸稲造のベストセラー『修養』が初版を出し、野間清治が講談を通じて民衆に修養の糧を提供しようという意図のもとに『講談倶楽部』を創刊したのが明治四十四年である。幸田露伴の修養書『努力論』は明治四十五年に、『修省論』は大正三年に出版された。「修養」というシンボルが社会的に流通力を獲得したのはほぼ明治末年から大正初頭にかけての数年間であったと考えていい。明治時代を通じて立身出世を希求する社会層は下へ拡大される傾向にあったが、その反面、立身出世の可能性はしだいに狭められて行く。このような過程でもともと立身出世の発条としてきびしく要請されていた克己・勤勉・自省等の徳目は自己目的化し、立身出世による自我充足の代償として意識されることになる。「修養」というシンボルはこの解体に瀕した明治立身出世主義の庶出子として登場するのである(それが卑俗な処世術に風化する危険性を絶えず内蔵していたことはいうまでもない)。第一次大戦後の好況に鼓舞され、大正期特有の「人格」「教養」の観念に色揚げされた修養主義は、しだいに自我の確立と拡大の欲求を育てて行くが、それは現実社会への通路を遮断されていたために内面世界における自由を反芻する自慰的な性格が濃厚であった。(2)

・人格完成又は恋愛完成の途に於ての一手段として結婚を観て居ります。(タイピスト)

・結婚と言ふ事は人生の一番重大な問題ですから、自己の自由意志に於て、其の配偶を求め、新しい家庭を構成して行かねばならない事を自覚します。従つて思想上、実際生活上、それを自ら処理できる丈の修養を勤めてゐます。(店員)

これらの回答例には職業人としての社会的活動を通じて自我意識にめざめた新しい女性のタイプがうかがわれるが、その一方では、

・女は自分の理想を実現せんとしても、現代の社会では不可能に思ふ故に運を天に委せ、婦人として取るべき道を取らんとして日夜苦心してゐます。(事務員)

というように女性解放を阻む現実の厚い壁への嘆息も聞かれるのである。現実から内面

への転回は、宗教的な慰藉を求める方向につながって行く。

・家庭にあつて凡てを経験し、又聖書に依つて精神の修養につとめる。(事務員)

この生活調査に表われている職業婦人の修養主義は宗教的世界における内面的自我の解放と、現実的世界における社会的自我の確立という両極の幻想を包み込んでいたと考えていい。自由恋愛か宗教的解脱かという二者択一の問題を「聖なる恋は恋人を隣人として愛せねばならない。慈悲で憐まねばならない。仏様が衆生を見給ふやうな眼で恋人に対せねばならない」というような形で止揚して見せた『出家とその弟子』は、この両極をみごとに調和させていたわけであった。女性解放の幻想を提供した限りでは『出家とその弟子』と『真珠夫人』とは軌を一にしていたけれども、宗教的情操によって「詩化され」(女性の文学的要求)ていた前者の影響力は後者をしのいでいたのである。

大正婦人の心を捉えていた修養主義は、大震災を契機に急速に風化し、解体して行く。「主婦之友」の主幹石川武美が修養というシンボルにかえて、文化というシンボルを打ち出し、読者層の拡大に成功したことはすでに触れた。「大日本婦人修養会」という読者組織を擁していた「婦女界」が、大正十二年十月号の震災特集をきっかけに、毎年十月号を「婦人修養号」の特集にあてる慣例を打ち切ったことは、婦人雑誌の世界における修養主義の後退を象徴的に示すものであろう。修養主義の解体は一方では「私達は……眼ざめた自己をいたはつた生活、或る程度の自由な生活をしたいがために、先づ家庭生活を離れ、経済の独立の手段として職業を持つたのです」(「新時代婦人の家庭観」「婦人公論」大十四年一月)というような社会的自我にめざめた少数の「社会婦人」(3)を生み出したが、新中間層に属する女性の大半は「文化」という新しいシンボルに魅かれて行くことになる。

つぎに大正末年から昭和初頭にかけての「文化」の概念を、大衆的レヴェルでもっとも典型的に表現しているモデルをあげてみよう。

A 平凡なる現実の生活から趣味と面白味を発見して健実に愉快に生を享楽したい。これが「サンデー毎日」の目標である。

「サンデー毎日」が謂ふところの面白味や享楽には断じて軽佻浮華の分子を容れない。科学と芸術を生活の軌道として進む真面目な文化生活を求めて記者と読者とが相俱に努力しようといふのである。

「サンデー毎日」は家庭に執着する。人生の明るい方面に執着する。(「サンデー毎日」大十一年七月十日)

B 世界文学に親しむは、朝に電車汽車を利用し夕に活動ラヂオを享楽するものの義務だ。屋根にアンテナを張つて書斎に本全集を具へないのは恥辱だ。従つて本全集の成果は日本の民衆の世界に於ける文化的レベルを表示する好箇のバロメーターだ。見よ、各国各時代の代表傑作を網羅して全日本に放送せんとする此の一大マイクロホンの前に全民衆全家庭が狂喜して一円を投じつつある事実を。是れ本全集の絶大なる成功を語るものにあらずして何であらう!!（「朝日」昭二年二月十五日）

Aは「サンデー毎日」の編集意図を訴えた文章、Bは新潮社の「世界文学全集」の広告文。週刊誌と円本とが大正末年から昭和初頭にかけての大衆文化の展開に果した役割についてはあらためて触れるまでもないであろう。この二つの文章のモンタージュから描き出される「文化」生活のアウトラインは、

1　担い手としての新中間層。

（A　平凡なる現実の生活）

（B　朝に電車汽車を利用し夕に活動ラヂオを享楽するもの）

2　小市民的な家庭中心《マイホーム》主義

（A　「サンデー毎日」は家庭に執着する）

3　消費生活の重視。享楽主義。趣味生活

（A　健実に愉快に生を享楽したい）

（B　夕に活動ラヂオを享楽するもの）

4 背景――ジャーナリズムの発展と映画ラジオ等視聴覚メディアの進出。
(B 此の一大マイクロホンの前に全民衆が狂喜して一円を投じつつある事実)

都市近郊のいわゆる文化住宅はこのような「文化」生活の容器として、新中間層の理想となった。佐々木邦の『文化村の喜劇』(大十五年)では週日には「仕事が済めば驀地に家路へ急」ぎ、休日には書画骨董の鑑賞会を娯しみにしているような平凡な生活人が、軽い揶揄をこめた筆致で描かれる。文化村の住人は「大抵は会社員か学校の先生、官公吏、新聞記者、下つては文士、所謂有識無産階級の人達」ということになっている。文化住宅は夫婦中心の核家族向きに設計され、そこでは姑や小姑などの係累にわずらわされない合理的な「シンプル・ライフ」が営まれる。メリー・ピックフォードによく肖たナオミと大森郊外の文化住宅を借りて同棲生活を始める『痴人の愛』の主人公はこの「シンプル・ライフ」の礼讃者である。「実際今の日本の「家庭」では、やれ箪笥とか、長火鉢だとか、座布団だとか云ふ物が、あるべき所に必ずなければいけなかつたり、主人と細君と下女との仕事がいやにキチンと分れてゐたり、近所隣りや親類同志との附き合ひがうるさかつたりするので、その為めに余計な入費もかかるし、簡単に済ませることが煩雑になり、窮屈になるし、年の若いサラリーマンには決して愉快なことでもなく、いいことでもありません。その点に於いて私の計画は、たしかに一種の思ひつきだと信じました」。

大森郊外の「赤いスレートで葺いた屋根」の下で人工的に飼育されたナオミは、「文化」生活の幻想が孵化した「未来のイヴ」にちがいなかった。「新時代の女性」ないしは「モダンガール」の生活意識を先取し、体現した彼女には、新中間層の女性群の偶像となるだけの資格が十二分にそなわっていた。[4] しかも彼女の容姿が高名な外国の映画女優に擬せられていたことは、文学作品の女性像が大正女性の支持を獲得するために必要な条件の一つを象徴的に指し示している。大正末年は文学と映画の相互交流の現象が顕著になった時期である。映画スターの魅力と相乗された作中人物の強力なイメエジは、従来の読者が知らなかった新鮮な体験であった。『第二の接吻』の京子や『受難華』の寿美子は、それらが映画化され、筑波雪子や栗島すみ子らによって演じられたときに、ヨリ広範な普及力を発揮する。映画という新しい映像芸術は、現実逃避の白昼夢を、小説以上に機能的、感覚的な形式で提供するのである。

「新時代の女性」が通俗小説の提供する幻想、映画の紡ぎ出す白昼夢にたいしてきわめて鋭い感受性を具えていたことは、大正十四年にヨーロッパから帰国した堀口大学の証言に求めることができる。

彼女達の濃やかな印象は何よりもロマンチシズムである。彼女達には憧れがある。夢がある。……彼女達の生活は、昔の人から見れば、途方もない希望に燃えてゐると言つていいであらう。確に彼女達は悦しくそして明るい。蝶の飛ぶやうに一種の持味を持つて居る。限りもない夢の世界へのその憧れは、苦しいこの現実の世界からの逃避であることは言ふまでもない。確に彼女達の生活の内面的核心はロマンチシズムである。小説的である。（「新時代の女性に対する考察」「新潮」大十四年七月）

かつての「新しい女」が希求した政治的、社会的な「女性解放」の理想は、現実の世界からの束の間の逃避、二人だけの「文化」生活の夢想にすりかえられる。新しい風俗、流行への関心にとってかわられる。婦人雑誌の花形は今や平塚らいてうや山川菊栄ではなく、山田順子であり、栗島すみ子である。婦人雑誌の読者は栗島や山田が彼女らの潜在的な解放の欲求を代行した形で、大胆に演じてみせる現代風俗の種々相に喝采を送り、「夢の世界への憧れ」を満たすのである。

「婦女界」の大正十五年十月号に掲載された「モダーン・ガールのメンタルテスト」はいわゆるモダンガールの生活意識を直接的に伝えている資料のひとつとして興味深い（面接調査の対象は女学生・令嬢・タイピスト・女車掌・女店員・映画女優・スポーツマン・カフェー女給・看護婦の九グループ、六七名である）。この面接調査の一端を紹介してみると、好きな女優はリリアン・ギッシュ、メリー・ピックフォード、グロリア・スワンソン等、ハリウッド女優が圧倒的で、日本の女優では岡田嘉子が第一位を占める。スポーツではテニス、水泳、ピンポンに人気が集中し、ダンスについては約半数が肯定する。前掲の「職業婦人に関する調査」では閑暇の利用が、お茶・生花・編物・刺しゅう・レコード鑑賞など、もっぱら室内に限定されていたのが、この調査では屋外、街頭への志向があらわれているのである。「結婚生活の理想」については「姑のない家庭希望」(女学生)「姑あつて別居」(令嬢)「夫が中心でなくなるべくならお友達の様に理解ある生活希望」(同)「複雑な家族制度から離れた幾分洋式を取り入れた様式希望」(タイピスト)「お互に理解し合つた生活がしたい」(女車掌)「二人きりで文化生活」(映画女優)「姑のない二人きりの生活」(カフェー女給)というように大半が理解ある夫との二人だけの生活を望んでいる。婚前の交際を肯定するものは約三分の二、夫の収入についての希望は百円から三百円までが多く、要するに小市民的な文化生活が求められているわけである。「好きな作家」の順位は、菊池寛(一一)、久米正雄(六)、有島武郎(五)、夏目漱石(四)、島崎藤村(四)、倉田百三(三)、芥川龍之介(三)、武者小路実篤(三)、石川啄木(三)、吉田絃二郎(三)、谷崎潤一郎(二)である。「職業婦人に関する調査」の読書調査で群をぬいていた倉田百三の後退は修養シンボルの魅力喪失を物語るものであろう。菊池寛の人気は彼の通俗長編が小市民的な文化生活、大家族の絆から解放された二人だけの結婚生活の幻想をもっとも典型的に表現していたことと無関係ではない。『受難華』に描かれた「三組の現代男女の恋愛図」は、モダンガールの生活意識とみごとに対応していたのである。

久米正雄が昭和二年六月から読売新聞に連載した『青眉』の女主人公冴子は、就職の依頼に訪問したある作家からつぎのように評される。

昔は新しい女が居て、青鞜と云ふ名で呼ばれてゐましたが、此頃は、肉体的にも新しい女が出来て来たので、それを青鞜からもぢつて僕は青眉婦人と称してゐますがね。青い靴下をはいて、理窟ばかり云ふんでなしに青く眉を描いて、身体で現代を主張する。——貴方も確かにその一人かも知れませんな。

「新しい女」の観念を通俗文学の世界に導入した『真珠夫人』は、瑠璃子の自由を保証する仮構として未亡人の境遇と莫大な遺産を必要としたが、『青眉』の冴子は職業婦人として男性の職場を遍歴する間に遭遇するさまざまな危機を、その美貌と才智とを唯一の武器として大胆に切りぬけて行く。久米正雄は家の拘束から解放された孤独な女主人公が、実社会の只中で体験する不安と冒険を描こうとしたのである。『青眉』の冴子は三上於菟吉の『日輪』(「東日」大十五年一月〜)の徳恵子の系譜を引く新しい女主人公のタイプであって、それは大正末期から昭和初頭にかけての新中間層の生活意識を幻想の世界に解き放った虚像にほかならなかった。実像とは何か。たとえば目白文化村のこぎれいなバンガローを羨望し、ささやかな文化生活の夢想を語り交す、『紙風船』の退屈した夫婦が、それである。

(1)岡本かの子は震災後の女性の生活意識についてつぎのような印象を語っている。
「時代が非常に便利になつたから何となく新しくあらうといふ憧憬が、青鞜社時代の様に鬱勃としてゐません。たとへばその鬱勃としたものが、手軽に云へば髪形の上や服装の上などにはけ口が出来てゐるでせう。また婦人雑誌を読めば現代語が出てそれを読めば、自分の程度の新しさと一致する快さがあり、見るものすべてが流通無碍になつただけ、それだけ女性全般の中に蓄積されたものがない様に思ひます。……近代の女性はなかなか功利的な所があつて兎角利害の打算の方が感情よりも先に立つて、利害得失を無視して、どこまでも自分の感情を生かさうとする熱情の閃は、多くの場合に於て見られないと思ひますね」(「新時代女性問答」「新潮」大十四年九月)。
(2)神島二郎氏『近代日本の精神構造』一九七頁参照。
(3)新居格は「社会婦人は建設的に団結するが、モダン・ガールは崩壊的に個人で行く。前者が論理的で後者は情感的だ。既成の観念にたいして反逆的であるのは同様でありえても。」(「モダン・ガールの輪廓」「婦人公論」大十四年四月)というように「社会婦人」と「モダン・ガール」を対立的に把えている。
(4)大正十四年七月に初版を出した『痴人の愛』(改造社)は、同年九月までに五十版という異常な売行きを示した。

昭和初頭の読者意識――芸術大衆化論の周辺

1　青野季吉の見解

昭和四年七月、青野季吉は「改造」誌上に「プロレタリア文学理論の展開」を発表し、彼じしんが主役のひとりを演じた「種蒔く人」創刊いらいのプロレタリア文学評論の歩みをふりかえっている。約十年間の評論史は彼の「目的意識論」を境に二期に区分されるというのだ。前年の後半から「戦旗」誌上で闘わされた芸術大衆化論争がいちおう結着したかに見える時点で執筆されたこの論文は、さすがに大衆化論がプロレタリア文学運動に占める役割の大きさを特筆することを忘れていないが、ここで注目しておきたいのは、青野が第一期の理論的問題を五項目に整理した中で、「プロレタリア文化及び文学の可能論」、「リアリズムの固持及び『調べた芸術』論」などとあわせて「読者及び大衆性の問題」を挙げていることである。

四、読者及び大衆性の問題。これはプロレタリア文学の謂ゆる第一期の進出期に起つた問題である。当時のプロレタリア文学が、事実において、インテリゲンチャ及び少数の前衛的労働者にしか読まれないのをみて、一部の人々は、その大衆化の要を唱へ、その方法として、既成の娯楽的要素を多分に取入れた通俗芸術を提唱し、それを実践に移しすらした。これにたいしてプロレタリア文学の主流は、同じく大衆化の要を認めながら、右の機械的な方法を斥け、運動全体の中によつて漸次的にプロレタリア文学を大衆化すべきであり、また大衆化し得ると主張した。その後の事実を見ると右の機械的方法による大衆化は全然失敗し、当時インテリゲンチャと少数の前衛的労働者にしか読まれなかつたプロレタリア芸術が今日万をもつて数へられる労働者及び農民の心臓へ『喰入つて』来てゐるのである。

青野は通俗芸術家の路線が大衆組織化、政治運動強化の路線によって克服されたことから、大衆化論は相応の成果を収めたと把握する。それはプロレタリア文学が「万をもつて数へられる」労働者及び農民の読者を獲得した事実によって立証されたというのである(昭和三年四月現在で「文芸戦線」の発行部数は八〇〇〇、「前衛」のそれは六五〇〇に達したといわれている)。通俗芸術化の路線が清算されたとする青野の観測の甘さは、程なく貴司山治の『忍術武勇伝』、『ゴー・ストップ』に代表されるプロレタリア大衆文学の登場、及びそれに触発された作家同盟を主体にする大衆化論のむし返し等の事実によっておのずからあらわにされるはずである。しかし、それとはべつに昭和初頭の大衆化論が大正期から持ちこされた宿題のひとつであったとする青野の見解は再検討に価する。現在の定説では芸術大衆化論の端緒は中野重治の「いはゆる芸術の大衆化論の誤りについて」(「戦旗」昭三年六月)、ないしはややさかのぼって中野の「如何に具体的に闘争するか」(「プロレタリア芸術」昭二年十二月)や蔵原惟人の「無産階級運動の新段階」(「前衛」昭三年一月)辺りに求められている。論争史の観点から見るかぎりこの定説は動かし難いであろう。が一方、青野の見解はこのような定説の枠組をいったん解き放ち、すでに大正後期からはじまった読者意識の変質、出版機構の商業主義化、大衆文学の進出、既成文壇における危機意識の深化等の問題とからめて、大衆化論の文学史的座標軸を再構成する方向を示唆しているように思われる。

では青野のいう大正期に「大衆化の要を唱へ」た「一部の人々」とは、いったい誰のことを指していたのか。

2　大衆化論の素朴な萌芽

前田河広一郎は青野季吉のいう第一期における大衆化論提唱者のひとりである。前田河は「種蒔く人」の同人に迎えられてから間もない大正十二年六月に「民衆の要求する新文学」なる文章を発表し、「民衆と文壇との絶縁状態」を鋭く衝くとともに、「民衆の要求する面白さの心理について深く研究する必要」を説き、有名な講談社のキャッチフレーズを逆手にとって「面白くて為になる」読物への期待を表明したが、彼がプロレタリア文学通俗化の路線をまともに打ち出したのは大正十四年一月に発表した「通俗小説への向上」であった。この論文で前田河は「単なる知識者の道楽遊び」にすぎない文壇的な「創作」からの絶縁、「万人を動かすだけの思想力」を具えた「通俗」小説への方向転換を宣言する。この発言の裏付けとなったものが、長編『大暴風雨時代』の完成と、アプトン・シンクレアの『ジャングル』の翻訳とから得た自信であったことは容易に看取されるであろう。しかし、そのもうひとつの動機が彼の反文壇意識に根ざしていたことも確認しておく必要がある。それは「自分は不図思ひついたことから、通俗小説といふものを大変祭り上げたやうな結果になつたが、然しこれは決して、際物的プロット本位、山たくさんの現在の通俗小説を賞めたわけではなくて、本来小説に『創作』だなんて日本国以外にない馬鹿げ切つた言葉を使ふ習慣と、その背後に潜む文壇人の愚昧な心理とを、はしなくも指摘したに止まるのである」というような口吻からも察せられるが、もともと大正期における前田河の評論活動の主要なモチイフのひとつは、いわゆる既成文壇の閉鎖性に執拗に喰い下る所にあったわけであった。のちに評論集『十年間』(大衆公論社、昭五年五月)に収められた「菊池寛無用論」(大十二年二月)、「文壇の政党化を難ず」(大十二年九月)、「文壇左側通行」(大十三年十一月)、「芥川龍之介を駁す」(大十三年十一月)、「文壇意識に就いて」(大十三年十二月)などの一連の文章は、「ブルジョアジーによって密封されてゐた『文壇公開』の第一攻勢」(『十年間』序)の尖兵をプロレタリア文学の陣営から買って出た前田河の武者振りをまざまざと示している。

しかし、この既成文壇への意識過剰が結果的には彼の提唱するプロレタリア通俗小説の実体をアイマイなものに終らせてしまったのは皮肉な事態にちがいなかった。前田河は倉田百三の『出家とその弟子』が「技巧本位の『創作』よりも、民衆への感動力に富んでゐる」たといい、内容本位の行き方を強調する。この言いまわしの蔭に、芸術至上主義の解毒剤として素材のアクチュアリティを処方し、そのアクチュアリティの根拠を一般読者の健全な生活感覚に求めようとした菊池寛の内容的価値論が透けて見えることは否定できない。民衆の要求する新文学として「面白くて為になる」読物に期待した前田河の提言にしても、菊池寛の「当代の読書階級が作品に求めてゐるものは、実に生活的価値である。道徳的価値である」という有名な発言のややどぎつい言いかえにすぎないだろう。折角のプロレタリア通俗小説論がはしなくも当面の敵手の論理をなぞる結果に終ってしまったところに、震災後のプロレタリア文学が追いこまれていた低迷状態の一端をうかがうことができるかもしれない。前田河の「通俗小説への向上」が発表された大正十四年一月は第一次「文芸戦線」の休刊が決定された時期に当っているのである。

プロレタリア文学が置かれていた危機を打開する方策のひとつとして通俗小説の執筆を促したのは加藤一夫の「新しき通俗小説」(「東朝」大十四年五月五日〜六日)である。加藤はこの論文で「プロレタリア芸術家は今や非常な窮地に陥つて居る」と率直に告白し、従来のプロレタリア文学が民衆から遊離して「少数の知識階級」にしか読まれなかった事実への反省から、「社会的、経済的、政治的現象をよく見きはめ、普通人にはちよつと気づかぬ世相を、そして批判を、芸術でもつてよくわかるように見せつけ、しかもそこに新しい時代の感情が盛」り込まれているような通俗小説の制作をプロレタリア作家に要請した。この提案にはかつて大杉栄らとともに民衆芸術論を唱導した加藤の面目を看てとることができるけれども、一方彼が「婦人公論」に『闇の舞踏』(大十二年十月〜十三年十二月)、「主婦之友」に『生に寄する波』(大十四年一月〜十二月)などの通俗小説を連載していたことを思い合わせると、プロレタリア作家でありながら商業雑誌に通俗小説を売って生計を立てているうしろめたさを裏返しにした発言と読めないこともない。げんに彼の『生に寄する波』は作中人物に資本主義批判を語らせたりしているにもかかわらず、彼が一蹴すべきであるとした「従来の無価値な通俗小説」の枠組を何程も出ていないのだ。

佐野袈裟美の「文芸の大衆化」(「文芸戦線」大十四年七月)はプロレタリア文学の陣営で最初に「大衆化」の用語を導入した論文ではないかと考えるが、その発想そのものは加藤一夫のそれと同工異曲である。「一般の民衆の興味に投合しながら、民衆をこちらの思ふ壺に引込んで来るやうな作品の出現」が期待されているわけであるが、この発言のふやけた姿勢はまさに「一時非常なる勢ひをもつて勃興し来つたプロレタリア文芸運動も、関東の震災後とみに沈滞し、反動的傾向に圧倒されて全く蟄伏してゐるような情ない現状」に見合っている。この論文が掲載された頃の「文芸戦線」はようやく復刊を果したものの、四六倍判二十四ページの誌面に二十数人の原稿を詰めこみ、「文芸春秋」のゴシップ記事をわるく模倣したような低調な編集ぶりで、プロレタリア文学運動は将来の見とおしをまったく失った「半絶望状態におちいつていたのである」(山田清三郎『プロレタリア文学史』、下、一二三頁)。折角「大衆化」を訴えながらも佐野の発言はプロレタリア文学の市場回復を目指す悪足掻きのひとつであったといえるわけで、それはたとえばつぎのような既成文壇の内部からする通俗小説評価の機運に追随した提案にすぎなかったのである。

今年に入つてから急に通俗文芸のことが論ぜられてゐる。今までは多くの作家が通俗文芸を書いて来たが、今や通俗文芸とは何であるかについて研究さるべき時代が来たのである。……(芸術小説に対し)通俗小説はその時代の主流が反映されてゐる。……今の社会現象のうち最も顕著なものは経済思想の普及であつて、従つて階級思想の発生であり、労資双方に於ける生活不安である。さうした社会相は今や通俗小説の主要な題目とされてゐる。菊池寛氏の「火華」中村武羅夫氏の「群盲」、久米正雄氏の「冷火」にしてもさうした一面が見える。(尾関岩二「通俗文芸の一面」「新潮」大十四年七月)

この文章に引用されている『火華』を生粋の労働者出身の作家平沢計七が高く評価し、菊池寛に宣伝用の講談本の執筆を依頼したという話が伝えられているが、この挿話には青野のいう「自然生長」時代の大衆化論の弱点がもっとも端的に示されている。

ところで佐野袈裟美の「文芸の大衆化」が掲載された「文芸戦線」の大正十四年七月号には、青野季吉の「『調べた』芸術」が肩を並べているのが印象的である。この「『調べた』芸術」は今まであまり注意されていなかったことであるが「通俗小説とか、大衆文芸とかいつた題目についての論議が、このごろ一部に盛んであるが、私の今述べた要求もそれに関聯して考へらる可きもので云々」とあるように、文壇内部の通俗小説評価の機運、プロレタリア文学の側からする文学大衆化の動きとの脈絡から発想されているのである。青野が「調べた芸術」の規範に求めた作品はアプトン・シンクレアの「石炭王」(堺利彦訳)であり、「ジャングル」(前田河広一郎訳)であった。いわば前田河が「通俗小説への向上」で菊池寛の「内容本位」を借用してアイマイに表現していたプロレタリア通俗文学の実質が、青野によって「調べた芸術」の名のもとにはじめて明確な規定を与えられたのである。青野はプロレタリア作家が「生産と闘争の場面」に入り込み、「調べた芸術」を創り上げることによって、既成文壇のリアリズムとは異質なプロレタリア・リアリズムの可能性が開けると説く。プロレタリア文学の大衆化は作家がいわゆる通俗文学の面白さを借用して大衆の興味に迎合する方向ではなく、作家が「生産と闘争の場面」から直接素材を汲み上げようとする精進の中にこそ求められなければならないというのだ。おそらくここには鹿地亘が「小市民性の跳梁に抗して」(「戦旗」昭三年七月)で「我々の技術は只プロレタリアートに入り込むことによつて最も合理的に解決される。大衆に入り込むことに依つて大衆の意欲を知り、大衆の意欲を知ることに依つて大衆に入り込む術を知ることが出来る」と説いた《入り込み》論の素朴な萌芽が認められるはずだ。

佐野袈裟美の「文芸の大衆化」と青野季吉の「『調べた』芸術」とが対立し、喰いちがっている意味合いは、その後つきつめられる気配がなかった。この年の十一月に発表された葉山嘉樹の秀作「淫売婦」がきっかけとなって、プロレタリア文学運動は震災後の沈滞期から脱けだすことができたからである。しかし、それ故にプロレタリア文学の沈滞期に発想され、既成文壇における心境小説対通俗小説の図式に振りまわされた気味合いのある前田河、加藤、佐野流の大衆化論は、いわばプロレタリア文学運動の負債として、昭和初頭まで持ちこされなければならなかった。中野重治が「いはゆる芸術の大衆化論の誤りについて」で第一に批判する必要を認めたのもこの種の大衆化論にほかならない。「芸術は今日から新しい通俗的な足場に移らなければならない。……明日は大衆のものだ。大衆は通俗を喜ぶ。我々は明日へ、通俗に向つて進む」――中野が「曳かれ者の小唄」と揶揄したこの「第一の声」には「素朴的に展開された」(「プロレタリア文学理論の展開」)大正期の大衆化論の残響を聴きとることができるのである。

3　円本の攻勢

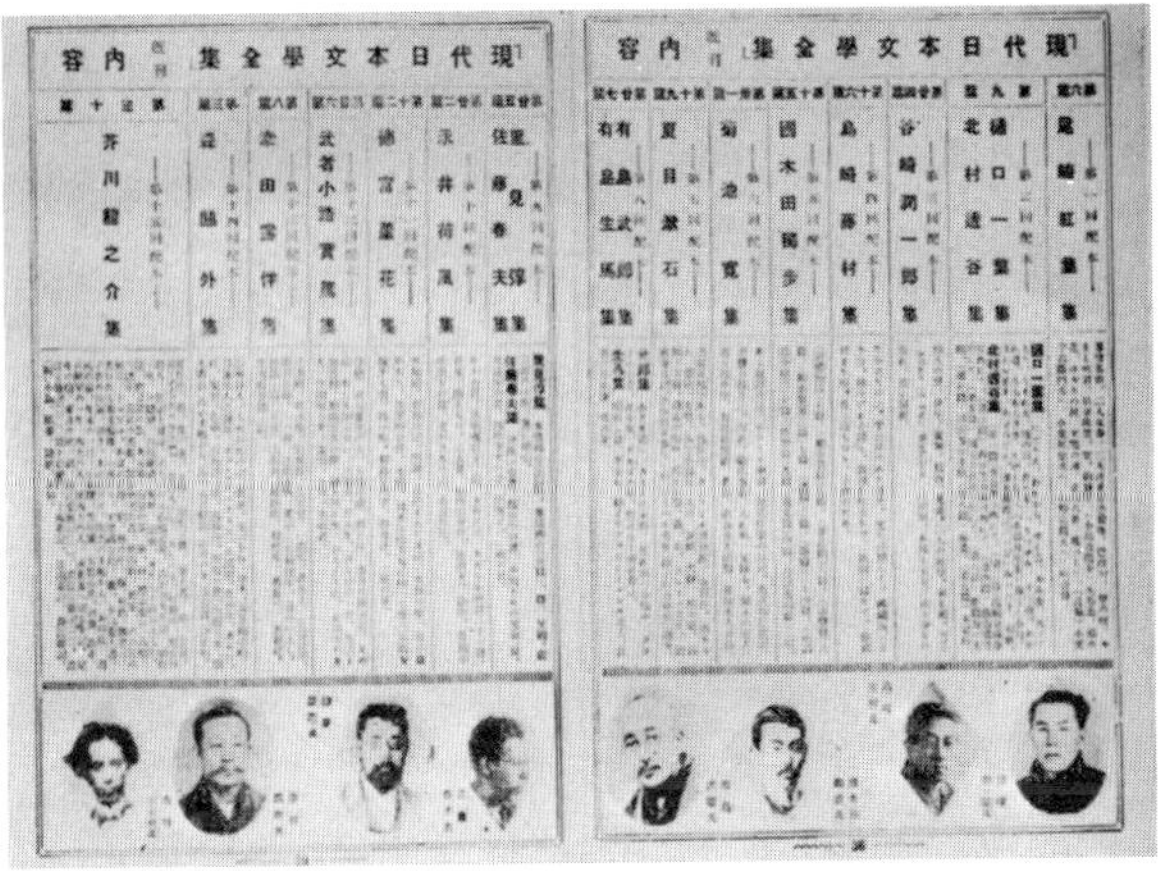

「改造社出版目録」：昭和 4(「現代日本文学全集」の広告)

善い本を安く読ませる！　この標語のもとに我社は出版界の大革命を断行し、特権階級の芸術を全民衆の前に解放した。一家に一部宛を！　芸術なき人生は真に荒野の如くである。我国人は世界に特筆すべき偉大なる明治文学を有しながら、英国人のセキスピアに於るが如く全民衆化せざるは何故だ。これ我社が我国に前例なき百万部計画の壮図を断行して、全国各家の愛読を俟つ所以だ。

(傍点筆者)

大正十五年十月十八日の朝日新聞紙上に、改造社が発表した「現代日本文学全集」の広告文である。ここにいわゆる円本時代の幕が切って落されるわけであるが、この広告文が期せずして民衆芸術論ないしは大衆化論のパロディの形式になっている所に注意していただきたい。そこに円本の大量出版と芸術大衆化論争との微妙だがまぎれようのない呼応関係が暗示されているはずである。

改造社にならって各出版社があいついで円本の企画を発表したしだいはつぎの表が示すとおりである（日付は朝日新聞広告の初出）。

大正十五年	十月　十八日	現代日本文学全集	改造社
昭和　二年	一月二十九日	世界文学全集	新潮社
〃　二年	二月　十日	世界大思想全集	春秋社
〃　二年	二月　十四日	日本名著全集	興文社
〃　二年	二月二十五日	現代大衆文学全集	平凡社
〃　二年	三月　七日	近代劇全集	第一書房
〃　二年	三月　十一日	世界戯曲全集	近代社
〃　二年	三月二十七日	日本児童文庫	アルス
〃　二年	三月二十七日	小学生全集	興文社・文芸春秋社
〃　二年	四月　十六日	明治大正文学全集	春陽堂
〃　二年	四月　十八日	現代日本文学全集	改造社（第二次予約募集）

大正天皇の御大葬が終るまで新聞の記事は黒枠に囲まれていたが、これらの円本の広告はそれとはお構いなしに連日数ページの紙面を占領して読者の眼を奪う。小売店の店頭には各出版社が特別につくらせた幟がはためき、楽隊つきの宣伝隊や宣伝カーが街頭を行進する。セールスマンは会社、官庁の大口予約を狙い、小売店の店員は戸別訪問を始める。改造社を集配区域に持つ芝郵便局では予約申込を捌き切れなくなり、局員の増員を上司に申請する。春秋社の「世界大思想全集」は後藤新平を、平凡社の「現代大衆文学全集」は時の総理大臣若槻礼次郎を宣伝にかつぎ出す。「日本精神が生んだ世相知と人情美の大殿堂」――これが若槻礼次郎の推薦の辞である。新潮社は二月二十五日、本郷会館と報知講堂で同時に文芸講演会を開き、芥川龍之介・佐藤春夫・森田草平らを講師として動員する。三月十九日には平凡社が江見水蔭・矢田挿雲・直木三十五らを講師に招き、「大衆文学の夕」を報知講堂で開催する。四月二十三日からは第一書房が三越と提携してイプセン生誕百年祭を開き、菊池寛、岸田国士らの講演に加えて、水谷八重子の舞踊や、「人形の家」「春のめざめ」などの文芸映画の上映をプログラムに組む。改造社に先を越された春陽堂は五月十六日、「明治大正文学全集」の企画を発表するが、その広告には先着五万名をかぎり本棚無料贈呈の景品が謳い上げられる。「小学生全集」を立案した菊池寛と、弟鉄雄が経営していたアルスから出版された「日本児童文庫」を支援した北原白秋とのあいだに、企画の剽窃問題をめぐってはげしい応酬が交され、裁判沙汰にまで持ち込まれようとする。

このようにあらゆる宣伝手段を動員してどぎつく演じられた円本合戦の虚実は、同時代の評家から「出版資本主義の確立」を示すものとして先ず受けとめられた。「中央公論」は昭和二年六月に「出版戦国時代の出現」という小特集を試みている(中央公論社は岩波書店とともに円本の企画を見送った数すくない出版社のひとつである)が、この特集に寄稿を求められた高畠素之、青野季吉、広津和郎、野口米次郎、新居格の中、野口をのぞく四人までが異口同音に出版資本主義の確立を云々しているのである。たとえば高畠素之はつぎのようにいう、

出版資本主義の確立は、一面、出版業者間の階級的区分を明瞭ならしめると同時に、他面にはまた、文筆業者間の階級対立をも助長して、其処に多数のプロレ売文業者と少数のブルヂオア著述業者とを階級的に相対峙せしめる形となるであらう。従来のブルヂオア文学とか、プロレ文学とかいふのは、ほんのママ事的観念遊戯に過ぎぬものであつたが、斯うなると、同じ文筆業者の間にも現実に於いて直接的の階級意識が対立して来る。

青野季吉も出版業者、文筆業者の階級対立の激化を予想している点では高畠と軌を一にしているが、青野のばあいはさらに一歩をすすめて、出版産業の資本主義化に対抗するた

(昭和二年六月十八日發行)　春陽堂月報　創刊號　(一)

春陽堂月報

創刊號

昭和二年六月十八日發行

編輯發行印刷人　和田利彦

東京日本橋通四　春陽堂

木版摺の口繪

鰭崎英朋

思ひ出の一二三

巖谷小波

「伽羅枕」の挿繪　武内桂舟筆

「心の闇」の挿繪　武内桂舟筆

春陽堂「明治大正文学全集」月報(創刊号)

めに「著者、出版使用人、印刷職工、製本職工」を統合した産業組合の結成が提案されている。

しかし、円本が投げかけた問題の核心は、高畠や青野の指摘した出版の資本主義化もさることながら、その結果として顕在化した厖大な享受者層そのものの中にあった。すでに講談社の「キング」は大正十四年一月の創刊号で七十万部を越える発行部数を記録し、新潮社の「世界文学全集」は五十八万の予約読者を獲得する。改造社の広告が「民衆」というシンボルを執拗に繰り返した事実が端的に示しているように、出版機構の自由に操作しうる《大衆》が登場したのである。それは円本によって、また講談社文化によって「啓蒙」されようとしている《大衆》である。この《大衆》をいかにしてプロレタリア文学の側に奪い返し、政治的に「啓蒙」するかは、プロレタリア文学運動が直面した新しい課題でなければならなかった。このような問題意識の最初の萌芽は、「文芸戦線」の昭和二年九月号に掲載された『「文戦読書会」の意義』という文書に看てとることができる。

> 各地方には大抵一つや二つの(多い所には数十の)文芸雑誌、同人雑誌がある。亦、大抵の地方新聞には「文芸欄」がある。このことは、大抵の地方に、芸術愛好者が多数に存在してゐることを如実に示すものだ。しかも、「文芸春秋」「不同調」「文章倶楽部」等廉価文芸雑誌の大量生産、及び最近に於ける一円本の流行等によつて、この芸

術愛好者群は、益々増大を来しつゝある。此大衆は何処へ行くか？ブルヂョアジー、及び小ブルヂョアジーのイデオロギーを反映してゐる芸術が、刻々にファシズム化して行きつゝある今日、その影響下にある芸術愛好者の大群は、意識的或ひは無意識的に反動化して行きつゝあるのだ。（中略）又、「文部省推薦」、「内務省推薦」の映画は、「広瀬中佐」や「橘大隊長」や、「清水二等卒」などを持ち廻り、「剣劇」の流行と相俟って、好戦熱、軍国主義思想を吹き込みつゝある。

全国に於ける斯かる支配階級のイデオロギーの浸潤に対して、我々は徹底的に猛烈に戦はねばならぬ。そして広汎な芸術愛好者及び青年の層を、かゝるイデオロギーの影響下から切り離し、進んでこれを、無産階級解放運動の政治戦線に送り込まねばならぬ。しかもこのことは組織的に為されてのみ真の効果を挙げることが出来るのだ。

「文戦読書会」組織の意義は茲にある。

この「文戦読書会」組織の提案は「文戦二万部突破運動」の一環として打ち出されたものである。このキャンペインの裏にはこの年の六月に日本プロレタリア芸術聯盟と分裂したばかりの労農芸術家聯盟の組織づくり、ないしは勢力拡張の意図が籠められていたであろう。しかし、そのこととはべつに円本の攻勢をイデオロギー防衛の立場から最初に受けとめたこの文書の意義は軽視することができない。この文書の起草者は山田清三郎であったと推測されるが、このときの山田の問題意識は後の彼じしんの整理にしたがえば、肥大したブルジョア・ジャーナリズムに対抗して「プロレタリア文学(雑誌、その他の刊行物)独自の、階級的な配布網を確立強化」(「プロレタリア文学と読者の問題」『プロレタリア芸術教程』II所収、昭四年十一月)するところにあったと考えられる。「部数の増加に伴つて雑誌の生産費を低減させ、頁数の増加、定価の値下げ、内容の充実、を促進することになる」というような表現にはまぎれもなく円本の大量生産による廉価販売の方式が取り入れられているであろうし、また「文芸戦線」の八月号に読者カードを挿み込んで読書会についてのアンケートを求めている戦術も円本から学び取った知恵であろう。円本合戦の副産物として生れたさまざまの宣伝技術が、逆にプロレタリア文学独自の配給回路を組織する新しい発想を促したのである。

プロレタリア芸術運動の当面の課題として「プロレタリアートの芸術を全被抑圧民衆の中へ持ち込む」ことを提唱し、その具体的な方法として、一、組織の単純な小劇団による演劇、二、絵ビラ及びポスターの頒布、三、小合唱団及び朗読隊の活動、四、極めて低廉な小出版等を挙げた中野重治の「如何に具体的に闘争するか?」(「プロレタリア芸術」昭二年十二月)も基本的には文戦読書会の発想につながるものを持っていたといえよう。大正期の大衆化論では欠落していたこの《持ち込み》論が直接にはいわゆる二七年テーゼの芸術運動への適用であったことはいうまでもないが、一方それは円本や講談社系の娯楽雑誌が厖大な享受者群を獲得しつゝある現状にたいしてプロレタリア芸術運動が打ち出した積極的な防衛の姿勢にほかならなかったのである。

円本と講談社の雑誌が労働者のなかにどれほど浸透していたかを示す具体的な資料としてはつぎの数字を見ていただきたい。昭和三年の春、ある印刷工場の労働者百人(男女)を対象にした読書調査の結果である。

予約全集		月刊雑誌		新聞とその小説		
現代日本文学	一八	キング	一二	日日	二三	1激流
大衆文学	一一	富士	六	朝日	一九	2愛憎乱舞
現代長篇	七	映画時代	三	毎夕	一二	3銀蛇は踊る
世界文学	七	改造	三	報知	一二	4世紀の夜
明治大正文学	五	苦楽	二	時事	八	5八犬伝
世界美術	三	雄弁	二	都	八	
近代劇	三	文芸倶	二	毎日	六	
世界戯曲	三	講談雑	二	読売	六	
日本戯曲	三	映光(?)	二	国民	五	

以下略　上の数字は順位を示す「最近読んだ本」と云う問の中には「社会思想」が一人あったのみ他は月刊雑誌の小説の如きものゝみだった

世界思想	二	講談倶	二	万朝	四
資本論	二	女性	二	二六	二
		主婦の友	二	其他	三
其他	五	其他	一七	計	一〇七
計	六九	計	六〇	内一人一種以上	七

(多田野一「工場労働者の読書傾向」「新文化」昭和三年五月。但し山田清三郎の「プロレタリア文学と読者の問題」から孫引き)

この統計表はその貧弱さにもかかわらず、中野の「いはゆる芸術大衆化論の誤りについて」と林の「プロレタリア大衆文学の問題」とにそれぞれ引用されていることを確認しておこう(またこの統計が大衆化論争で援用された唯一の読書調査なのである)。中野はこの統計に触れて「労働者百人の日常の読物(新聞を除く)の六十プロセントが講談社系に所属する」といい、「厖大な資本家的商品生産方法によるブルジョア的な読物の洪水的生産」に押し流されようとしている《大衆》にむかってプロレタリア芸術を「持ち込む」必要を力説する。このような《大衆》の概念は蔵原惟人の「無産階級芸術運動の新段階」では欠落していたのであって、この中野の問題意識はその後の論争過程で当然深められるべき性質のものであった。しかし、現実には中野と蔵原の主要な争点が、政治的プログラムと芸術的プログラムとの差別と同一という観点から、大衆に「持ち込」む「内容」を規定して行く方向に移動したために、このマスコミによって操作される《大衆》と階級闘争の担い手としての《大衆》という大衆概念の二重性を明らかにする試みはほとんど放棄されてしまった。中野のばあいは折角「新文化」の読書調査を通じて現実の《大衆》に接近する端緒を摑みながらも、「大衆の求めて居るのは芸術の芸術、諸王の王なのである」というように、挙にイデアルな《大衆》像へと飛躍してしまったために、《大衆》のイメエジの具体的な認識を深める努力が取り残されてしまったのである(中野はこの統計の数字を間違って引用している)。《大衆》のイメエジの具体的な把握は《大衆》が円本と講談社文化の攻勢にさらされている事実の確認からさらに一歩をすすめて、たとえば《大衆》が大衆文学をどのように受けとめているか、どのような欲求をそこに反映させているか、という「受け手」の考察に求められなければならなかったはずである。

4　《大衆》のイメエジをめぐって

林房雄の「プロレタリア大衆文学の問題」(「戦旗」昭三年十月)は大衆化論争の過程で《大

衆》のイメエジへの接近を示唆した数すくない論文のひとつである。蔵原惟人のばあい「無産階級芸術運動の新段階」で「我々の全運動は、今や、切離された前衛の運動から広範なる大衆運動へと展開しつつある。芸術運動もまた少数の意識的分子を対象としていた時代から意識のおくれた大衆をもその対象としなければならない時代にまで到達したのである」と述べているように、その「大衆」概念は政治的に啓蒙さるべき大衆として一元的に把握されていた。蔵原にとって芸術大衆化の対象は「興隆してきた大衆運動の社会意識や政治意識」(吉本隆明「芸術大衆化論の否定」)に置かれていたのである。しかし、林のばあい《大衆》のイメエジは「千差万別の意識や心理をもった無数の像として眼底にあった」(同上)。たとえば林の「大衆」の定義のひとつはつぎのようなものだ。

「大衆」とは元来政治的にも概念であつて、「指導者」に対する言葉だ。マルクス主義的には、大衆とは政治的に無自覚な層と定義される。プロレタリア運動内に於ける意識的な活動要素に対する無意識的な要素のことだ。

ここでいわれている「指導者」と「大衆」の対立は蔵原のいう「前衛」と「大衆」のそれに等しい。が一方林は他の個所で「文化的に高い読者」「文化的に低い大衆」という表現を使ってもいる。したがって彼が「進んだ層に受入れられる文学と、遅れた層に受け入れられる文学と、後者を称してプロレタリア大衆文学といふ」と定義を下したとき、この

「進んだ層」「遅れた層」には政治意識の物指しと文化水準のそれとが二重に重ね合わされていたことになる。この図式は林の論文を批判した青木壮一郎の「プロレタリア文学の大衆性の問題に関聯して」(「文芸戦線」昭四年二月)に拠って作成したものであるが、ついで青木の表現をかりるならば、Aは意識水準の高い労働者であって、芸術に対する理解も深い者、Bは前衛的労働者であるが新聞の連載小説や講談物の愛読者、Cは政治的水準の点ではそう高いといえないが芸術的感受性は非常に発達している者、Dは政治的イデオロギーの点でも一般的教養の点でも程度の低い未組織労働者ということになる。「プロレタリア大衆文学の問題」では、林は中野のイデアルな《大衆》像への反撥から蔵原のテーゼに引ずられた気味で、プロレタリア大衆文学の読者をDの部分に限定してしまったわけであるが、翌年一月の「読売」紙上に発表した「プロレタリア文学と『大衆文芸』の関係」(昭五年一月十六日〜十八日)では「プロレタリア文学が真に大衆化しようとするならば、真に労働者のものにならうとするならば、それは上層の一定の文化水準を獲得した部分を対象とするものと、資本主義制度の故になほ低度の文化状態におかれてゐる大衆

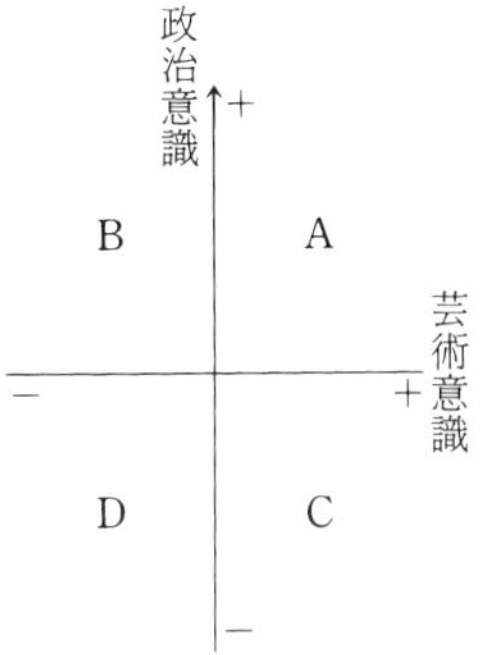

を目安とする文学とに別れなければならない」というように修正され、プロレタリア大衆文学の対象がB及びDの部分にあることが明らかにされる。ここで林は「大量に登場した読者(享受者)としての大衆の芸術意識を対象として、大衆化論を提起す」(吉本隆明)る方向に一歩踏み出していたのである。

この林の大衆化論は小堀甚二からブルジョア文壇内部における純文学と大衆文学(通俗文学)の分裂のアナロジイにすぎないと批判される(「プロレタリア芸術運動理論—労農芸術家聯盟の立場から」『プロレタリア芸術教程』I、昭四年七月)。だが、林の大衆化論は既成文壇の通俗小説評価の機運に振りまわされた大正期における前田河、加藤、佐野らの大衆化論のたんなるむし返しではなかった。彼には「まげ物や講談が、殆ど現在の生活を扱はないにも拘らず、何故異常な勢力を労働者の間にもつてゐるかといふことの秘密が、普通考へられてゐるやうに、単にその内容及び形式の通俗性のみに存するのではないといふ新しい結論」(「プロレタリア文学と「大衆文芸」の関係」)が用意されていた。それは「通俗小説又は大衆文学は筋の変転に富む。小説に於ける筋の変転を望む心は、圧迫されて居り、環境の変化を望んで居り、従つて未来に夢を持つ階級の心理状態である。通俗小説又は大衆文学が労働大衆にブルジョア・イデオロギーを注ぎ込むためには、少くとも此の点だけは交換条件として大衆の階級的要求に応ぜざるを得ないのである」というような小堀の公式的な大衆文学

〈通俗文学〉否定の立場とはうらはらに、大衆文学の肯定的な側面を、読者である《大衆》の受けとめ方そのものの中に探ろうとする試みであったのだ。大衆文学の読者が必ずしも政治意識の「遅れた」大衆であるとは限らないという現実を、もっとも正当に認識していた一人が林房雄であったわけだ。「プロレタリア大衆文学の問題」で真に大衆に受け入れられる作品を知る具体的な方法として白井喬二や大仏次郎の作品研究を林が提案したことも、おそらくこのような文脈から理解されなければならないだろう。

林は「大衆文学の理想と現実」（「新潮」昭四年一月）で、純文学対大衆文学の関係が、純文学対通俗文学のそれとはまったく異質なものであることを指摘する。綜合雑誌や文芸雑誌には短編の心境小説を発表し、新聞や婦人雑誌には通俗長編を執筆する――これが大正期の文壇棲息者に一般的な生活方式であって、そのかぎりで通俗文学は文壇内の問題にちがいなかった。しかし、大衆文学の作家は文壇外に独自の領域を開拓し、既成の純文学及び通俗文学にたいしては挑戦的ですらある（「新潮」の合評会が大衆文学を本格的にとりあげたのはようやく昭和四年二月になってからである）。林は大衆文学を代表する白井喬二の発言に触れて、その反文壇性を高く評価し、大衆文学は「在来の通俗小説の水準から抜け出でて、新民衆文学としての確信とそれに伴ふ見事な擡頭を示してゐる」とする。白井喬二の態度にはロマン・ローランの民衆芸術論に共通するものが看取されるというのだ。

通俗小説と大衆小説の区別すらアイマイなままに進められた芸術大衆化論争の中で、林は例外的に大衆文学のすぐれた読み手であった。大衆文学を政治運動とのアナロジイで読む読み方を示唆したのも、おそらく彼が最初ではないかと思う。たとえば大仏次郎の『照る日曇る日』について林はつぎのようにいう、

こゝにも幕府派と反幕府派の結社が現れて来るが、後者の革命性は、筆者によつて充分の正当さをもつて描き出されてゐる。筆紙に絶した苦難と敵の強襲の中で、徐々に力を養つて成長し、遂に勝利を占むる反幕府派の伝奇的生活が充分の用意と同情とを持つて描かれてゐて、私の読んだ作品の中でさうした意味で一番面白かつた。(「大衆文学の理想と現実」)

公式的には反動的・封建的というレッテルを貼られている大衆文学が、「仲間同士の仇名が『大菩薩峠』の中の人物の名前で出来あがつてゐ」るような労働者たちによって、きわめて健康的に読みかえられている事実を林は発見したのだ。林の提唱したプロレタリア大衆文学の可能性もこの発見の中に託されている。

しかし、その後の大衆化論が林の発見した《大衆》のイメエジを、政治的なプログラムの中に掬い込む余裕を欠いていたことは周知のとおりである。大衆化論争に終止符を打った作家同盟による「芸術大衆化に関する決議」では林理論は手きびしく批判され、プロレタ

リア芸術の「対象」は「革命的プロレタリアートが組織しなければならない広範な労働者農民」であるというようにあらためて規定し直される。プロレタリア文学における読者の問題も《大衆》のイメエジを具体的に把握することよりも、如何にして大衆を組織するかという観点が優先することになる。《入り込み》論と《持ち込み》論の統一であり、その戦術化であるといいかえてもいい。「戦旗」読書会の広範な結成を高く評価した山田清三郎の「プロレタリア文学と読者の問題」は、このような問題意識をもっとも明瞭にうかがうことのできる文献のひとつである。

我「ナップ」においては、一九二八年末において、この(註　読者組織)問題が実行の日程に上され、そしてそれは僅かに半年を出でない間に、実に次の如き著しい発展の足跡を示してゐるのである。

『戦旗』直接配布網

一九二八年末

「ナップ」支部及同準備会一五、「戦旗」読者会二三(何れも地方)、その他一六、計五四

一九二九年四月

「戦旗」支局七九(内東京二三、地方五六)、その他二〇、計九九

備考、「ナップ」各団体支部と「戦旗」支局とは組織上別個のものとなつてゐる。読者会は各支局を中心としてもたれてゐる。

現在の瞬間、「戦旗」支局は刻々に増加しつヽある。そしてそれらが主として、大工場、農村等に組織されつヽあることは注目すべき現象である。我々は更らにかうした読者網を一層精力的に拡大強化することに努めなければならない。(「プロレタリア文学と読者の問題」『プロレタリア芸術教程』II)

ちなみに「戦旗」の発行部数は昭和三年五月の創刊号が七〇〇〇、昭和四年十二月が一七〇〇〇、昭和五年七月が二三〇〇〇であった。(猪野省三「戦旗、少年戦旗の組織・経営・編輯方針」『プロレタリア芸術教程』IV)

(註)貴司山治の『忍術武勇伝』(「戦旗」昭五年二月)はこのような大衆文学の読み方を実作に応用したもっとも判りやすい例のひとつであろう。この作品では幕末の志士桂小五郎の逃避行が、ストライキ指導者の潜行活動と対比され、京都守護職松平容保は警視総監に、長州過激派は純左翼にそれぞれ擬されている。

読者論小史——国民文学論まで

1

文学の読者の問題が文学批評のアクチュアルな主題のひとつとして、まともにとりあげられるようになった時期は、大正文壇の崩壊が間近に迫っていた一九二〇年代の半ばごろからであったように思われる。それは「新潮」の合評会に象徴される大正文壇の玄人の印象批評にかわって、社会現象として文学を考察する必要を説いたいわゆる外在批評論が、大正文壇の対岸に登場した時期に相当している。この外在批評の提唱者が青野季吉であり、側面からの支援者が片上伸であったことはよく知られているとおりであるが、大正末年の読者論の口火を切ったのも外ならぬこの両人なのである。

片上伸のばあい、社会現象の一環として文学を考察する姿勢は、すでに大正十二年十二月に発表した「震災火災と文学」という文章にあらわれている。片上伸は大震災によって首都の印刷、出版の機構が破壊された事実が文学の社会的成立ないしは伝播普及の条件・機関への省察を促したとし、社会現象として文学を考察する可能性を示唆するのである。このような片上伸の批評の姿勢は、やがて再度の訪露を契機に文学の社会性を強調する唯物史観的な文学理論の展開を導き出すわけであるが、のちに『文学評論』(大十五年十一月、新潮社)で一巻にまとめられるこの時期の片上伸の批評活動のなかに、二つの読者論が含まれていたことが注目される。「作者と読者」(「新潮」大十五年三月)と「文学の読者の問題」(「改造」大十五年四月)がそれである。

「作者と読者」は久米正雄と中村武羅夫とのあいだで闘わされた本格小説、心境小説の論争を、読者の文脈で受けとめた論文である。この論文で片上は読者を無視した創作的感興に重きをおく心境小説が、ある範囲でのインテリゲンツイアを読者として吸引しえていたゆえんは、それが反習俗的な個人の記録として一種の自由を確保していたところにあるとする。しかし、心境小説がかつての自然主義文学に見られたような習俗へのきびしい抵抗の精神を喪失し、惰性的・習慣的に流れている現在では、作者と読者の関係も自慰的・閉鎖的なものに変質せざるをえない。一方、大部分は女性であるところの広い意味でのインテリゲンツイアを読者とする通俗小説は、読者の教養や文学鑑賞力の程度を顧慮する必要から、創作意識の自由を制約されざるをえないが、心境小説にくらべれば時代の新思想を摂取する意欲が感ぜられる。したがって、創作意識の自由が確保されるならば、本格的な長篇小説へ「進化」する可能性があるというのである。この「作者と読者」の主張が、文学作品の価値の根拠を、読者の感動そのものの中に求めようとした菊池寛の内容的価値論の系譜を引くものであることは明瞭だろう。

当代の読書階級が作品に求めてゐるものは、実に生活的価値である。道徳的価値である。倉田百三氏の作品、賀川豊彦氏の作品などの行はれることを見ても、思ひ半ばに過ぎるだらう。が、それを邪道とし、芸術至上主義を振りかざして、安閑として居てもいゝのかしら。

菊池寛は小説芸術が他の姉妹芸術と異なる所以は、そのアクチュアリティにあると考えていた。散文芸術を人生のすぐ隣りにあるものと規定した広津和郎の散文芸術論に通ずる発想である。それは『真珠夫人』や『火華』など、菊池の通俗小説が、現実に多数の読者から支持されたことからもたらされた自信であり、芸術至上主義を標榜してひたすら心境の鍛練を要請した大正文壇への不遑な居直りでもあった。菊池寛と片上伸とでは思想的基盤は異なっていたにしても、既成文壇に挑戦する姿勢では軌を一にしていたのである。

「作者と読者」が、このころの文壇の主要なテーマのひとつであった心境小説・本格小説論争を踏まえた読者論であったとするならば、「文学の読者の問題」は、文壇の玄人批評、印象批評への反措定であり、新しい批評の視座設定の提唱であった。

今までの文学研究や批評の上では、専ら作者のことばかり問題になつてゐる。作者が問題になるのに不思議はないのだが、作者ばかりが問題になつて、当然それとともに考へられなければならない読者の問題が閑却せられて来たことは、いはゞ一つの不思議であつた。文学が社会的現象であることを認めるかぎり、作者の問題と併せて、読者の問題が考へられなければならないのは言ふまでもないことである。これも言ふまでもないことだが、文学は一つの生活である。文学といふ一つの生活が成り立つためには、作者と読者との双方がなければならない。読者といふものの中には、普通の意味での一般の読者は勿論、批評家、研究者などのすべてを包括してゐるものと考へなくてはならない。文学を社会現象として考へる限り、この意味での読者の問題を閑却することは許されない。

文学の社会性は、文学を享受する方面の事実から見て決定せられる。文学創作の方面の事実から見ると、作者自身は、或ひは「純粋な芸術」のための使徒として自分を考へ、文学の社会性といふやうなことは、てんで意識してゐないのかもしれない。しかし、作品が出来上るとともに、それは作者の意識の如何に頓着なく、客観的な価値の対象となるのである。即ち作品が出来上るとともにそれは一つの社会的現象となるのであつて、この事実は何としても否定することも無視することも出来ない。

このような片上の提言が、前年に発表された青野季吉の「外在批評論」の延長線上に位置することは、あらためていうまでもないであろう。青野じしんもこれらの読者論を収めた片上の『文学評論』の書評で、読者層の変質が進行しつつある現在、読者の問題の重要性をはじめて指摘した著者の慧眼を激賞しているのである。

この時期の青野季吉の読者論としては、「女性の文学的要求」(大十四年六月、掲載誌不明、のち『転換期の文学』昭二年二月に所収)が注目される。この論文は片上伸が「作者と読者」で「大部分は女性であるところの広い意味のインテリゲンツィア」と規定した通俗小説の読者層を具体的に分析したものであって、大正後期の女性読者の実態を明らかにするためには、現在もなお見逃すことのできない重要な文献である。青野はまず大正後期における読者層の拡大は、男性読者の増加というより、「女性の処女地への拡大」というべきであるとする。文壇で云々される「文芸の社会的浸潤」は社会全般への浸潤ではなく、その実態は婦人雑誌、家庭雑誌を購読する女性読者への浸潤にあるというのである。婦人雑誌の女性読者は労働階級の婦人でもなければ、上流社会の婦人でもない。それは中小ブルジョアジーの家庭婦人であり、教員、事務員、タイピストの如き職業婦人である。婦人雑誌や家庭雑誌に掲載される通俗小説から、かれらの愛好する文学作品の共通項を判断するならば、それは第一に内容と表現における感情的要素であり、第二に現実生活にたいする批評的要素である。この感情的要素と批評的要素とを巧みに組合せた現実主義的浪漫文学が、女性読者を対象とする通俗小説に要請される成功の条件なのである。ではこのような文学を愛好する女性読者の心理的動機はどのように考えられるか。中小ブルジョアジーの女性を主体とする通俗小説の読者は、現実には古い家族制度の拘束にあえぎつつも、意識の上では自由な男女関係に魅かれている。この現実と理想の乖離およびそれから生ずるさまざまな不安は、封建的な道徳、家族制度が崩壊の兆しを見せはじめている現代に生きる中小ブルジョアジーの女性特有の心理状態である。いわば、かれらの社会的欲求は実際行動に転化しうるほどの強さをもたぬがゆえに、通俗文学の中にその代償的な充足を求めるのである。しかし、かれらの「社会的要求は一定の階段《（ママ）》に達すれば、最早や文学的要求にその発露を見出してゐるに堪へられなくなる」であろう。

この論文には女性読者特有のボヴリスムへの言及があり、補償作用としての文学読書の機能も指摘されている。また通俗小説の読者層を大衆的読者として漠然と想定するにとどまらず、中産階級の女性として規定したところに唯物史観的な文芸理論が的確に応用されてもいる。この青野の洞察の正しさは、すでに菊池寛の通俗小説とその読者との関係を考察した第七章で明らかにされたと思うので、ここではあらためて繰り返さない。

しかし、「女性の文学的要求」の読者論的分析はその後青野じしんによっても発展させられなかったし、文壇的な反響も乏しかったと見ていい。むしろ、同じく読者の問題に触れつつも大宅壮一の「文壇ギルドの解体期」(「新潮」大十五年十二月)の方が、文壇論の形式を選んだ限りで文壇の注目をあつめたと思われるふしがある。

「文壇ギルドの解体期」は「大正十五年におけるわが国ジャーナリズムの一断面」というサブ・タイトルが端的に示しているように、大正末年における文壇とジャーナリズムとの関係を鳥瞰図的に把握した論文である。この論文で大宅は大正文壇の性格を、封建時代の手工業のもとで発達した親方と弟子の徒弟制度になぞらえる。このギルド組織がジャーナリズムの急速な商業主義化とともに、崩壊に瀕しつつあるというのが、大宅の観測の骨子なのである。青野や片上が注目した女性読者層の拡大も、文壇ギルドの解体を促す一要因として指摘されている。「近年に於ける最も著しい現象ともいふべき婦人の読書欲の増大は、ヂャーナリズムにとつては、広大なる新植民地の発見にも似たる影響を与へた。かくて婦人雑誌の急激なる発展は、支那を顧客とする紡績業の発達が日本の財界に及ぼしたのと同じやうな影響を我国の文壇に与へた」。――この短かい引用からも青野、片上と大宅の視角のちがいは明らかであろう。青野や片上のばあい「婦人雑誌の急激なる発展」は、通俗小説と女性読者との関係から分析のメスがふるわれた。しかし、大宅のばあいは、作家、作品と読者を媒介するジャーナリズムの役割が重視される。それは青野や片上には欠落していた新しい視座の提示であったといってよい。大宅は作者と読者の関係を、文壇対ジャーナリズムの関係に置換する。いわばジャーナリズムないしは出版機構の構造を分析する操作から、作者と読者との関係を把握するという読者論のもうひとつの可能性が示唆されているのである。大正末年から昭和初頭にかけて大宅が執筆した文学評論はのちに『文学的戦術論』(昭五年二月、中央公論社)にまとめられることになるが、「文壇ギルドの解体期」をはじめとする一連の文壇論(「文壇縦横論」「現文壇に対する公開状」「多元的文壇相」等)は、いわゆる円本時代の開幕とともにはじまる昭和文壇とジャーナリズムの相互浸蝕過程への、鋭い指摘に富み、この時期の読者層の実態を考察するばあいにも有益な手がかりを与えてくれる。

プロレタリア芸術運動の戦術論として展開された芸術大衆化論争が、通俗芸術のとりこになっている一般大衆を、如何にしてプロレタリア芸術の側に引寄せるべきかという課題をめぐって争われたことは周知のとおりである。プロレタリア芸術のしんの享受層であるべき労働者・農民は、現実には商業主義化した出版ジャーナリズムが大量に供給する通俗的な娯楽作品を歓迎し、愛読している。にもかかわらず、これまでのプロレタリア芸術はこのような現状を認識することなく、一部の知識階級を対象とする自慰的な作品の制作になじんできた。とすればプロレタリア芸術が近い将来に労働者・農民の広範な支持を獲得するためにはどのような方向が模索されなければならないか。このような問題意識を共有しつつはじまった芸術大衆化論が、創作意識、作品の形式、配給回路など、さまざまな論点をめぐって活発な論争を捲き起こした経緯については、第八章で概観したので、ここでは省略にしたがうが、それが読者論に関するかぎり、〈入り込み〉論と〈持ち込み〉論の統一というかたちで一応の結着を見たことだけはもういちど確認しておきたい。芸術大衆化論争の過程でほとんど唯一の本格的な読者論ともいうべき山田清三郎の「プロレタリア文学と読者の問題」（昭和四年十一月、『日本プロレタリア芸術教程』II所収）によれば、プロレタリア作家は労働者・農民の社会的要求を知り、かれらに愛される芸術を創り出すためには、かれらの生産の現場に〈入り込〉まねばならず、また官憲の弾圧、ブルジョア・ジャーナリズムの攻勢に対するもっとも有力な防衛手段は、独自の階級的な配布網を組織して、プロレタリア芸術を積極的に労働者・農民のなかに〈持ち込〉まねばならぬというのである。しかもこの読者組織そのものが、プロレタリア作家が労働者・農民の中へ〈入り込〉んで行くための、有効なルートでもあるというのである。しかし、この山田論文ではプロレタリア作家が〈入り込〉み、プロレタリア芸術が〈持ち込〉まれる当の対象である《大衆》の読者的性格については全く語られていない。それは「芸術大衆化に関する決議」(「戦旗」昭五年七月)の「我々の芸術の対象は×××《(革命的)》プロレタリアートが組織しなければならない広汎な労働者農民といふことが出来る」というような定義の抽象性と見合っている。政治運動が「組織しなければならな」い大衆ではあっても、文学運動の対象としての大衆ではないのだ。山田の論文には大宅のジャーナリズム論はもちろんのこと、片上や青野が提起した読者論の可能性さえ生かされていないのである。吉本隆明の「芸術大衆化論の否定」(『異端と正系』所収)にみるつぎのような指摘は、芸術大衆化論における読者論の欠陥をもっとも的確に衝いたことばであろう。

> プロレタリア文学運動は、大量に登場した読者(享受者)としての大衆の芸術意識を対象として、大衆化論を提起すべきであって、興隆しつつある大衆運動のなかの大衆の社会意識や政治意識を対象として芸術の大衆化論を提起すべきでないことを、何人も気付かなかった。かれらの大衆化論のイメージのなかには、とりそこなった二重うつしの写真とおなじように、この二つの《大衆》のイメージが混同されていたのである。

2

片上、青野、大宅らの先駆的な業績および芸術大衆化論をふくむプロレタリア文学批評の成果を踏まえつつ、戦前における読者論のもっとも優れた達成を示したのは、経済学者であり、歌人でもある大熊信行の業績であろう。『文学のための経済学』(昭八年十一月、春秋社)と『文芸の日本的形態』(昭十二年十月、三省堂)がそれである。この二つの著作は尾崎秀樹が『大衆文学』(昭三十九年四月、紀伊国屋書店)の文献解題で、日沼倫太郎が『純文学と大衆文学の間』(昭四十二年五月、弘文堂)でそれぞれ触れているのが目に立つ位で、研究者の側からはほとんど顧みられることがなかった。そのことは読者研究の歴史の浅さを端的に物語る事実として銘記されていい。

『文学のための経済学』は、大熊が昭和八年五月、都新聞に発表した文章を転載した「覚書」と、書名と同題で新たに書き下ろされた本論との二部構成である。本論の原型ともいうべき「覚書」の部分で大熊はつぎのようにいう。これまで文学は生産者の側である作家の側から分析され、批判されてきたが、逆に消費者である読者の側から、社会的欲望の対象として考察を加える必要はないだろうか。社会的な消費物として文学を規定するかぎり、それはラジオ、映画、スポーツ等々と同じくひまつぶしの娯楽である。文学の消費者は一日二十四時間から労働時間と睡眠時間を差し引いた閑暇の時間の一部を割いて読書の時間に、宛てる。閑暇の時間のどの部分を読書の時間に割り当てるか(又は割り当てないか)、またどれほどの時間の量を文学の読書に費やすかは、まったく消費者の自由に委ねられている。読者は時間配分の自由を保留しているのである。これまで消閑の方法として疑いもなく第一位を占めていた文学の読書が、ラジオ・映画や、スポーツ・旅行など、他の娯楽の進出によってその地位を奪われつつある現在では、一般大衆が閑暇をどのように配分するかは興味深い問題になってきている。そしてこの他の娯楽との競合については、文学の読書は、如何なる零細な時間をも自由に利用することが可能であり、またひとりで楽しむことができるという利点を持つものの、他の娯楽とは比較にならぬ持続的な注意の集中を要求するかぎりで決定的に不利である。読書によって与えられる文学的興奮が注意力の負担を下回るならば、読者は躊躇することなく、書物を閉じてしまうであろう。また文学の読書が、ラジオや映画などと異なる点は、享受者が文学の代価のほかに、工芸品としての書物にも代価を支払わなければならないところにある。文学書が文学と工芸との複合形態であるという事実はこれまで意外に気づかれなかったのではないだろうか。ラジオや映画と競合する必要から、将来の文学はこの工芸的性格をできるかぎり圧縮した形態すなわち、新聞・雑誌を主要なメディアとして選ぶことになるだろう。以上のような「覚書」の論旨は、本論では経済学の配分理論によって補強され、さらに豊富な実例を加えて敷衍されているのであるが、とりわけ芸術作品の複製の問題、映画と文学の相互交流の問題、文学の生産者である作家の生活の問題などに触れた個所に多くの卓見が含まれていて注目される。

『文芸の日本的形態』は『文学のための経済学』で提起されていた読者論の可能性を検証するために書かれた個別論文の集成であって、その構成はつぎのとおりである。

Ⅰ　恋愛・映画・新聞小説
Ⅱ　新聞文学の存在形式
Ⅲ　新聞小説家としての夏目漱石
Ⅳ　文学における読者の問題
Ⅴ　文学の黙読性とラヂオ文学
Ⅵ　物語性の芸術と文学
Ⅶ　経済学と映画・芸術・文学
Ⅷ　美と経済学の動機
Ⅸ　日本作家の小説と生活

X　日本語的構成の問題

大熊は序文の中で「旧著は全体として経済学的音調に支配されてゐたのにたいし、本書ではそれは残響にすぎなくなり、むしろ芸術論的な性質のものに転化したとおもはれる」と述べているが、この論文の構成を一瞥しただけでも、『文芸の日本的形態』はたんなる経済学者の余技の産物ではないことが明らかであろう。

『文芸の日本的形態』でとりあげられたさまざまな主題のなかで、現在もなお有効性を失っていないものは、第一にラジオドラマの考察を手がかりにした近代文学における黙読性の指摘であり、第二に新聞小説の連載形式の分析である。

ラジオ・レコード・映画などの視聴覚メディアとの対比をとおして、文学の社会的機能を解明しようとする大熊の発想は、すでに前著『文学のための経済学』にもあらわれていたが、ラジオの普及とともにようやくその存在意義が認められはじめたラジオドラマは、いわば文学と視聴覚文化の接点として、かれの関心を唆る好対象でなければならなかった。第五論文の「文学の黙読性とラヂオ文学」(原題「ラヂオ文学の根本問題」)がそれである。

大熊はまずラジオドラマの機能を、小説または演劇の粗笨な再製に限定してしまう常識的な見解をしりぞける。それはラジオドラマの豊かな可能性を扼殺する方向である。ラジオが聴取者の耳ひとつに訴えるという形式上の制約は、逆に聴取者の想像力の自由な活動を約束する長所として作用するであろう。「それは聴取者の側に属してゐるところの想像力といふ一つの大きな人間的能力に依頼し、その能力の喚起と活動とを聴取者に期待する形式である」。そのかぎりでラジオドラマの方法は、観客の感覚に直接訴えかける演劇よりも、読者の想像的な感受能力に依存するところの大きい文学のそれに近いといいうる。しかし、活字印刷による発表形式をたてまえとする近代文学は、本来的に黙読による享受を前提としている以上、目で読む近代文学と、耳で聞くラジオドラマとの間には、やはり一線が画されなければならない。むしろ近代文学では失われてしまった言葉の感覚性を復権させるところに、ラジオドラマの将来の役割がかかっている。しかも、「ラヂオ文学の発生および想念は……文学とは何かといふ古い問題をまつたく新しい意味でわれわれに投げかけ」るものである。ラジオという新しいメディアの可能性を検討することは、これまで余りにも当り前すぎて、誰も意識的にとりあげようとはしなかった近代文学の重要な属性のひとつ――黙読性――への省察を促すことになるのである。

……近代文学の描写(殊に心理描写)といふやうなものは、活字印刷の発達と密接不可分の関係にあるのであり、もし読者がはにおいて高速度の黙読力といふ基本条件が充たされてゐないとしたなら、おそらく十分に発達しやうのないものであつたとみていゝのである。文学の唯一の手段または媒体としての言葉なるものは、もはや現実の個人的な音声的な属性を漂白しさつた所の高度に客観的な別種の素材であり、作者はいはゞ神がゝりの状態でその素材をつゞる。……近代小説の読者が一番ふかい『錯覚』のなかに没入してゆくのは、説話者の存在をわすれてゐる瞬間であり、言葉を言葉として意識しなくなつた瞬間であり、言葉がなにかしら火薬のやうな可燃性の物質のやうな媒体となり、読者自身のなかに何かがうまれ、蓄積され、もえひろがり、眼は火縄の火のやうに活字の列のうへをなめつくしてゆく、さういふ瞬間なのである。

（「物語性の芸術と文学」）

この文章は直接には小林秀雄の「現代小説の諸問題」（「中央公論」昭十一年五月）にある「作者がどういふ方法に頼らうが、実生活といふものの模造品を言葉で造り上げ、読者にあたかもその模造品を生活してゐるやうな錯覚を与へねばならぬ」という一句への異議申し立てである。大熊の解釈によれば小林の誤謬は、作者が読者に提供する「錯覚」の本体を、小説の「虚構」に置き換えてしまったところにあるという。筋や物語性の虚構ならば、小説の独占物ではなく、ドラマや映画にもそなわっているというのである。ドラマや映画にはない小説独自の「錯覚」は活字で印刷された紙面を黙読する享受の条件そのものからつくりだされたものでなければならない。

このように説きすすめる大熊は近代小説におけるリアリズム、ないしは作者と読者の関係のもっとも本質的な部分に切り込んでいたようにおもわれる。この論文にさきだって高見順の「描写のうしろに寝てゐられない」(「新潮」昭十一年六月)が「十九世紀的小説形式」への懐疑を表白するとともに、説話形式の復活を提唱したことを考え合わせると、大熊の発言の意味は重いものになるはずである。十九世紀的リアリズム、客観的描写への疑問が、高見順や太宰治らに実作によって提出されたまさにそのときに、大熊はラジオドラマの分析をきっかけとして、黙読による享受からつくり出される「錯覚」こそが十九世紀リアリズムの重要な成立条件のひとつであることを明らかにしていたのである。しかし、この卓抜な発見は同時代の文壇からまったくかえりみられることがなかったし、大熊自身もその発見を敷衍し、展開しようとはしなかった。

大熊がとりあげた第二の主題、新聞の連載形式の問題は、第一の黙読性の問題よりも一層同時代の文壇の動きとかかわっている。大熊は第一論文の「恋愛・映画・新聞小説」、第二論文の「新聞文学の存在形式」、第三論文の「新聞小説家としての夏目漱石」等で、新聞小説における不可避的な悪とふつう考えられているところの連載形式が、逆に新聞文学に内容的独自性を与える積極的な存在形式であることを強調する。ラジオドラマの分析のばあいもそうであったように、媒体《メディア》の解明から、文学の本質論へと遡行する発想法が、ここでも選ばれているのだ。新聞小説の読者は空間的には分散した状態にあるが、時間的には「かたりもの」を聴くように同時並行的に同一作品を読みすすめる。そこから新聞小説の作品内容が、全体として読者自身の生活と並行して発展しつつあるような錯覚がもたらされる。読者は新聞小説の内容を、現実の日常生活のテンポに引きなおして享受するわけであり、事件の発展も、主人公たちの運命も、生ける現実の歩みのごとく未知を孕んでいる。このような享受の条件から、新聞小説は他のいかなる文学ジャンルにもまして、読者の日常生活、現実的関心に裏づけられた実在感《リアリティ》を保証されている文学形式なのである。したがって、作者の側でもたんに漠然と現代生活を描くのではなく、作品連載中の時期における人生を描く。作者は作品連載中に起こりうべき現実世界のさまざまな事件——地震・大火・暴動・戦争等を、しかるべき距離と角度から作品そのものの中にいつでも引き入れる用意をもたなければならない。(「新聞文学の存在形式」)

文学のさまざまな発表形式の中でもっとも通俗的なもののひとつと考えられてきた新聞小説そのものに、新しい表現の可能性をさぐろうとしたこの大熊の立論が、横光利一の「純粋小説論」(「改造」昭十年四月)と、ほぼ時を同じくして現われたことは注意されていい。事実、大熊は横光が昭和十年一月から「婦人公論」に連載しはじめた『盛装』の広告文を、その連載形式論の有力な論拠のひとつとして引用しているのである(「恋愛・映画・新聞小説」「文学における読者の問題」)。大熊によって引用された横光の文章は、小説といふものは、読者と共同製作しなければ良いものは出来ないとヂイドは云つてゐる。これはまことに至言である。私の頁の読者は私にのみ編纂を任しきりにせられないことを希望したい。すでに私に以上のやうな決心がある限りは、私は責任の一端を読者にも持つていただくつもりである。私は出来る限り、今日の小説を書きたく思つて居るのであるが、運よくば明日の小説としたいのが本願である。

ここで横光のいう「明日の小説」が「純文学にして通俗小説」でなければならぬ「純粋小説」の予告になっていることは明瞭であろう。これに対して大熊は「作家横光の想念は、連載形式を放胆に積極的に利用することによつて作者と読者との新しい結合を文学のなかに求めやうとするものであり、だからして、連載形式の形式的可能性(このことは単行本形式では存在しない)を飛躍的に打開し、文学の将来にむけて一つの大扉を開くものだといふことができる」というような評価を下しているが、このような横光への積極的な支持の姿勢は、大熊の連載形式論と高名な中河与一の形式主義論とのひそかな脈絡を確認することによって理解されると考える。

中河与一の形式主義論は「素材の選択は作者の方向を示し、形式は作者の能力を示し、内容は作者から切り離されて思惟の対象として、社会に放散する」(「形式主義文学の一端」「朝日」昭三年十一月二十二日)というように作品の内容を作者の側からではなく受け手である読者の側から規定するところに独自の主張が託されていた。しかも中河は大衆文学の盛況を説明して、日常生活の断片的記録に終始している私小説の内容主義にたいして、大衆文学が一歩を先んじて形式主義文学に接近していたところからその隆盛がもたらされたとするのである。作者の自我を絶対化し、そこに文学の価値の源泉を求めた大正文学にたいし、新感覚派の文学が自我観念への素朴な信仰に懐疑をつきつけ、めまぐるしく変転する大衆社会の世相・風俗とからめて、自我の解体過程を造型することに「様々なる意匠」を凝らしたことはいうまでもない。作者のエゴの強靭な実質が空洞化し、オプティミスティックな自我崇拝が疑いのまなざしでかえりみられはじめたときに、逆に受け手としての大衆の問題が、前景に姿を現わすのである。そのかぎりで中河の形式主義論は、文学作品のアクチュアリティを読者の健全な感受性に求めた菊池寛の内容的価値論に、その源泉をさぐることができるかもしれない。

文学の商品性に鋭い省察を加え、社会的生産物としての文学の機能に注目した大熊が、『文学のための経済学』を書いたころから、作者のエゴを超越する視座を獲得していたことはいうまでもない。「文学が今におよんで映画形式から受ける最大の示唆は、芸術形式としての後者の社会的諸次元の豊かさであり、つまりその成立の基礎が生産者のほしいままな個人的衝動の中にはなくて、観衆の日常生活の諸条件と生理の中にあるといふ一事である。そこで文学が今後一面に於て追求しなくてはならないのは、その内容的発展よりも形式的発展の問題であり、文学は文学なりに、どうしたら作者と読者とを高度に結合せしめるやうな総合形式を達成することが出来るかといふ問題である」(「恋愛・映画・新聞小説」)。大態はここで映画における生産者＝観衆の関係のアナロジイから、自意識の表現にとらわれて読者意識を取り落してしまっている〈純文学〉のあり方を否定し、作者と読者とを高度に結合させることが可能な新しい文学形式への期待を表明している。

一九三〇年代に入ってから純文学概念への懐疑論が、文壇の切実な課題のひとつとして取沙汰されるようになったいきさつについては、小笠原克の「純文学の問題」(『昭和文学史論』)にくわしいが、小笠原によれば「プロレタリア文学は内憂で、大衆文学は外患」という菊池寛の発言に象徴されるような文壇内の危機意識にもとづき、やがて文芸春秋社版『新文芸思想講座』(昭八年〜九年)に見るような〈純文学〉大衆化路線設定の動向がつくり出されて行ったという。このような文壇の動向をチェックしたのは新居格の「中間文学論——純文学概念に対する提議」(「読売」昭九年九月二十三日、二十六日、二十七日)であって新居は〈中間文学〉という新造語に託して、なしくずし的な大衆化の兆しを見せはじめた〈純文学〉の危機的状況に向けて手きびしい警告を発した。横光利一の「純粋小説論」がこの危機的状況を実作者の側から切実に受けとめた表白であったことはすでに定説となっている。そこには第四人称の装置をかりて、動揺する知識人の自意識をぎりぎりの一線で造型しようという志向と、偶然性と感傷性のリアリティを拠点に〈純文学〉の通俗化を企図する志向とに引き裂かれた横光自身の苦悩が、晦渋な行文に託して熱っぽく語られていた。「純粋小説論」そのものには横光の読者意識はあらわには打ち出されていないが、すでに引用した『盛装』の広告文に「読者との共同製作」ということばがあったように、有名な「純文学にして通俗小説」という主張が、読者への志向を潜在させていたことは疑問の余地がない。大熊の連載形式論は「純粋小説論」をめぐるかまびすしい論争の背後に埋没して現在ではまったく忘れ去られているが、おそらく「純粋小説論」の一方の極を補完するに足る数少ない読者論のひとつだったのである。すくなくとも大熊の読者論を索引に、「純粋小説論」に潜在している読者意識は明るみに引き出されなければならないはずであった。

3

すでに佐々木基一が指摘している(「文芸復興期の問題」「文学」昭三十三年四月)が、「純粋小説論」には民族的伝統の問題に触れたつぎのような一節がある。

日本人の思想運用の限界が、これ(註　転向の問題も指す)で一般文人に判明してしまった以上は、日本の真の意味の現実が初めて人々の面前に生じて来たのと同様であるのだから、いままであまりに考へられなかつた民族について考へる時期も、いよいよ来たのだと思ふ。

「日本浪曼派」の創刊は「純粋小説論」の発表よりもわずかに夙い昭和十年三月であった。この発言は当時擡頭の兆しを見せはじめていた日本主義にたいする横光の微妙な位置をあらわしている。直接には「純粋小説論」の批判として書かれた小林の「私小説論」にも横光の「民族」と見合う「社会的伝統」なる言葉が動員されていたことは注意されていい。小林によれば「映画や、通俗小説の時代もの」が人気を呼んでいるのは、過去から蓄積されてきた伝統的な審美感覚に訴えるところがあるためで、「長い歴史を引摺つた民族の眼や耳」を疑うことはできないというのである。自意識の崩壊、〈純文学〉の解体を、最後の一線でくいとめようとした横光の「第四人称」の装置や小林の「社会化された私」の概念が、民族や伝統への回帰志向と共存を余儀なくされている図は、何とも皮肉な眺めであるにはちがいない。「純粋小説論」や「私小説論」が措定した読者のイメージが、民族や伝統の巨大な暈と重なりあっていたところに、昭和文学史の曲り角ともいうべき文芸復興期の倒錯した性格はまぎれもなくあらわれていたのである。一九二〇年代の後半、通俗文学と大衆文学とが獲得した厖大な大衆的読者にたいして、大正文壇の作家たちは羨望と危機感を隠さなかったが、プロレタリア文学の攻勢が終熄したとはいえ、一九三〇年代後半の事態はさらに深刻であった。大正末年の場合とは異なり、民族や伝統の錦の御旗が大衆文学の側に護持されているかのような錯覚が、〈純文学〉の陣営をとらえていたからである。

現代日本の芸術的文学は通俗文学の現代的通俗性に対立してゐると同時に、日本文学の伝統的国民的形式に対立してゐる。無論どこの国でも通俗的文芸は芸術的文芸に比して一時代前の表現様式をとるのが約束ではあるが、しかし、これが日本では二重の意味に於てなのである。日本に於ける純文学の位置が欧米に於けるその場合より一層困難なのは、さうした二重の困難から来てゐる。(勝本清一郎「芸術の国民的形態と国際的形態」「新潮」昭十年十一月)

この勝本の発言は、「今日の通俗大衆文学の大きな強味に明らかに民衆の伝統的知性をその根としてゐる点」にあるとして、『大菩薩峠』や『宮本武蔵』を擬似国民文学と命名した谷川徹三の主張(「文学と民衆並びに国民文学の問題」「文芸春秋」昭十二年五月)と相呼応している。「民族の眼や耳」へのひそかな期待を表白した小林の発言も、この線上に位置づけていい。

昭和初頭における芸術大衆化論の課題のひとつは、通俗文学・大衆文学が獲得した厖大な大衆的読者を、プロレタリア文学の陣営に奪還することにあった。芸術のあらゆる効用は大衆の意識を変革する手段、プロレタリアートとしての自覚を促す起爆剤として動員されなければならなかった。しかし、有力作家の転向があいつぎ、プロレタリア文学の敗北が決定的となった昭和十年代の初頭には、大衆は知識人が変革すべき対象としてではなく、拝跪すべき対象として聖化される。いわば芸術派作家と転向作家双方の民族や伝統への回帰志向が交錯するところに昭和十年代の国民文学論が開花したわけであって、それは比喩的にいえば昭和初頭の芸術大衆化論を倒錯させた陰画《ネガ》なのである。

昭和十年代の国民文学論のなかで読者論を兼備したほとんど唯一の論文は、高倉テルの「日本国民文学の確立」（「思想」昭十一年八月〜九月）である。この論文は「読者層編成替えの上に現われた明治文学発展の経路と、文学大衆化のキソとしての国語・国字の問題」という長いサブ・タイトルが示すように、読者層の歴史的考察と表現手段としての国語・国字問題の解決とが二本の柱になっている。

高倉は明治以降の文学大衆化の歴史の回顧を、『金色夜叉』と『不如帰』の読者層を比較検討することから始める。『金色夜叉』が芸術小説、『不如帰』が通俗小説というような、これまでの評価は、作品の内容から来たものではなく、それぞれの読者層の差から来ているというのだ。『金色夜叉』の読者が「江戸末期の文学からずつと系統を引いた、主として都市の伝統的な読者」であったのにたいして、『不如帰』の読者は「当時の社会情勢から新しく進出してきた、新興の読者層」である。しかも『不如帰』の読者として高倉が重視するのは、日清戦争後に飛躍的な発展を遂げた紡績工業で働らく農村出身の女工たちである。『不如帰』に描かれた封建的な家族制度、浪子の命を奪った結核は、かれら自身の悲劇の反映であったかぎりで、そこに共感の絆が結ばれる。一方、『金色夜叉』の読者層は「資本主義的支配層」を構成する旧士族出身者であり、江戸文学からの正しい伝統を持つ読者である。この士族的な読者層に特有な封建的イデオロギーは、『金色夜叉』の内容を制約し、個人主義的、心理主義的な角度から明治の現実が切りとられることになる。このように『金色夜叉』と『不如帰』の場合に典型的にあらわれている伝統的な「士族的」読者層と新興の「平民的」読者層との対立と葛藤は、明治末年には自然主義文学の伝統的な読者層と新興の漱石文学の読者層との分裂にうけつがれ、現在では〈純文学〉の読者層と〈大衆文学〉の読者層とに分極化している。

これまでわいつでも新興読者層が伝統的な読者層に吸収せられて来た。ところが、現在の場合でわ、ちよーど純文学の作者が大衆文学の作者に吸収せられたよーに、伝統的な読者がかえつて新興読者層のほーえ吸収されよーとする明瞭な傾向お示している。その重要な例証として、最近中間文学とでも名づくべき特殊な文学が発生しはじめた。

高倉は〈純文学〉の解体と文学の大衆化、士族的読者層の解体と新興読者層の進出という基線を設定して、明治以降の読者層の編成替えを跡づけているわけであるが、昭和十年代の初頭はこの読者層の編成替えが最終段階に達した時期であって、新しい国民文学の成立を迎え入れる転機は間近に迫っているというのである。

現在から見れば高倉の歴史的分析にはさまざまの欠陥が含まれている。たとえば『金色夜叉』が『不如帰』同様、大衆的な人気を博した事実は切りすてられているし、日露戦争後のプチブル層に支持された漱石の文学が封建道徳を清算しきれなかったとして、自然主義文学と一線を画した割り切り方も公式的にすぎるだろう。しかし、いうまでもなく高倉のモチーフは個々の具体的事実を検証することよりも、日本主義擡頭の機運に押し流され、伝統や民族への回帰を声高に語りはじめた文壇の動向に有効な一撃を加えることにあった。伝統的なものの中に内在している士族的、封建的体質を鋭く撃つことによって、大衆自体の中から新しい国民文学のイメージを創出して行こうとする困難な課題が提示されていたのである。大衆文学に具現されている「民族の伝統的知性」をほとんど無条件で肯定した谷川徹三の国民文学論とはまったく対蹠的な立場に立つ発言といっていい。読者論的発想に支えられた高倉の国民文学論は、戦後の国民文学論につながる重要な問題提起をはらんでいたのである（この論文はのちに『新文学入門』（昭二十六年六月）に収められ、戦後における国民文学論の起動力のひとつとなった)。

4

大熊信行が『文学のための経済学』や『文芸の日本的形態』など、一連の先駆的な読者論を公けにした一九三〇年代は、ヨーロッパで本格的な読者研究がはじまった時期に相当している。現在もなお読者研究の基本文献としてしばしば言及されるL. L. Schücking の *Die Soziologie der literarischen Geschmacksbildungs* (Leipzig 1931. English. tr. *The Sociology of Literary Taste*, London, 1941. 邦訳に金子和《キンシワ》訳『文学と趣味』清和書店、昭十一年一月がある)と、Q. D. Leavis の *Fiction and the Reading Public*, London, 1932. が、その代表的なものである。

シュッキングとリーヴィスが文学研究の新領域として読者の問題を開発した動機は、第一次大戦後に顕在化した大衆社会状況の中で、十九世紀的な文学教養の伝統が、腐食し、解体しつつあるという現状認識に見合っていたと思われる。それは日本のばあい、横光利一ら実作者によって純文学の危機として意識された状況に外ならない。また映画やラジオなど視聴覚メディアの可能性を積極的に取り入れた新しい文学の可能性への省察を、大熊信行に促したのも、大正末年から昭和初頭にかけて顕著になった大衆社会状況への認識なのである。シュッキングやリーヴィスの業績の検討は、一九三〇年代におけるヨーロッパの読者と日本の読者との併行現象の一端を明らかにしてくれるはずである。

シュッキングによれば、十八世紀の後半からドイツの各地に発生した文学サロンや文学サークルは、青年女子ばかりでなく既婚婦人、官吏、裁判官、軍人など、さまざまな階層の教養人を包含する有力な社交機関であって、そこでたたかわされた文学論議は、青年の文学的教養を昂め、文学に描かれた人生の種々相からかれらに具体的な将来へのガイダンスを供給する役割を果していたが、二十世紀に入ってからは、文学はもはや教養人のあいだで交される会話の主要な素材ではなくなり、青年たちの関心は文学からスポーツ、自然科学、社会改革の問題へと拡散しはじめたという。いわば精神の糧、教養のしるしとしての文学への愛着を絶ち切れずにいる少数の選ばれた読者と、たんなる暇つぶし、娯楽の対象として文学を消費するにすぎない厖大な一般読者との分裂こそ、現代の文学読者の実態だというのである。この十九世紀的な単一の読者層から二十世紀的な分裂した多元的な読者層へという図式は、そのままリーヴィス女史の著書の主要なモチーフでもある。リーヴィスは『小説の読者層』の序文で、このモチーフをI・A・リチャーズの『文芸批評の原理』(一九二四年)から示唆されたと語っているが、そのことはリーヴィスの研究がたんなるアカデミックな業績にとどまらず、一九三〇年代におけるイギリスの文学状況と深くかかわっていることを証《あか》しているように思われる。リーヴィスが引用しているリチャーズの観察をつぎにあげてみよう。

人口の増加にともなって、大多数の人たちが好むものと、最もすぐれた鑑賞眼をもった人がすばらしいとするものとが、すっかりかけはなれてしまった。この問題は最近ますます深刻なものとなり、とどまるところを知らぬといった有様である。近い将来には脅威的なものになりそうに思われる。理由はいくつも考えられるにしても、とにかく、いろいろの基準を守るということが、これまでよりもはるかに重要なことになってきている。(中略)われわれは、まだ映画や拡声機の潜在影響力をしっかり測りつくしていないが、すでにいろいろな方面で軽微とはいえ、これまでの美点が失われてゆく兆候が見られるのである。たとえば、いわゆる「ベスト・セラー」(『ターザン』を『その女』とくらべてみよ)とか、雑誌にのる詩、炉棚飾り壺、美術館の絵、寄席の歌、州会議事堂の建物、戦勝記念碑などといったものに、そういった兆候がわずかながら見られるのである。(ただし傍線部分がリーヴィスの引用部分。訳文は岩崎宗治氏による)

リチャーズのばあいは大衆の文学鑑賞力の低下をひとつの否定的契機として、新しい批評原理の設定の必要を説いているわけであるが、リーヴィスのばあいはこのような文学エリートの危機意識を前提に大衆的読者が登場する過程そのものの解析へ関心がふり向けられる。その際、彼女の選んだ方法は、公立図書館の統計、ブッククラブや巡回文庫の広告文、新聞販売店で常置している書籍・雑誌のリスト、新聞の懸賞論文、作家宛てのアンケート等の豊富な諸材料に分析を加え、立体的に再構成することによって、大衆的読者の具体的なイメージを描き出すことにあった。

リーヴィスは『小説の読者層』の第一章「現代の状況」で、現代の小説読者をHighbrow, Middlebrow, Lowbrowの三つの階層に区分する。HighbrowはAdelphy, Criterionなどの高級な文芸雑誌の読者がそれであって、その発行部数は四千内外にすぎない。これにたいして穏健中正な論評を特色とするタイムズ文学版の読者によってMiddlebrowを代表させることができる。ちなみにこのころのタイムズ文学版の発行部数は約三万である。このHighbrow, Middlebrowのほかに、通俗的な文学作品を愛好する厖大なLowbrowの読者群がある。この下層の読者を対象にするListener, Everyman, John o'London'sなどの週刊誌は一万から二十五万の発行部数を擁しており、さらにその底辺には総発行部数一千万に及ぶ日曜新聞の読者を加えることができる。この三つの読者層はイギリス国民の一一パーセントが利用するといわれる公共図書館の文学部門の蔵書の状況によっても裏づけられる。公共図書館の蔵書の大半は古典作家と現代の流行作家の作品で占められているのがふつうで、いわゆる純文学作家はW・キャザー、T・ワイルダー、J・ゴールズワージィ等の作品が若干備え付けてある程度である。D・H・ローレンス、V・ウルフ、E・M・フォースターなど、現代文学の第一線で活躍している作家の作品は公共図書館の書架からほとんど疎外されている。閲覧者にもっとも人気のある現代の作品はエドガー・ウォーレスの探偵小説であるが、一般には書籍よりも図書館備付の新聞雑誌を閲覧する市民が図書館利用者の大半を占めている。

リーヴィスはさらにこの三つの読者層が文学作品に接する姿勢の差異を六十人の現役作家に宛てたアンケートに基づいてつぎのように要約する。

1. To pass time not unpleasantly.
2. To obtain vicarious satisfaction or compensation for life.
3. To obtain assistance in the business of living.
4. To enrich the quality of living by extending, deepening, refining, co-ordinating, experience.

Lowbrow の読者は閑つぶしの手段として文学を消費する(1)か、日常生活の補償、白昼夢を文学作品に求めている(2)ばあいが多く、Highbrow の読者は人生のガイダンスを求めるか(3)、文学を通じてかれらの経験を深め、日常生活を豊かにしようとする志向(4)が顕著であるというのである。

リーヴィスはこのほか通俗文学と映画、ラジオとの相互侵蝕作用、通俗文学のベスト・セラーを人工的につくりだす広告・宣伝の機能などの問題について興味深い指摘を試みているのであるが、通俗文学の厖大な読者層の輪廓を着実に跡づけて行く彼女の客観的な分析の背後には、ヨーロッパ文化圏の崩壊と変質に立ち会わなければならなかった第一次大戦後の知識人に共通するペシミスティックな表情を読みとることができるのである。大熊信行の読者論がその先駆的な役割にもかかわらず私たちの心を打たないのは、このような危機意識が欠落していたためではあるまいか。大衆社会状況にたいしてほとんど懐疑をさしはさまず、むしろそれに対応する映画やラジオなどのメディアを積極的に肯定することから、いわゆる純文学への批判へと進み出て行く大熊の姿勢は、基本的には近代主義者のそれなのである。

リーヴィスの『小説の読者層』が刊行された翌一九三三年は、ヒットラーが政権を掌握した年である。同じ頃、A・ハクスレイは『作家と読者』というエッセイを書き、例によってややペダンティックな筆致ながら、大衆と独裁者の宣伝機構との関係に鋭い分析を加えている。ファシズムの擡頭と伝統的な教養の崩壊によってもたらされた大衆の精神的空白(リーヴィスが指摘した通俗文学の盛行はその盾の反面であるにちがいない)とには、明らかな因果関係があるというのである。

誰の言葉が現代の男女を支えているのであろうか。権威ある書物のどのような一組も存在しないというのがその答である。西洋の文化に共通の地盤はわれわれの足もとからずり落ちてしまったのである。過去において人々の精神を支配した国際的に権威ある書物が、事実上、近代意識から消え失せたことによって生じた真空を、地方的に権威ある書物が埋めようとしている。「吾が闘争《マイン・カンプ》」は現代の福音書であり、聖書に匹敵する売れゆきを示した——十年間に二百万部である。

ハクスレイのこのエッセイは昭和十五年に上田勤の翻訳で紹介されているが、その影響はほとんど無視していいようにおもわれる。たとえば吉川英治の『宮本武蔵』(昭十年〜十四年)と日本ファシズムとの関係が明らかにされるのも戦後の桑原武夫らの共同研究を俟たなければならないのである。むしろ同じ年に紹介されたティボーデの『小説の美学』(生島遼一訳)に収められた読者論(「小説の読者」)の方が、戦後、伊藤整の『小説の方法』の有力な下敷きにとりあげられたことによって、戦後の読者論へとつながるひとつの源流となったと見ることができる。

戦後における読者論へのアプローチは「思想の科学」グループの大衆文学研究にはじまった。

昭和二十一年二月に鶴見俊輔ら七人の同人によって発足した思想の科学研究会は、はじめ記号論的方法による思想の解明と、プラグマティズムの紹介に力を注いだが、やがて「風俗の中にとかされている思想をとらえるという仕事」(鶴見俊輔「実現しなかった部分」「思想の科学」昭三十七年五月)が、そのプログラムに組込まれることになった。当時の「思想の科学」グループの用語にしたがえば「ひとびとの哲学」の探求である。この年に出されたパンフレット「思想の科学　趣旨と活動」は「一、ひとびとの哲学の探求、二、コミューケイションの研究(日本の大衆がおたがいの心持ちをつたえあうのに、どんな方法によっているかという問題)、三、記号論理学的研究、四、私たちがもっともはっきり考えられるための、さまざまのこころみ」という順序で四つの主題をかかげているが、「創刊の趣旨」の第一に「論理実験的方法」があげられていたことを思い合わせると、その焦点の移動は明らかであろう。「思想の科学　趣旨と行動」にはさらにつぎのような主張が記されている。

今まで、日本のインテリの考えや言葉が日本の大衆から浮きあがっていたことを、私たちは、はずかしく思う。だから少しずつでも、自分の考え方のインテリくささをおとして、大衆の一人として考える仕方をとりたい。しかし、私たちの方向はこれまでのように、大衆をマスとしてとらえるだけでなく、大衆のひとりひとりへの関心をもつことにある。この関心を通して大衆からまなび、私たち自身の感覚・思索行動を高めて行きたいとねがう。

これは知識人の〈民衆への転向〉宣言である。「思想の科学」グループは戦前の知識人を囚えていた理論信仰への懐疑に出発し、大衆の実感そのものの中に入りこんで行くことに、新しい知識人のあり方を求めようとしたのである。かれらのイメージした大衆がマスとしての大衆ではなく、小集団としての大衆であったことも注意されていい。たんなるマス・コミュニケイションの受け手としての大衆の分析ではなく、大衆文化を手がかりに、大衆ひとりひとりの思想を掘り起して行く地道な作業の一環として、「思想の科学」グループの大衆文学研究はすすめられたのである。

大衆文学を含めた大衆芸能の研究は、昭和二十三年から二十四年にかけて、「思想の科学」誌上に相ついで掲載された。兼子宙「大衆文芸の思想性」／武田清子「二つの生活圏」／川口正秋「久米・菊池両氏の大衆小説にみる思想形態」／鶴見俊輔「佐々木邦の小説にあらわれた哲学思想」(「大衆小説の研究特集」昭二十三年二月)、正岡容「落語に現れたる江戸人の処世観・倫理観・及び詩眼」／三浦つとむ「浪花節の歴史的性格」(「大衆の見るもの聞くもの特集」昭二十三年六月)、中谷博「大衆文学の歴史」(昭二十三年八月)、鶴見良行「『望みなきに非ず』を通じて見た『人々の哲学』」/望月衛「『青い山脈』の分析批評」(「新聞小説の分析と批判特集」昭二十四年三月)、黒豹介(大久保忠利)「肉体文学の生理」(昭二十四年四月)等がその主要なものであるが、これらの成果を土台に戦後の大衆芸能研究の方向を決定した重要な労作『夢とおもかげ　大衆娯楽の研究』が昭和二十五年七月に刊行される。その構成は、

大衆小説
日本の大衆小説　鶴見俊輔
*吉川英治の思想と作品　武田清子
徳川夢声のおかしみ　大久保忠利
*久米・菊池の小市民文学　川口正秋

流行歌
*日本の流行歌　南博
現代流行歌曲について　園部三郎
流行歌の実態調査　南博

映画
映画の大衆性　望月衛

映画の観客調査　南博
演劇
演劇の観客層　南博
寄席娯楽
＊浪花節の歴史的性格　三浦つとむ
＊落語と江戸人　正岡容
落語の大衆性　三浦つとむ
（註　＊印はその原型が「思想の科学」誌上に発表されたもの）

となっているが、この五つの項目は恣意的に選ばれたのではなく、映画がひとびとの哲学の短期的把握におけるインデクス、流行歌が中期的把握のインデクス、大衆小説が長期的把握のインデクス、落語が最長期的把握のインデクス（鶴見「日本の大衆小説」）であるというように、庶民の哲学のさまざまな波長を重層的に測定する意図がこめられていたのである。

社会心理学者南博から寄席演芸の研究家正岡容にいたるまでの多彩な執筆者を動員した『夢とおもかげ』の内容はきわめて多岐にわたっており、その分析方法もそれぞれに微妙なズレを見せているが、その主題と方法をもっとも公約数的に提示しているのは、巻頭におかれた鶴見俊輔の「日本の大衆小説」であろう。約七〇ページに及ぶこの長編論文で、鶴見は大衆小説の表現手段を知識人の思索の表現手段にとりこむ必要を説き、そのためには「なまぬるい立場」からする大衆小説の客観的な分析が前提でなければならないという。戦前の大衆文学論は純文学とのかかわりにおいてその芸術的価値の有無が云々されるのが通例であったが、鶴見論文はイデオロギーぬき、価値評価ぬきの大衆文学論、文学批評の枠外に立つ社会心理学的な大衆文学分析の方法論の可能性をはじめて開拓してみせたのである。大衆文学の性格を通信路・送り手・内容・受け手の四要素から規定して行くコミュニケイション理論を応用した分析の方法も、現在では常識にちがいないが、当時としてはきわめて斬新なコロンブスの卵であるにちがいなかった。

ひとびとの哲学を解き明す糸口としての大衆小説の思想の測定は、アメリカの社会学者ラスウェルやベレンソンらが創めた内容分析(content analysis)の方法が試みられた。熟練した読み手が大衆小説のデティルやシンボルを、あらかじめ作製されたカテゴリー表を基準に分類し、列挙することによってその内容を総体的に把握する方法である。鶴見の分析は時代小説(大衆小説)と現代小説(通俗小説)を区分することなくひとまとめにとりあげるというような錯誤を犯しているために、その結果は十分な説得力をもっているとはいい難いが、大衆文学の読者を考察する有力な武器のひとつとして内容分析の方法をはじめて導入した功績は認められなければならないと考える。

鶴見俊輔が『夢とおもかげ』で先鞭をつけた大衆文学の読者分析をうけつぎ、発展させたのは桑原武夫をリーダーとする大衆文化研究グループが行った『宮本武蔵』の読者調査である。内容分析の方法による読者研究としては戦後のもっともすぐれた労作のひとつであるといっていい。

大衆文化研究グループは桑原のほか、梅棹忠夫・鶴見俊輔・樋口謹一・多田道太郎・藤岡喜愛の五人が加わって、昭和二十四年ごろに発足したという。鶴見をのぞく五人は京大人文科学研究所のメンバーであり、この仕事はいわば「思想の科学」と人文研の共同作業なのである(多田道太郎はのちに「思想の科学」の有力メンバーのひとりとなる)。その成果は昭和三十九年になって『「宮本武蔵」と日本人』(講談社現代新書)にまとめられた。

『「宮本武蔵」と日本人』に収められた読者論ははじめの三章であって、第一章「『宮本武蔵』と読者の共感」は「大衆小説研究の一つの試み」(「思想」昭二十六年八月)を、第二章「『宮本武蔵』における観念構造」は「小説『宮本武蔵』における観念と構造」(「思想」昭二十八年一月)を、第三章「武蔵イデオロギーと日本の大衆」は「小説の読者――『宮本武蔵』はどのように受け取られているか」(勁草書房「現代芸術」Ⅲ、昭三十三年)をそれぞれ原型としている。

この三つの論文はベース・キャンプをひとつひとつ設定しながら、確実に頂上へ接近するヒマラヤ方式を思わせる積み重ねと脈絡を指摘することができる。人文研お手ののグループ研究のチーム・ワークが見事に生かされているのである。第一論文では『宮本武蔵』の愛読者三名とのくわしい面接調査から、『宮本武蔵』に慰みではなく「生き方」を求める大衆の享受姿勢が導き出され、さらにそれは人物への共感と観念への共感という二つの方向をもっていることが示唆される。第二論文は第一論文の成果を踏まえて『宮本武蔵』が呼び起こした感動(共感と反発)の一覧表を基礎に、大衆文化研究会のメンバーによる「内容分析」が試みられ、1　修養系列(道、無、意志力)　2　骨肉愛系列(骨肉愛、恩、義理)　3　あわれみ系列(無常観、もののあわれ、優しさ)という三つの徳目系列からなる『宮本武蔵』の観念構造が析出される。第三論文では第二論文で析出された『宮本武蔵』のイデオロギーが、大衆によってどの程度支持されているかが、農村・漁村・都会の三地域にわけて調査される。予備調査──→内容分析──→大量調査による検証という三段の手順を積み重ねたこの調査報告は、現在までのところ社会心理学的方法による読者調査のモデル・ケースといってよく、内容分析とアンケート調査を併用する方式が、そのいずれかを単独に行なうよりも有効であることが実証された。また大衆文化を手がかりに「ひとびとの哲学」を明らかにしようとした『夢とおもかげ』の主題と方法は『宮本武蔵と日本人』にいたって一応の成果を収めたわけである。桑原らの読者研究は人文研を中心にその後も継続された。『文学理論の研究』(昭四十二年)に収録された牧康夫の「共感とイマジネーション」、藤岡喜愛・樋口謹一の「文学経験とパーソナリティー」の二論文がその一端を指し示している。牧論文は生理学の知見を駆使して読者の共感の構造をきわめようとしたものであり、藤岡・樋口論文はパーソナリティー・テストを応用して読者の文学体験の本態を解明しようとしたものであるが、これらの方法はI・A・リチャーズの『文芸批評の原理』に負うところが大きいと思われる。

『夢とおもかげ』にはじまり、『宮本武蔵と日本人』から『文学理論の研究』の生理学的心理学的研究にいたるまでの系列は、戦後の読者研究の一方の極を形づくっている。しかし、「思想の科学」グループや大衆文化研究グループの読者論が、社会科学ないしは自然科学の方法を導入して、戦前の読者論には見られなかった斬新な分析と豊かな知見をもたらしたことは否定できないにせよ、まさにその点で読者論が文芸批評や文学研究そのものではなく、社会心理学やコミュニケーション論の一領域にすぎないという印象をつくりだすことになったのである。そのような印象はかれらがもっぱら大衆文学の読者の分析に力を注いだことによって一層強められた。たとえば、尾崎秀樹は「思想の科学」グループの大衆文学研究につぎのような評価を加えている。

終戦後の大衆文学研究は「思想の科学」グループによる権利請求からはじまった。このグループは、大衆文学を機能的側面からとらえようという要求がつよい。かれらは大衆文学がヌエ的なえたいのしれない怪物だということを知っており、その怪物を遠まきにしてせめることからはじめた。それは読者論であり、小説の内容分析であり、文学そのものに体あたりする形はとらなかった。……桑原武夫をはじめとする健康であかるい明晢な頭脳が裁断してくれる大衆文学研究の数々は、私たちをハッとさせる創見に満ちたものだ。しかし、私はいつもその最後のところで満たされないものを感じてきた。それがなにであるかを言葉にすることはできない。（「無評論時代の終焉」『大衆文学論』昭四十年所収）

ここで尾崎は桑原武夫や「思想の科学」グループの読者論を直接に云々しているわけではない。しかし、尾崎じしんが読者論に関心を持つ数すくない批評家のひとりであることを考慮に入れるならば、「文学そのものに体あたりする形はとらなかった」という発言は、「思想の科学」グループの読者論が文学論とは切りはなされたところで展開されたことへの確認と受けとめてもいいのである。

読者の研究は文学研究者と社会科学者の相互乗り入れを必要とする境界領域であるにちがいない。とすれば桑原や「思想の科学」グループの読者論を、文学論ないしは文学研究のコンテクストの中に組込むプログラムが当然考えられていいわけであるが、読者論的発想を異端視してきた文学研究者の側にはそのような用意が欠けていた。たとえば初期の「思想の科学」グループになかった享受者と文学の創造主体との相互作用を追求する課題、読者層の変質を文学史的に把握する課題は、むしろ文学研究者の側から提起されなければならないはずであった。大衆文学の読まれ方を手がかりに大衆の生活意識にメスを入れた『宮本武蔵と日本人』は、大衆の文学意識の側面からあらためて検討されなければならないはずであった。しかし、現実には『宮本武蔵と日本人』は桑原がいうようにアウトサイダーの文学論であったし、いまだにアカデミックな文学研究者の側からはほとんど黙殺に近い扱いを受けている。

註　「思想の科学」グループの大衆文学研究とはべつに、民主主義科学者協会(民科)の芸術部会も、往年の芸術大衆化論を継承したかたちで、戦後間もなく大衆文学評価の問題にとりくんだ。その最初の成果は、昭和二十三年六月に刊行された『大衆芸術論』(解放社)である。その内容は、

日本音楽の特殊性——流行歌以前の諸問題——　園部三郎
通俗映画に関する試論——特に西部劇について——　瓜生忠夫
新派演劇について　八田元夫

落語の様式　　　　　　　　　　　　　　松成義衛
挿絵試論——印刷美術としての挿絵——　　鈴木進
文学における通俗性　　　　　　　　　　キクチ・ショーイチ
探偵小説論——読者の心理——　　　　　赤木健介

であり、大衆文学論に直接かかわるのは、キクチ論文と赤木論文であるが、いずれも日本の大衆文学そのものの具体的な分析に乏しく、たとえば「それ(註　通俗文学)は敗戦後のあらゆる頽廃を餌食として、文学的認識の機能を抛棄したところのあらゆる非文学的な要素によっておくれた大衆をひきつけ、現実の頽廃を深めている」(「文学における通俗性」)というような清算主義が、前面に押し出されている。むしろ、芸術大衆化論時代の大衆文学論よりも一歩後退しているというべきだろう。そのことはつぎにあげる一条重美のまえがきにより鮮明にあらわれている。

かつて、芸術の大衆化問題に関連して、通俗的大衆文学、芸術作品を批判する必要の強調されたことがあった。しかし、実際には、この批判は、その言葉どおりにおこなわれたとはいえなかった。今日もやはり私たちは、国民の大部分に時間つぶしや娯楽のかてを提供し、かれらを空想にふけらせたり、悲しませたり、笑わせたりしている通俗大衆芸術の大きな存在を忘れることはできない。……通俗大衆芸術が日本の民主化に、どんなに大きな否定的影響をもっているかは、その種類がいかに沢山あるか、そのことでいかに大衆の好みの千差万別に応じているか、いかにそれがあらゆる場合、あらゆる場面、あらゆる場所にくいこんでいるか、いかにそれが広く普及しているかを考えてみただけでもわかる。

このような否定的な立場から、大衆文学の客観的な分析や、読者論への志向が生まれてくるはずがなかったことは明らかであろう。民主主義科学者協会の内部では、芸術部会よりも、むしろ歴史部会の側から、見るべき大衆文学論があらわれていることに注目したい。高橋磌一の「吉川英治の秘密」(「日本評論」昭二十五年一月)「大衆小説の歴史性」(「文学」昭二十六年十月)など(いずれも『歴史家の散歩』昭三十年八月、河出書房刊に収む)が、その代表的な労作である。とりわけ『宮本武蔵』の戦前版と戦後版の異同を精密に検討して、その改訂から吉川の体制順応の姿勢をみちびき出し、あわせて、『宮本武蔵』の人物関係の図式が、戦後の第一作『高山右近』にも引きつがれていることを指摘した「吉川英治の秘密」は、吉川がのちに高橋に語ったところによると「火箸でこめかみを叩かれたよう」な衝撃を与えたという(「戦後ベストセラー物語・新平家物語」尾崎秀樹)。

『夢とおもかげ』と相前後して刊行された桑原武夫の『文学入門』(昭二十五年五月、岩波新書）は、読者論を視座として構築された、画期的な文学理論であった。桑原理論の独創は文学に〈面白さ〉を求める読者の素朴な要求を肯定することから出発し、「現実の人生に対する能動的な態度であるインタレスト」を文学の〈面白さ〉の本体として、抽出したところにある。文学における創造と享受の二つの側面は、この人生に対するインタレスト（興味・関心）を媒介に統一されるのである。

文学の面白さは、慰みもののそれとは異なり、人生的な面白さである。また作者が読者に迎合して面白がらせる受動的なものではなく（それは低俗な文学である）、作者の誠実ないとなみによって生まれた作品中の人生を、読者がひとごとならず思うこと、つまりこれにインタレストをもって能動的に協力することである。そして、そのように読者にインタレストをもたせうるということは、作者がその扱う対象に強烈なインタレストをもっていて、対象を虚心に冷やかに眺めているに堪えなかったからである。

桑原武夫は『文学入門』の「はしがき」で、デューイ、リチャーズおよびアランが、その理論の背景にあることを認めている。桑原の〈インタレスト〉理論は、芸術における美を、現実からの超越ないしは逃避として規定する観念論美学および芸術至上主義への反措定であるが、それは美的経験を、日常的経験に連続するものとして把握する、リチャーズやデューイの美学から示唆をうけていると思われる。リチャーズの『文芸批評の原理』であり、デューイの『経験としての芸術』である。デューイは「美は贅沢品として、超越的な観念の所産として、外部から経験の中へはいり込んできたものではなく、すべての正常完全な経験の有する特性をさらに明瞭にし、強化し、発展させたものである」といい、また、「芸術はあくまで充実した熾烈な経験であるからこそ、日常の世界を十二分に経験する力を芸術は発動させるのである」ともいう。一方、リチャーズは「審美的とよばれる経験も、他の多くの経験とひじょうによく似ている……それらはふつうの経験のさらに発展したもの、いっそう精巧に組織されたものであって、けっして新しい異種のものではない」というように、ほとんどデューイの主張と重り合う定義を述べている。リチャーズによれば、美的経験の本質は、芸術作品が、日常生活では調整困難なもろもろの衝動を組織化し、一つの秩序を与えるところにあるというのである。リチャーズの〈衝動〉と、デューイの〈充実した熾烈な経験〉とを、〈インタレスト〉の一語で、適切に置換してみせたことが、桑原の独創なのである。作者が〈インタレスト〉をもって対象にはたらきかけ、逆に対象からはたらきかけられるという相互作用も、デューイのいう「芸術を構成するこの表現は、自我から生まれるものと客観的条件との間の長期にわたって行なわれる相互作用そのものである」ということばが、下敷になっていることを思わせる。

美的経験と日常的経験とを連続的にとらえようとする、デューイやリチャーズの美学は、伝達の媒体として芸術作品を規定する見地から、芸術における享受者(読者)理論の可能性を開示してみせたわけであり、また、それは伝統的な美学や芸術理論では、ほとんど分析の対象としてとりあげられなかった、大衆芸術批評への志向を内在させていたわけであった。『文芸批評の原理』は、文学の商業主義化がもたらす、大衆の趣味の低下に警告を発する一方で、いわゆる「ベスト・セラー」がつくり出される諸条件の研究を、推奨していたのである。

『文学入門』の第三章「大衆文学について」は、このリチャーズの提言にしたがって、大衆文学の性格にメスを入れようとした貴重な試みであって、それは思想の科学グループの労作とともに、戦後における大衆文学研究のさいしょの布石となった。すぐれた文学は人生における新しい経験を形成し、読者に精神の変革を迫るリアルな性格を具えているが、大衆文学は再生産的・温存的・観念的な性格をまぬがれないとした本質論にはじまって、フランスと日本における大衆文学史のアウトラインが辿られ、日本の大衆文学興隆の原因のひとつが、純文学の衰弱に求められる。とりわけ、大衆文学の研究と批評を前提に、その質的向上を図らねばならぬとした、結論の部分が印象的である。年若い読者に対する文学教育の必要も説かれている。この文学教育の実践記録としては『アンナ・カレーニナ』読書会が第五章に配された(桑原は「思想」の昭和十年九月号に発表したエッセイ「小説の読者」のなかで、『アンナ・カレーニナ』を素材に一種の読者論を展開している)。

6

竹内好が提起した国民文学論が、桑原武夫や「思想の科学」グループの読者論と微妙にかかわるかたちで発想されたことは、多くの人が認めるところであるけれども、国民文学論そのものに内在する読者論的志向については、ほとんどとりあげられていない。周知のとおり国民文学論は、戦後文学における近代主義への批判、民族解放を目ざす文学運動、また国文学者から提起された文学遺産の継承と創造の問題(歌舞伎論争!)というように、きわめて多岐にわたる側面があり、その全貌を明らかにする用意は、私には欠けているが、ここでは国民文学論が、作者と国民大衆とのダイナミックな相互交流の過程の中に、文学創造の契機を求めようとしたかぎりで、読者大衆のイメージがどのように把えられていたかを一瞥してみたい。

国民文学論の口火を切った提言が、「世界」の昭和二十六年六月に発表された竹内好の「亡国の歌」であることはよく知られている。竹内はこの論文で臼井吉見の「山びこ学校の問題」(「展望」昭二十六年五月)を踏まえつつ、文学の自律性の名のもとに、国民的課題を紛失してしまっている文壇文学の現状に、手きびしい批判をつきつける。「かれらは、文学の純粋さを守ろうとして、じつは文学をダラクさせているのである。かれらのいう文学の自由とは温室のなかの自由だ」というのである。このような文壇文学の姿勢にたいして、読者大衆が文学に求めようとするものは何か。

読者の要求は素朴である。文学によって慰められたいのだ。生きる力を与えられたいのだ。……読者は文学でなければかけられない期待を文学にかけている。宗教や哲学にかける期待よりはるかに大きいものだ。そして相対的には、文学者がもっともそれに答えていないように思われる。

この竹内の発想が、三十年前の菊池寛の内容的価値論とあるアナロジイをかたちづくっていることは、私たちをおどろかせるに足る。菊池の内容的価値論がたとえば文壇外のアマチュアである賀川豊彦の『死線を越えて』が広範な読者層の支持を得ている事実に触発されたとするならば、竹内の発言もその直接のきっかけは、貧乏という「日本の根源的な問題」(臼井)とまともに取り組んだ『山びこ学校』のアクチュアリティに動かされたことにあるわけであった(『山びこ学校』は昭和二十六年三月に刊行されてから二年間に十八刷、十二万部のベストセラーとなった。杉浦民平「戦後ベストセラー物語『山びこ学校』」「朝日ジャーナル」昭四十一年二月二十七日)。しかも、菊池の標的が大正文壇の主流をなす私小説・心境小説であったように、竹内が「亡国の歌」ときめつけた文壇文学は、具体的には中村光夫が『風俗小説論』で、私小説の庶出子として認知した丹羽文雄らの風俗小説を意味していたと思われる。

竹内によれば文壇文学と読者大衆との分裂は、いわゆる純文学と大衆文学との乖離現象としてあらわれるわけであり、それはとりもなおさず、国民文学の未成熟、ひいては真の近代文学の不成立を示すものだという。竹内のイメージした「近代」が、「近代文学」派の人びとが構築した「近代」理論の反措定として提出されていることはいうまでもない。いわば『山びこ学校』が掘りおこした読者のイメージを、思想性を欠いた文壇文学と娯楽性に終始している大衆文学の双方につきつけることによって、真の文学近代化＝国民文学確立の途を切りひらこうというのが、竹内の国民文学論の主要なプログラムなのであった。したがって、読者大衆が文壇文学に背を向けている事実と、大衆文学に吸引されている事実とは等価であって、この読者大衆の分析こそ『山びこ学校』に具体化した国民文学創造の契機を深めて行くためには、不可欠の前提となるのである。竹内はここで桑原武夫の『文学入門』や「思想の科学」の大衆文学分析の成果を望見しつつ、もっぱら文壇文学を対象として、作中人物やそれにあらわれた作者の意識だけを分析の素材に選んでいる「近代文学」派の文学理論の限界を指摘する。作家や作品を支えている「構造的基盤が問題にされなかった」（「国民文学の問題点」）ところにその欠陥があったというのである。「構造的基盤」はややアイマイな表現だが、かれの主張に即してうけとめるならば、それは日本人の文学生活を「全体」の観点から扱うことによって明らかにされるものであって、そこには当然文学読者の問題が導入されてくるはずであった。

しかし、竹内の国民文学論が桑原や「思想の科学」グループの業績をはるかに上まわる広範な反響をまきおこしたのは、その読者論的側面よりも、文学創造の問題を民族の危機と結びつけて提起した、その状況論的性格にもとづくことはいうまでもない。「亡国の歌」が発表された昭和二十六年はサンフランシスコ講和条約が締結されることになる年である。占領時代の終焉であり、戦後日本の曲り角であった。前年の一月にはコミンフォルムの日本共産党批判が出され、六月には朝鮮戦争がはじまる。コミンフォルムの批判を契機に主流派と国際派に分裂した日本共産党は、幹部が地下潜行を余儀なくされている状況のもとで、この年の二月にようやくコミンフォルム批判に応える、いわゆる四全協の決議を採択した。アメリカ占領軍を解放軍と規定していたこれまでの野坂路線は、一八〇度転回され、日本がアメリカの植民地であり、従属国であるという現状分析のうえに立って、民族解放民主革命の路線があらたに打出される。竹内の提起した国民文学論が、この民族解放の新路線に組みこまれ、共産党の文化政策の重要なテーゼのひとつとして、「新日本文学」に対抗する勢力を結集した「人民文学」の誌上でくりかえし論議されたことは周知のとおりである。岩上順一・島田政雄・野間宏・赤木健介らが、こもごも登場した「人民文学」誌上の国民文学論は、本多秋五が「文学の『国民的解放』の面が後景へまわされ、とかく『国民解放の文学』という面が前面に押し出された事実は否めない」(『物語戦後文学史』)と適切に要約しているように、民族の独立、国民の解放を達成するための文学者の実践と自己変革とに、焦点が合わされることになった(日本文学協会一九五四年度の大会報告をまとめた『国民文学の課題』(岩波書店、昭三十年十一月)では、「新日本文学」に連載された金達寿の『玄海灘』が国民文学のひとつの典型として高く評価されているが、このことには国民文学論がはらんでいたアイロニーが端的にあらわれている)。いわば国民文学論が、文壇的な発言から、政治路線へと切り換えられたときに、国民文学を享受し創出する基盤としての国民大衆のイメージを実体的に把握し、実作者と国民大衆の相互交流のうちに国民文学の可能性をさぐりあてようとした、竹内の当初の意図は、その一方の極をほとんど失うことになったのである。

では竹内が提起した読者の問題が、国民文学論に参加した人びとの間で、どのように受けとめられたか、その具体例をあげてみよう。それは厚文社版『国民文学論』(昭二十八年四月)に収録されている公開座談会《国民文学をどう見るか》(昭二十七年八月二十二日)の発言である。

石母田　……文学する場合も作品類を通して、読者というものが本当の意味で分析されていないのではないか。作者、作品についての分析があるわけですが、具体的に三位一体としての読者というものの分析がやられていない点があつて、この問題を国民文学の上で考えて見ますと、日本人は大きな意味で動揺していますし、いろいろな意味で自分の方向を何とか決めたがつたり、いろいろな要求がある。一応何かの形で文学的に表現しようということでそういう運動がさかんになつてきているという点で従来の読者と作品の関係は作る人と、享受する人の関係で根本的変革を沢山の人が文学に対する近代性として要求している。そういうものを基礎においてその上での国民文学だと思うのです。……

司会者　猪野さん、この間の日文協の総会のあとの懇談会で高橋磌一さんが大衆文学を取り上げることを要望されたことが、桑原さんの書かれたものにでていましたが、今のお話に関連するかどうかについて。……

猪野　……今石母田さんがいわれたことを続いていえば、読者層が一体どういう立場でどういう要求で読んでいるかということが問題で大衆文学だけでなく、『三等重役』という作品が沢山読まれている。ああいうのは私たち現象としては知つているが、実体としてはつかめない。啄木祭のとき話にいつたら、啄木の詩を読んでいないが、三等重役は読んでいるということで面喰ったことがあります。読者層の調査というもの、読者層がどういうところにあるのか、どういう要求をもって読んでいるかということ、『真空地帯』『千羽鶴』などの作品を含めて、そういう調査の仕事をやはりこういう研究家のグループでやってゆくことが必要ではないか。やはり、これが国民文学の問題とつながってくると思うのです。……

同じく読者の問題に触れながらも、石母田正の発言と、猪野謙二のそれとのあいだには微妙なズレがある。石母田のいう「何かの形で文学的に表現しよう」という運動は、いうまでもなく戦後の労働運動の昂まりと歩調をあわせて飛躍的に発展した文学サークルの活動を指している。『国民文学論』で《文学サークルと国民文学》の項目を担当した高沖陽造が、「文化＝文学サークルは、広範な国民文学創造の一つの重要な条件となるであろう。たとえいますぐそうならなかったとしても、少くともその読者層を形成し、新文学を受け容れるための広大な国民的地盤をつくることになるであろう」と書いているように、職場作家の育成と労働組合を拠点とする文学サークルの組織拡大の問題は、国民文学論における読者論の重要な課題のひとつにちがいなかった。しかも、『山びこ学校』をひとつの契機としてはじまった生活記録運動は、鶴見和子・山代巴らの活動をきっかけに、昭和二十年代のおわりから三十年代にかけて、教育の場ばかりでなく、農村・職場の女性、家庭婦人へと浸透して行く(『山びこ学校』に刺激されて東亜紡織楠工場で生活綴り方のグループ「竹の子会」が生れたのは昭和二十六年、泊工場の「生活を記録する会」が、『母の歴史』(河出新書)を出版するのは昭和二十九年である(鶴見和子「生活記録運動」「文学」昭三十年八月))。この生活記録運動にも「既成の文学と大衆の生活とのみぞをうずめるテコ」(鶴見和子「日本人の文学意識　婦人」岩波講座『文学』II)としての役割が期待された。

一方、猪野発言は源氏鶏太や吉川英治の作品が広範な大衆から支持されている現実への批判を含みつつ、読者層調査の必要を説いているわけであるが、この提案は石母田発言とはやや異なる角度から国民文学論における読者の問題をとりあげていることになる。桑原武夫や「思想の科学」グループの大衆文学分析の方向である。

猪野発言に応えてこの時期に研究者の側から読者調査を試みたのは、日本文学協会に所属する安永武人であった。「大衆と文学――実態調査からの問題」(「日本文学」昭二十八年十一月)、「田宮文学についての一実験」(「文学」昭二十八年十一月)、「読者の問題――『蟹工船』『党生活者』はどう読まれているか」(「日本文学」昭二十九年二月)等一連の業績がそれである。安永はこれらの論文で、国民文学論が読者の実態を具体的に把握する作業を怠ってきたことに反省を促し、主として京都市内の労働者を対象に、アンケートと面接とを併用しながら、その文学意識を明らかにしようとしている。『蟹工船』や『党生活者』よりも、吉川英治の『宮本武蔵』や大仏次郎の『帰郷』を興味深く読んでいるのが、労働者の文学生活の現実であり、しかも、かれらの分裂し矛盾した「意識」から、作品にたいして部分的でバラバラな反応を示すことが多いというのが、安永の得た結論である。このような大衆イメージには、民科芸術部会の『大衆芸術論』に見るような大衆文学にたいする清算主義的な姿勢がうかがわれる。吉川英治や大仏次郎ではなく、田宮虎彦や小林多喜二から、労働者の文学意識を測定しようとするから、ネガティヴな結論が導き出されてしまうのである。「思想の科学」グループが開発した調査方式がほとんど生かされていないところにも疑問があり、『宮本武蔵』を素材として、大衆の文学意識に柔軟な理解を示した桑原武夫らの業績に比べると生彩を欠くのもやむをえない。

本多秋五が国民文学論のもっとも著名な「副産物」と呼んだ岩波講座『文学』全八巻は、昭和二十八年十一月から刊行がはじまる。その第一巻『文学とは何か』には「日本人の文学生活」、第二巻『日本の社会と文学』には「日本人の文学意識」の項目がそれぞれ収められた。この二つの項目が編入されたのは、おそらく編集に参画した竹内好や桑原武夫らの意図によるものだろう。とりわけ日本人の文学生活を「全体」の観点からとらえるという竹内のかねての持論は、この講座で具体的に生かされたことになる。

「日本人の文学生活」の構成は、生活と文学　竹内好／文学要求(1)　野間宏／文学要求

(2) 南博／機能と効用　日高六郎であり、「日本人の文学意識」の構成は、労働者　野間宏／農民　山代巴／小市民　多田道太郎／婦人　鶴見和子である。この顔ぶれの中、竹内・南・多田・鶴見の四人が、それぞれ第三次「思想の科学」の中心メンバーとなったことを思いあわせると、おのずから国民文学論のなかで「思想の科学」グループの果した役割が納得される。この八本の論文の中で山代・鶴見の論文は生活記録運動の実践報告であり、南・日高・多田の論文がもっとも読者論的性格がつよい。とくに生活調査・読書調査・図書館統計などを多面的に利用した南論文は、昭和二十年代後半の読者の実態を伝える資料として現在もなお有効である。また竹内論文がつぎに引用するように、マス・コミュニケーションにたいする危機意識を表明していることも注意される。

今日では、創作者と享受者の間に、ジャーナリズムという無人格の強力な意志がはさまっていて、それが作家に命令を下し、作家はその意志に従属することによって読者との直接のつながりを断たれている。この意志は、作家を手足にするばかりでなく、人為的に読者をも作り出すほど強大である。むかしのように、サロンとか、職場とか、農家のイロリばたなどで、作家と読者の間にコミュニケーションが行なわれていたときのような創作と享受の交換過程は、いまでは非常に影がうすいものとなった。全国画一の映画を見、全国画一のラジオをきき、全国画一の新聞を読むことによって、足をクツに合せるように、多くの国民は自分の感情生活まで規画化されたモデルの方へ調整しなければならないのである。

竹内は国民文学論の初期の段階で、商業主義と文学作品が協同作業をしている現在の社会制度のもとでは、文壇文学と大衆文学との乖離現象は当然であるとした伊藤整の意見に対して、それは「コマーシャリズムの問題よりも、封建的な身分制度の問題と考えるべ」(「国民文学の問題点」)きだと答えたことがあった。しかし、それから二年足らずの間に、国民文学の基盤である大衆そのものを、マス・コミュニケーションの「強力な意志」が掘りくずしつつある現状を確認しなければならなくなったのである。「婦人公論」の昭和二十九年二月号に発表された「人と人との間」では、この危機意識はさらに深められ、生活綴り方や職場の文学サークルのミニコミを強化して行くことが、「マス・コミュニケーションに対抗して思想上の国民統一を作り出す唯一の道である」という見解が打ち出されることになる。創作と享受とが交換可能な炉辺や職場のコミュニケーションこそ、一方的伝達を機構化したマス・コミュニケーションに対する抵抗の拠点だというのだ。竹内の国民文学論のこのような微妙な屈折に、昭和二十年代後半から三十年代初頭にかけて、急速に進展した大衆文化状況が反映していることはいうまでもない。

国民文学論が活発な論議をまきおこした昭和二十年代後半は、雑誌ジャーナリズムに占める週刊誌の比重が飛躍的に増大した時期であった。毎日新聞社編の『読書世論調査』によれば、昭和二十二年度には「毎月買って読む雑誌」で「サンデー毎日」は第八位、「週刊朝日」は第十七位にランクされているが、昭和二十八年度には「週刊朝日」が第四位、「サンデー毎日」が第五位となり、昭和三十二年度には昭和二十八年度から五年間首位を維持しつづけてきた「家の光」にかわって、「サンデー毎日」が首位に進出し、第二位が「週刊朝日」ということになる（「時々買って読む雑誌」では昭和二十七年度から「サンデー毎日」「週刊朝日」がそれぞれ一、二位を分けあうことになる）。「サンデー毎日」の百万部突破は昭和二十九年一月、「週刊朝日」のそれは同年九月であったといわれる（野村尚吾『週刊誌五十年』）。

この週刊誌の進出をもたらした起動力は、尾崎秀樹が指摘している（「戦後ベストセラー物語 17」「朝日ジャーナル」昭四十一年二月六日）ように、「週刊朝日」のばあいは、昭和二十五年から三十二年にかけて連載された吉川英治の『新平家物語』であり、「サンデー毎日」のばあいは、二十六年から二十七年にかけて連載された源氏鶏太の『三等重役』であった。『三等重役』が連載されていた二年間に、「サンデー毎日」の発行部数は三十万から八十万近くまで伸びたといわれている（『週刊誌五十年』）。この「週刊朝日」、「サンデー毎日」の躍進が、昭和三十一年に「週刊新潮」が創刊されたことをきっかけにはじまった、いわゆる週刊誌ブームの予備状況を用意したように、昭和二十七年四月から二十九年三月にかけて放送された菊田一夫の連続ドラマ『君の名は』の成功は、大宅壮一のいう「一億総白痴化時代」の予兆にちがいなかった(テレビ放送が開始されたのは『君の名は』放送中の昭和二十八年である)。『君の名は』が放送される木曜日の夜八時半から三十分間、銭湯がガラアキになったという有名な伝説は、電波を媒介とする娯楽が、家庭の生活時間にシッカリと組込まれたことを意味している。〈公〉的なもの、社会的なものへの関心は、〈私〉的なもの、日常的な世界への関心に切り換えられるのである。

このようにラジオと週刊誌がつくりあげつつあるマスとしての大衆像に対して、小集団として自立する大衆像を、どのような方法でまもりぬくかは、国民文学論の新しい課題でなければならなかった。そのような問題意識は、大衆思想運動の手段として発行された講談社版第三次「思想の科学」(昭二十九年五月第一号)から読みとることができる。編集長には国民文学論のリーダー竹内好が選ばれた。

「思想の科学」昭和二十九年十月号の特集「文学と人生」は、小集団を拠点にマス・コミとむすびついた文学のあり方を、批判的に受けとめて行こうという編集者の意図がもっとも鮮明にうかがわれる特集であろう。この特集では純文学の領域から、武田泰淳の『風媒花』、野間宏の『真空地帯』、伊藤整の『火の鳥』が、大衆文学の領域から、吉川英治の

『宮本武蔵』、菊田一夫の『君の名は』、源氏鶏太の『三等重役』が、それぞれとりあげられた。『風媒花』『真空地帯』『火の鳥』についてはは大衆の文学批評と、それにたいする作家の回答が併載されているが、そこに露呈されているのは、専門家の意見と大衆の生活感覚とのほとんど決定的な落差である。それぞれの作家の代表作であり、戦後文学史を飾るこれらの名作は、庶民の読者から拒絶反応を持って迎えられるのである。一方、「現代日本の代表作」にえらばれた『宮本武蔵』と『君の名は』については、梅棹忠夫の指導する神戸市在住の主婦がはじめた読書会グループの意見と、大野力が調査した群馬県桐生市のハタオリ女工の反応とが、それぞれ紹介される。梅棹の報告はおそらく桑原武夫や多田道太郎らとはじめていた『宮本武蔵』共同研究の基礎作業のひとつであったとおもわれるが、読書会のメンバーはサラリーマンの主婦がほとんどで、その読解の水準はかなり高度である。これにくらべるとかれ自身が労働者であった大野の報告は民衆の素朴な生活感覚がまるごとすくいあげられている印象で、ラジオドラマの『君の名は』を肯定的にうけとめたハタオリ女工が二十一対四であったというような数字があげられている。とりわけ、つぎのようなエピソードが私たちの興味をひく。

……ある工場では、女工さん達が夜八時半からのラジオを家できくため、残業分の仕事を朝の中にやってしまおうと、朝の四時頃工場に行ったという話を聞きました。のみならず、映画が始まると、工場が終ってから歩いて映画館に行ったのでは、全部みられないので、女工さん達が工場から映画館までハイヤーで乗りつけたという前代未聞のことまで起ったのです。

ボーナスもなく、出来高払いの賃銀という劣悪な労働条件のもとにおかれていた桐生のハタオリ女工が、『君の名は』の放送をきくために、暮の十二月に朝四時からハタをおらせるようにした力が何なのか、報告者の大野は性急に結論を出そうとはしていない。しかし、このエピソードは竹内の提唱した国民文学論がその壮大な意図にもかかわらず、いわゆる大衆文化時代の到来とともに急速に色褪せて行った所以を、そのもっとも深い所で証しているようにおもわれる。「民族の危機感がうすらぎ、時代が大衆(人民)文化の時代から中間文化の時代へ移るとともに、国民文学論は人々の関心から遠ざかって下火になった」(『物語戦後文学史』)。

あとがき

文学研究者のあいだで、読者の問題が研究領域のひとつとして認められるようになった時期は、昭和三十年代に入ってからの数年間であったと思われる。それは国民文学論の後退が明らかになった時期、そしてまたテレビ、週刊誌に代表されるマス・コミュニケーション状況を基盤に、加藤秀俊氏のいう「中間文化」が成立した時期に当っている。いわば文学の国民的解放を謳った国民文学論の遺産をうけつぎ、同時にマス・コミュニケーション状況とのかかわりの中で、文学そのもののあり方を問いなおして行く志向を潜在させながら、文学の研究者は読者の問題を意識しはじめたのである。この読者の発見は、おそらく昭和三十六年に提起された純文学変質説とはるかに呼応するものであろう。

国文学にかぎっていえば、玉上琢弥氏の「物語音読論序説」(「国語国文」昭二十五年十二月)、浜田啓介氏の「馬琴に於ける書肆・作者・読者の問題」(「国語国文」昭二十八年四月)など、古典研究者による読者研究の先駆的業績がすでにあらわれていたが、文学の自律性と作者の主体性を研究の大前提に据えて疑わなかった近代文学の研究者のばあい、読者の問題は視野の外にあった。戦後間もなくはじめられた桑原武夫氏や「思想の科学」グループによる一連の読者研究は、近代文学の研究者にはほとんど影響を与えなかったと思われるふしがある。

国文学の専門誌でさいしょに読者の問題を特集にとりあげたのは、昭和三十三年五月号の「文学」である。「近世小説の作者と読者」と題されたこの特集には暉峻康隆氏・野間光辰氏・中村幸彦氏ら、第一線の近世文学研究者の論考があつめられた。出版機構の解明から近世文学の特質を明らかにして行く新しい視角が確認されたことが、この特集の収穫であったといっていい。ついで翌三十四年にまとめられた日本文学協会編の『日本文学研究必携　古典編』(岩波全書)には、「古代における作者と読者」(秋山虔)、「中世における作者と読者」(西尾実)、「近世における作者と読者」(暉峻康隆)等、読者研究の展望をふくむ項目が加えられた。この三つの項目が選定された背景には、国民文学論の一方の主役であった日本文学協会の方法論意識が想定されるが、とにかくこのハンドブックは、国文学の領域で読者研究が市民権を獲得したさいしょのしるしなのである。

本格的な読者研究の嚆矢として高く評価されている英文学者外山滋比古氏の『修辞的残像』(垂水書房、のち、みすず書房から再刊)が公けにされたのは昭和三十六年である(続編『近代読者論』は昭和三十九年刊)。その「あとがき」で外山氏は読者研究の現状をつぎのように要約している。「今日、文学における読者論的研究、ないしは読者の研究は、わが国においては、その関心すらほとんど見られず、海外においても、わずかにその胎動が注意され出したにすぎない……」。

私のばあいは、「文学」の読者特集や外山氏の読者論と相前後して、近世後期戯作の研究をすすめて行く過程で、ごく自然に読者や出版機構の問題へとすべり出していた。外山氏の著書や時枝誠記博士の言語過程説、それにすでに邦訳の出ていたサルトルの『文学とは何か』(人文書院、昭二十七年)、リースマンの『孤独なる群衆』(みすず書房、昭三十年)、エスカルピの『文学の社会学』(文庫クセジュ、白水社、昭三十四年)などが導きの糸になった。それから間もなくシュッキングやリーヴィスのモノグラフィを手に入れて、その方法論を学ぶことができた。この本におさめた「音読から黙読へ」は、これらの方法論を下敷きに取組んだ、私にとってはさいしょの本格的な読者論であった。

「音読から黙読へ」のヒントはラジオの深夜放送である。そのころ開局したばかりのラジオ関東に「優子の素適なあなた(?)」という番組があったが、今ではすこしも珍しくなくなった囁きスタイルのアナウンスにはおどろかされた。そこから明治初年における読者の享受方式へと連想が動きはじめたのである。アナウンスのことばをいちいち筆記して頭をかかえたりした初心が、なつかしく思い出される。

この「音読から黙読へ」を出発点として、読者層の実態を三つの位相——作者の対読者意識、出版機構の構造、読者の享受相——から立体的に浮び上らせるプログラムをたて、ぼつぼつと論文を書きためて行くことになった。その間、私の本来の研究課題である幕末・明治初期文学の研究も併行してすすめられたから、読者研究の名に価するものは、この本に収めた九本の論文がすべてである。この「あとがき」を書きながら自分の怠惰と非力をつくづく思い知らされているわけだが、あえて弁明させていただくならば、読者層を歴史的に考察する作業は、プロパーの文学研究——作家論や作品論に数倍する時間と労力を、そしてまた試行錯誤を要求するのではあるまいか。すくなくとも私のばあいはそうであった。そのことは境界領域の開拓にはまぬがれない宿命なのかもしれぬ。

近代の読者は活字文化の嫡出子である。すべての文化領域にわたって支配し、統轄する特権を保証されてきた活字文化の優位性はほとんど自明の理に近かったが、現在私たちは活字文化の王座がゆらぎはじめ、「近代」そのものの意味が問い直される時代に立ち会っている。たとえばジョージ・スタイナーは、密室における孤独な読書の習慣が、現代ではほとんど失われようとしている事態をつぎのように指摘する。

「むかし、家長が家族たちに声を出して本を読んだとか、数人の人が一冊の大形の書物を手渡ししながら交代で朗読したとか、そういうかつての習慣を別にすれば、元来、読書というものはきわめて孤独な行為である。それは部屋のなかの他のものから読者を遮断し、読者の意識の全てを閉じた唇の背後に封じこめる。愛読書というものは孤独な読者には必要にして十分な相手だが、他の人には扉を閉ざし、他者を侵入者とみなす。要するに、そこには静寂に刻印され、沈黙を要求する厳しいプライバシーがある。こうした感性は今日ではきわめて信用をなくしてしまった。一般の感情はひたすら集団的な交わりを求め、自由に情感を分けもつ方向へむかっている。今、一般が是認する「すばらしい夢の場」は、人が一緒に楽しめる場なのである。読者の沈黙の内部に、感情を厳しく蓄積する行為ははやらない。その新しい夢に、録音された音楽はぴったりとマッチする。」（『青鬚の城にて』桂田重利訳）

これは文学読者にとって、ひいては文学そのものにとってきわめて不吉な予言であるように思われる。しかし、近代の文学読者のあり方がひとつの転機にさしかかっているからこそ、これまでの読者史への考察が、文学研究の新しいプログラムとして取りこまれなければならないのではないか。もちろん、この本はスタイナーの問いかけには充分答え切ってはいない。これから読者の研究にこころざす人びとこそ、スタイナーの問いに答えうる資格の持主であるはずで、もしこの本がそのためのささやかな手引きとして役立つならば、著者としての幸いこれにすぎるものはない。

この本は関良一氏の御配慮により、また有精堂編集長川村治助氏の御尽力により、ようやく形をなすことができた。記して感謝にかえたい。

昭和四十八年十月

前田　愛

初出一覧

天保改革における作者と書肆
(『近世国文学——研究と資料——』三省堂　昭三十五・十)
明治初期戯作出版の動向——近世出版機構の解体
(原題・近世出版機構の解体——明治初期戯作出版の動向——「近世文芸」八、十　昭三十八・六　昭三十九・二)
鷗外の中国小説趣味
(「言語と文芸」三八　昭四十・一)
明治立身出世主義の系譜——『西国立志編』から『帰省』まで
(「文学」　昭四十・四)
明治初年の読者像
(原題・明治初年の読書生活「言語生活」昭四十四・四)
音読から黙読へ——近代読者の成立
(原題・音読から黙読へ「国語と国文学」昭三十七・六

近代文学における作者と読者――美妙・二葉亭と散文リズムの問題――「文学・語学」三四　昭三十九・十二

近代文学と落語――円朝の「身ぶり」と二葉亭――「国文学」臨時増刊　昭四十八・三）

大正後期通俗小説の展開――婦人雑誌の読者層（「文学」　昭四十三・六〜七）

昭和初頭の読者意識――芸術大衆化論の周辺（「比較文化」一六　昭四十五・三）

読者論小史――国民文学論まで（単行本刊行に際して書きおろし　昭四十八・十一）

解　説

飛鳥井雅道

この本は、文学を読みとくことのできる人によって書かれた、初めての本格的な日本近代読者成立史論である。

前田愛の多方面にわたる精力的な仕事は、そのあまりに早すぎた死によって、突然中断されてしまったのだが、この本は、氏の第二論文集にあたり、『幕末・維新期の文学』(一九七二年)に続いて、一九七三年に発行された。

本のタイトルと目次だけを見れば、一見、社会学的な分析かと誤解されかねない本だが、内容は社会学的目配りをはらみつつも、そこにとどまってはいない。また、チボーデ、リースマン、シュッキング、リーヴィスなど、外国人学者の名が随所にちりばめられているけれども、彼らの理論を日本に適用したというような安易なものでは決してない。

一八三〇年代(天保期)の江戸幕府最後の本格的な出版界にたいする統制の分析から始まるこの論集は、第二次大戦後の一九五〇年代における国民文学論や、「思想の科学」グループの大衆小説分析に対するコメントにまで至り、まさに幕末から、前田愛の同時代的証言にまで幅広い文学的展開を見せているのである。

第一論文の「天保改革における作者と書肆」は、天保改革における幕府の出版・文化政策を分析するだけではない。前田愛は、江戸の作者や版元の状況を説明するのに、さりげなく、馬琴が伊勢松坂の和学者、殿村篠斎に宛てた手紙をふんだんに引用しつつ、まるで画用紙を画鋲で止めてゆくように、節目々々を正確におさえた上で、叙述を進めてゆくのである。

著者は意識的に、殿村篠斎がどのような人間であったかについて触れていない。江戸の知識人・作者たる馬琴が、地方へ伝達した情報としての意味のみに、前田愛は禁欲している。馬琴と書肆、および読者については、孤立した先行研究として、浜田啓介の論があったけれども、著者は、馬琴を知識人の一サンプルとして位置づけるだけであって、馬琴の発する江戸情報に注意を集中させるのである。この論文は、前田愛の声望を一気に高めた「八犬伝の世界」(『幕末・維新期の文学』所収)と、明らかに表裏をなしている。『八犬伝』を独自の方法で読みとくことができた前田愛にして、初めて馬琴の手紙のはらむ情報を正確に位置づけることができたのである。

江戸以降の文学は、本来、作者と読者の直接の接触を持ち得ない。幕末では、作者と読者の間に「株仲間」として結びついていた書肆が入り、さらに書肆によって印刷された本を背負って読者に届ける貸本屋が介在することで、始めて作品は地方読者の対象となり得たのであった。この事情を、馬琴の証言を散りばめることによって、多方面から立証してゆく著者の方法は江戸から明治にかけての書肆、貸本屋の変容の分析に入って、ますますその力を発揮する。

第二論文である「明治初期戯作出版の動向」では、「読売新聞」の雑報が、馬琴の手紙と同じく、作者と読者を繋ぐ意識を確認するピンの役割を果たしているといえるだろう。作者と読者が直接にはつながらないとはっきり把握しているからこそ、次のような自信をもった文章が書かれ得たのだった。

福沢諭吉や中村正直の啓蒙的著作について、前田愛は語った。

思想的著作の影響の問題は、この著作者の文脈と読者の文脈とのズレ、ないしはその相互作用の力学を測定することによって、始めてトータルに捉えられるはずである。

前田愛は、このズレに徹底的にこだわった。啓蒙思想家の著作が、読者の目と耳に入りやすいように作り替えられ、そこではじめて読者に影響を与えうるという仮説が、一つずつ検証されることによって、明治初頭の読者像は、次第にその姿を明らかにしてくるのである。

明治初期の文学読者が、多くは音読によって作品を享受していたことは、現在ではおそらく常識になっているであろう。ヨーロッパ文学においても、この事情は同様であって、音読から黙読への転換が、近代読者を作り出し、近代文学が支えられたとは、アルベール・チボーデの翻訳や伊藤整のチボーデを援用した評論によって、一九五〇年代には日本でも確認されたはずであった。近代小説が「密室の芸術」であるということ、おそらく、この部分に異論を挟む人はないだろう。

しかし前田愛の論は、その次元にとどまってはいない。この書物のなかでも、もっとも力をいれて書かれたとおぼしい論は「音読から黙読へ」であり、その事情は、この論が副題を「近代読者の成立」としており、これが後にこの著作全体のタイトルに採用されたことからでも明らかであろうが、この論では、明治初期の読者層の中に、はっきり二つに区別できる流れが取り出されてくるのである。「近世の貸本読者、特に人情本の読者」は、人に読んでもらって、作品を楽しんでいたという。「幼年時代、祖母・母・姉などから受けた草双紙の絵解きに、捨てがたい郷愁を感じている明治人は少なくない」。

識字率の低さと結びついているこのような音読の習慣と、漢文の素読を受けた少年および青年知識人たちの音読の習慣とは性格が違う、と前田愛は主張する。漢文脈の文章を朗唱することによって、そのグループの中での「学校・寮・政治結社等の精神共同体の内部に叙事詩的な享受の場をつくり出す。これに対応するのは、漢詩文・読本・政治小説等の文学のスタイルである」。こうした作品の代表例は、多くの作家たちが決まって回想する政治小説『佳人之奇遇』であろう。

しかし、こうした二つの流れが、前者においては家庭の変容、後者においては自由民権運動の衰退によって失われてゆくとき、近代小説の文体が模索され始め、二葉亭四迷訳の『あひびき』などによって確立されてゆくというコースが、前田愛のシェーマとなる。民権運動の衰退というのは、おそらくは意識的に単純化されたシンボルであって、実体は、教育そのものが、漢学ないしは漢文の素読を中心とする私塾から、近代的学校教育へ広範囲に転換したことが、より深い原因として横たわっているであろうが、著者が表現したかった内容は、十分に了解できる。

わたしはこの二つの読者のタイプの違いは、おそらく女性と男性のグループの違いとしても把握し分類することもできると思うが、この論文を書いた頃の著者は、まだあまり、性別による分析には興味をしめしていなかったように思われる。

しかし著者の分析は、さらに進む。

「大正後期通俗小説の展開」は、「婦人雑誌の読者層」の副題をもち、「昭和初頭の読者意識」は、プロレタリア文学運動における「芸術大衆化論」を扱うのだが、前者は幕末・明治初頭の草双紙読者だった女性の読書生活の変貌を分析し、後者はかつての漢学書生、『佳人之奇遇』の読者が、いかに変化していったかを扱った論として読むことも、今のわたしたちには可能なのである。読者論としての女性と男性の区別のもつ意味は、この本の初版においては、著者にとっても、まだ予感に留っていたのかもしれない。前田愛のように時代を先取りしていった人にとっても、一九六〇年代という時の制約は、やはりあったと認めるべきであろう。

しかし著者は、自らの生きた青春を、同時代人として客体化しようとした。最後の論文「読者論小史」は「国民文学論まで」と副題を付す。現在の若い読者には、一九五〇年代の国民文学論といったものは、おそらくほとんど感興を呼び起こさないかもしれない。しかし、わたしは前田愛の数年後輩のものとして、著者が自分の青春期を論理的に捉えようとした努力に感動する。この論文では、六〇年代に国文学へもかなり強い影響力をもちはじめていた「思想の科学」の大衆文学分析に、国文学の側から正面から答えようとしている。国民文学論も、思想の科学も結果としては文学そのものからは外在批評に終わったといっても言い過ぎではないかもしれない。だが、著者は、自分自身の青春を分析することのなかから、文学の内在的存在理由を始めて取り出し得たのである。

最後に、解説者の特権として、ひとつだけ個人的思い出を記させていただきたい。前田愛と始めてゆっくり話したのは、六〇年代初頭の京都でだった。氏は史料集めに京都へ滞在していたとき、わたしが住んでいた長屋を訪ねてくれた。その時の話は、もっぱら国民文学論時代の話であり、「思想の科学」だった。氏ははじめ、わたしを思想の科学の会員と錯覚していたらしかったが、それより気になったのは、なぜその時国民文学論が話題の中心になってきたかだった。前田愛はずっとこだわっていたのである。それが明らかになったのは、この本の末尾に書き下ろしとしてこの論が付されたときだった。青春を客体化することによってしか、真の理論は生まれないことを、氏は身をもって示してくれたのである。

（一九九三年）

本書は一九七三年有精堂出版より刊行された。底本には、同時代ライブラリー版(一九九三年、岩波書店)を用いた。なお同時代ライブラリー版編集時に『前田愛著作集』第二巻(筑摩書房、一九八九年刊)を参照した。

近代読者の成立

2001年2月16日　第1刷発行
2023年7月25日　第3刷発行

著　者　前田《まえだ》　愛《あい》

発行者　坂本政謙

発行所　株式会社　岩波書店
〒101-8002 東京都千代田区一ツ橋 2-5-5

案内 03-5210-4000　営業部 03-5210-4111
https://www.iwanami.co.jp/

印刷・精興社　製本・中永製本

ISBN 978-4-00-602032-3　　Printed in Japan

岩波現代文庫創刊二〇年に際して

二一世紀が始まってからすでに二〇年が経とうとしています。この間のグローバル化の急激な進行は世界のあり方を大きく変えました。世界規模で経済や情報の結びつきが強まるとともに、国境を越えた人の移動は日常の光景となり、今やどこに住んでいても、私たちの暮らしは世界中の様々な出来事と無関係ではいられません。しかし、グローバル化の中で否応なくもたらされる「他者」との出会いや交流は、新たな文化や価値観だけではなく、摩擦や衝突、そしてしばしば憎悪までをも生み出しています。グローバル化にともなう副作用は、その恩恵を遥かにこえていると言わざるを得ません。

今私たちに求められているのは、国内、国外にかかわらず、異なる歴史や経験、文化を持つ「他者」と向き合い、よりよい関係を結び直してゆくための想像力、構想力ではないでしょうか。

新世紀の到来を目前にした二〇〇〇年一月に創刊された岩波現代文庫は、この二〇年を通して、哲学や歴史、経済、自然科学から、小説やエッセイ、ルポルタージュにいたるまで幅広いジャンルの書目を刊行してきました。一〇〇〇点を超える書目には、人類が直面してきた様々な課題と、試行錯誤の営みが刻まれています。読書を通した過去の「他者」との出会いから得られる知識や経験は、私たちがよりよい社会を作り上げてゆくために大きな示唆を与えてくれるはずです。

一冊の本が世界を変える大きな力を持つことを信じ、岩波現代文庫はこれからもさらなるラインナップの充実をめざしてゆきます。

（二〇二〇年一月）